南 英男

刑事図鑑 弔い捜査

実業之日本社

実業之日本社文庫

目次

第一話　殉職の波紋

1

遅い。
約束の時刻は、とうに過ぎている。もう午後八時二十七分だ。
待ち合わせの時刻は八時だった。待ち人は交通事故にでも遭《あ》ったのか。不安が募《つの》る。
加門昌也《かもんまさや》は奥のテーブル席で、焼酎《しょうちゅう》のお湯割りを傾けていた。
日比谷の映画館街の外れにある居酒屋だ。ありがたいことに、禁煙店ではなかった。
加門は喫煙者だった。
二〇二四年十月中旬のある夜だ。客席は、ほぼ埋まっていた。
加門は警視庁刑事部捜査一課第五強行犯《きょうこうはん》捜査殺人犯捜査第五係の係長である。通称、加門班のリーダーだ。十一人の部下を率《ひき》いている。

四十二歳だが、まだ独身だった。筋肉質の体軀《たいく》で、上背もある。顔立ちは男臭いが、目は穏《おだ》やかだ。

職階は警部で、辣腕《らつわん》刑事として知られていた。検挙率は課内で三本の指に入る。

本部庁舎の六階にある捜査一課は大所帯で、三百五十人も課員がいる。優秀な刑事が多い。その中でも、加門の存在は光っていた。

敏腕でありながら、常に謙虚《けんきょ》だった。俠気《おとこぎ》があり、さりげなく同輩や部下を庇《かば》う。そうした人柄もあって、信望は厚かった。

殺人犯捜査係は、第一係から第七係の班に分かれていた。

捜査一課は花形セクションだ。刑事たちの憧《あこが》れの職場と言えよう。

しかし、出世コースではない。エリートコースは警備部と公安部だ。どちらの課も昔から、課長のポストには若手の警察官僚《キャリア》が就《つ》いている。

国家公務員総合職試験（旧Ⅰ種）合格者である彼らは確かに頭脳明晰《めいせき》だ。行政官としては有能だろう。

だが、有資格者は現場捜査には疎《うと》い。そのせいか、よくピント外れの指示をする。そのたびに捜査員たちは迷走することになる。

警察社会はおよそ六百人のキャリアが支配していると言っても過言ではない。加門は、そのことに危《あや》うさを感じていた。

ノンキャリアの現場捜査員の中にも、能力のある人材は大勢いる。そうした者たちを要職に据《す》えるべきではないか。官僚たちが警察機構を私物化している現状は歪《ゆが》んでいる。年ごとに未解決事件数が増えているのは、ノンキャリア組の士気《しき》が落ちているからにちがいない。このままでは治安は悪くなる一方だろう。

加門はグラスを空《あ》け、セブンスターをくわえた。

煙草《たばこ》をふた口ほど喫《す》ったとき、ようやく矢吹《やぶき》渉《わたる》巡査部長が店に駆け込んできた。

外見は、やくざそのものだ。

一歳年上の矢吹は、本庁刑事部組織犯罪対策部の刑事である。同部は二〇二二年四月の再編で、五つの課と組特隊《そとくたい》にまとめられた。

矢吹は暴力団対策係だ。暴力団や犯罪集団が関与した殺人、傷害、暴行、脅迫、恐喝、賭博《とばく》などの捜査を受け持っている。荒っぽい無法者を相手にしているからか、強面《こわもて》ばかりだ。言葉遣《づか》いもかなり乱暴と言えるのではないか。

そうした面々の中でも、矢吹は最も柄が悪い。暴力団の幹部に間違えられることはしょっちゅうだった。

矢吹は丸刈りで、がっしりとした体型だ。肩はアメリカンフットボールのプロテクターのように分厚い。筋者《すじもの》っぽい服装を好み、指《この》にはカマボコ型のごっつい指輪を嵌《は》めている。靴や腕時計も派手だ。

矢吹は職場で〝闘犬刑事《デカ》〟と呼ばれている。巡査部長でありながら、上司の警部補や警部の命令を無視し、平気で悪態《あくたい》をつく。

警察官僚を蹴りつけたことさえある。警察は階級社会だ。そこまでアナーキーになれる者はいない。

矢吹は、最初から出世を諦《あきら》めているのだろう。それだから、思い通りに生きられるにちがいない。傍若無人《ぼうじゃくぶじん》そのものだった。

といっても、ただの鼻抓《はなつま》み者ではない。彼なりの行動哲学があるようだ。

「加門、待たせて悪かったな。課長のばかがさ、出がけに送致手続きを済ませてくれなんて言いやがったんだ。まいるぜ」

蟹股《がにまた》で歩み寄ってきた矢吹が謝《あやま》り、テーブルに着いた。芥子色《からしいろ》のスーツを着込み、カラフルなネクタイを結んでいる。

「相変わらず田舎のヤー公みたいだな」

「殺すぞ、この野郎！」

「本当のことを言い過ぎたか」

加門は煙草の火を揉《も》み消した。この五月中旬まで、彼は矢吹に毛嫌いされていた。数えきれないほど厭味《いやみ》を言われ、理不尽な難癖もつけられた。加門がスター刑事扱いされていることが面白くなかったようだ。

ある合同捜査事件で、二人は協力せざるを得なくなった。加門は矢吹と反目《はんもく》し合いながらも、担当事案を解決に導《みちび》いた。それが縁で、二人は十日後に酒を酌《く》み交わした。加門はアウトロー刑事を見直すことになった。

矢吹には露悪《ろあく》趣味があるが、その素顔は情《じょう》の深い好人物だった。やくざ以上に凄《すご》みを利かせているが、実に心優しかった。ことに社会的弱者の悲しみや憂《うれ》いには敏感だった。

それでいながら、これ見よがしな思い遣《や》りを示すことはなかった。ぶっきら棒に打ちひしがれている相手を力づけるだけだ。そうした繊細《せんさい》な神経の持ち主だった。そういう人柄に触《ふ》れ、加門は矢吹に好感を持った。

いつしか友情めいた仲間意識も芽生《めば》えていたが、それを口に出したことはない。友情は言葉ではなく、行動で示すものだろう。

加門は夕方、矢吹から相談があると言われていた。そんなことで、この酒場で落ち合うことになったわけだ。相談の内容はまだ知らない。

加門は焼酎のお湯割りをお代わりし、数種の肴《さかな》を注文した。矢吹は日本酒を頼んだ。純米酒だった。

店の女性従業員が遠のいた。矢吹が口を開く。

「ちょいと捜査協力してもらいてえんだ、非公式にさ」

「知り合いの組員《ヤマ》が何か事件に巻き込まれたようですね？」

加門は前屈《まえかが》みになった。

矢吹が上着のポケットから一葉《いちよう》の顔写真を取り出し、卓上の中央に置いた。

加門はカラー写真を手に取った。被写体は三十歳前後の男だった。堅気には見えないが、それほど荒《すさ》んだ印象は与えない。

「写真の男は誠和会《せいわかい》小出組《こいでぐみ》の組員で、橋場賢太《はしばけんた》ってんだ。二十九歳だよ」

「そう」

「橋場は早明《そうめい》大の法学部を中退してる。十代のころからグレてたわけじゃねえし、頭《ペテン》も悪くない。けど、悪党《ワル》になりきれねえ。根が優しいんだ。どう頑張っても、裏社会でのし上がれるタイプじゃない」

矢吹が小声で言った。

「確かに迫力はなさそうだね」

「だよな。だからさ、おれは去年の秋ごろから橋場に足を洗えって言いつづけてきたんだ」

「それで？」

「先月、やっと橋場は堅気になる気になった。何年か前からつき合ってる保育士と結婚する気になったみてえだな」

「その交際相手は？」

「尾崎綾乃《おざきあやの》という名で、二十六歳だったか。新宿歌舞伎町にある夜間託児所で働いてるんだ。清楚《せいそ》な美人だよ」

「そうですか」

「おれは一肌《ひとはだ》脱ぐ気になって、半月ほど前に組長の小出忠義《ただよし》、五十六歳に会ったんだ」

「小出組長は、すんなり橋場を組から脱《ぬ》けさせてくれたのかな？」

加門は訊《き》いた。

誠和会は首都圏で五番目に勢力を誇る暴力団で、小出組はその二次団体だ。組事務所は歌舞伎町二丁目にある。構成員は約四百人だろう。

「いや、駄目だったんだ。大学中退の組員は橋場しかいねえから、絶対に手放したくないの一点張りだったんだよ。小出にいろいろ脅しをかけてみたんだがな」

矢吹が喋《しゃべ》りながら、上体を反《そ》らした。従業員が酒と肴を運んできたからだ。会話が中断する。

ほどなく従業員が下がった。二人は盃《さかずき》とグラスを触れ合わせた。

矢吹が純米酒をひと口含《ふく》んでから、語りだした。

「足を洗えそうもないんで、橋場は捨て鉢になったのかもしれねえな。あの野郎、組の裏金一億円をかっぱらって、五日前に姿をくらましたようなんだ」

「その話は誰から聞いたの？」

「小出からだよ。組長は飼い犬に手を咬《か》まれたって怒《いか》って、若い者《もん》に橋場の行方を追わせてる」

「橋場は、彼女の尾崎綾乃と逃《フ》げ《ケ》たのかな」

「いや、そうじゃねえんだ。綾乃は、いつも通りに夜間託児所で働いてるよ」

「それは妙だな。橋場が一億円を盗《ギ》ったんだとしたら、当然、交際相手と高飛びするでしょ？」

「おれもそう思ったんだが、橋場は独《ひと》りで逃げたみたいなんだ」

「綾乃から何か情報は?」

　加門は問いかけた。

「綾乃は、橋場から駆け落ちしようと誘われたことは一遍《いっぺん》もないと言ってた。それから、橋場が組の裏金をくすねたなんて信じられないとも繰り返してたな」

「そう。橋場は綾乃に迷惑かけたくなくて、わざと裏金を奪ったことは言わなかったんだろうか」

「だとしたら、橋場はほとぼりが冷めるまで身を潜《ひそ》めてて、後日、綾乃を呼び寄せる気なのか?」

「そうなのかもしれないね」

「よく考えてみると、橋場が一億円をかっさらったとは思えないんだよな。ひょっとしたら、あいつは罠《わな》に嵌《は》められたんじゃねえか」

　矢吹が鮃《ひらめ》の昆布《こぶ》締《じ》めを口に運んだ。

「橋場は誰かに唆《そそのか》されて、組の裏金を持ち出した?」

「そうじゃないとしたら、誰かに濡衣《ぬれぎぬ》を着せられたんだろうな」

「橋場が一億円をかっぱらったという作り話を小出組長に吹き込んで、何者かが大金をそっくりネコババしたとも考えられるね」

「そうだとしたら、もう橋場は始末されてるかもしれねえな」

「どっちにしても、何か裏にからくりがありそうですね」

加門はそう言い、メヒカリの唐揚《からあ》げを箸《はし》で摘《つま》み上げた。

「仮に橋場が一億円を持ち去ったんだとしても、あいつに前科《ホシ》をしょわせたくねえんだよ。だから、おれは小出組の奴らが橋場の潜伏先を突きとめる前に奴を見つけ出してえんだ」

「矢吹さんは面倒見がいいね」

「橋場をヤー公で終わらせるのは、なんか惜しいからな。銭《ぜに》を小出組に戻してやりゃ、文句はねえだろう。組長が橋場に小指《エンコ》飛ばせなんて言いやがったら、小出組を解散に追い込んでやる。ヤー公は埃《ほこり》だらけの身だからな」

「そうだね」

「そんなわけだから、橋場捜しに協力してもらいてえんだ。いま、厄介《やっかい》な事案《じあん》は抱えてねえんだろ？」

「ああ。部下は動かせないが、おれは協力を惜しみませんよ」

「頼りにしてるぜ」

「そのうち橋場は、尾崎綾乃に連絡を取りそうだな」

「おれもそう思ったんで、うちの金森《かなもり》を綾乃に張りつかせてるんだ。大沼《おおぬま》課長には内緒でさ」

矢吹がにやりと笑い、丸刈りの頭を撫《な》でた。

三十七歳の金森和広《かずひろ》警部補は、矢吹の同僚刑事だ。別に部下というわけではない。しかし、矢吹はワンランク職階が上の金森刑事を扱《こ》き使っていた。

暴対課の大沼誠吾《せいご》課長は五十二歳の警視である。出世頭だった。それでも矢吹は、大沼と対等な口をきいていた。

食《は》み出し刑事は、家庭でもわがままを通しているようだ。妻と高校生のひとり娘は矢吹の横暴ぶりに愛想を尽かし、必要最小限の言葉しか交わさないらしい。

数十分が経《た》ったころ、矢吹の刑事用携帯電話《ポリスモード》が着信音を発した。矢吹が懐《ふところ》からポリスモードを取り出し、ディスプレイに視線を落とす。

ポリスモードは、五人との通話ができる。写真や動画を本庁通信指令本部かリモートコントロール室に送信も可能だ。被疑者に関する情報は、ただちに全捜査員に一斉送信されている。制服警官たちに貸与されているのはP《ピー》フォンだ。

「金森からだ」

矢吹が呟《つぶや》き、ポリスモードを右耳に当てた。ほとんど同時に、表情が引き締まった。

何か動きがあったようだ。

加門は箸を置いた。

通話は短かった。

「尾崎綾乃が夜間託児所から小出組のチンピラどもに連れ出されて、組事務所に軟禁されてるらしい。加門、新宿に行こう」

矢吹が先に立ち上がり、手早く勘定を払った。奢《おご》られるつもりはなかったが、加門はご馳走《ちそう》になることにした。

居酒屋を出た二人は、近くの晴海《はるみ》通りまで歩いた。首尾《しゅび》よくタクシーの空車が通りかかった。加門たちは、そのタクシーに乗り込んだ。三十分弱で、目的地に着いた。

小出組の組事務所は、歌舞伎町の花道《はなみち》通りから少し奥に入った裏通りに面している。六階建ての持ちビルだった。一階が組事務所で、二階から最上階まで企業舎弟のオフィスになっている。

ビルの斜め前の暗がりから、金森刑事が飛び出してきた。

「綾乃はどこにいる？」

矢吹が先に声を発した。

「二階の奥にいるようです」

「小出はいるのか？」

「ええ、いるようです。捜一《そういち》の加門さんがご一緒とは思いませんでした。加門さんが助《ス》けてくれるなら、心強いな」

「金森、課長に余計なことを言うんじゃねえぞ。おまえは外で待ってな」

「わかってますよ」

金森が苦笑した。

矢吹が組事務所のガラス扉《とびら》を開け、エントランスロビーに足を踏み入れた。加門は後《あと》に従った。矢吹が事務フロアのドアを荒々しく開ける。

出入口近くにいた二十五、六歳の組員が挑《いど》むような目を向けてきた。

「どちらさんでしょう？」

「もぐりだな、てめえは。本庁組対《そたい》部暴対課の矢吹だよ」

「本庁の旦那方でしたか。これは失礼しました。で、ご用件は？」

「うるせえ！　引っ込んでやがれっ」

矢吹が応対に現われた男を突き飛ばし、奥に進んだ。

事務フロアには九人の組員がいたが、誰も矢吹と目を合わせようとしない。荒くれ刑事の迫力に気圧《けお》されたのだろう。加門は矢吹に倣《なら》った。

奥まった所に応接室があった。

矢吹はノックなしで、いきなりドアを開けた。二十畳ほどの広さだった。応接セットの手前のソファに二十代半《なか》ばの女性が浅く腰かけている。後ろ向きだった。

綾乃だろう。

彼女の前には、三十七、八歳の色の浅黒い男が坐っていた。凶暴な面構《つらがま》えで、眼光が鋭い。そのかたわらには、五十六、七歳に見える男が腰を沈めていた。

「組長の小出と舎弟頭の二宮啓司《にのみやけいじ》だよ。橋場は、二宮の舎弟のひとりなんだ」

矢吹が加門に耳打ちし、ソファの女性に声をかけた。

「尾崎さんは強引に職場から、この組事務所に連れてこられたんだろ？」

「あっ、矢吹さん……」

綾乃と思われる女性が振り返った。清純な印象を与える美女だった。肌が抜けるように白い。

「どうなんだい？　そうだったら、拉致《らち》監禁罪が成立する。尾崎さん、怕《こわ》がらないで正直に答えてくれや」

「組の人たちに橋場さんのことでどうしても確認したいことがあると言われたんで、わたし、断れなかったんです」

「それで充分だ、立件《りっけん》できらあ」

矢吹が綾乃に言って、小出組長に目を向けた。すると、小出が早口で喋《しゃべ》った。

「若い衆は尾崎さんに手荒なことは何もしてねえ」

「それでも、立件はできる。相手は堅気の娘なんだからな」

「旦那、穏便《おんびん》に頼みますよ」

「で、どうだったんでえ？　尾崎さんに橋場から何か連絡があると睨《にら》んだんだろうが！」

矢吹が小出を見据《みす》えた。

「そうなんだが、何も連絡はなかったそうでさあ。橋場の野郎は尾崎さんを棄《す》てて、盗《ギ》った一億円で面白おかしく暮らそうと考えてやがるんだろう」

「橋場さんが組のお金を持ち逃げしたなんて、とても考えられません」

綾乃が組長に言った。

「あんたはそう思いたいだろうが、橋場が一億円をかっぱらったことは間違いねえんだよ」

「そのことなんだが、何か証拠があるのかな」

加門は小出組長に問いかけた。

「おたく、組対部暴対課の人じゃないやね？」

「捜一の加門だ。別件で組対部暴対課と合同捜査中なんだよ」

「そうなのか」

小出は、加門の嘘を真《ま》に受けた様子だ。

「こっちの質問だが……」

「橋場が現金一億円入りのキャリーケースを持ち出すとこを五人の若い者が目撃してるんでさあ」

「組員たちの証言だけじゃ、話を鵜呑《うの》みにするわけにはいかないな。その五人が口裏を合わせたとも考えられるから」

「そんなふうに反論されたら、もう何も言えなくなる。けどね、橋場が組の銭《ぜに》を勝手に持ち出したことは事実なんだ」

「話は平行線だな。それはそうと、もう尾崎さんは引き取ってもいいね？」

加門は確かめた。小出が無言でうなずく。

矢吹が綾乃をソファから立ち上がらせ、応接室から連れ出した。加門は二人を追った。

表に出ると、金森が覆面パトカーのヘッドライトを明滅させた。灰色のプリウスだった。

「ちょっと確かめたいことがあるんだ」

矢吹が綾乃を捜査車輛《しゃりょう》の後部坐席に先に腰かけさせ、その横に乗り込んだ。加門は助手席に坐った。

「橋場は、組の誰かに陥《おとし》いれられたのかもしれないんだ。何か思い当たることはねえかな？」

矢吹が綾乃に質問した。

「少し思い当たることがあります。橋場さんは先々月、小出組直営の売春バー『カサブランカ』で働いてたノイという名のタイ人娼婦《しょうふ》をわざと逃がしてやったんですよ」

「それは知らなかったな」

「その売春バーを管理してるのは、橋場さんの兄貴分の二宮さんなんです。弟分の不始末のことで、二宮さんは組長にこっぴどく叱《しか》られたらしいんですよ」

「ノイとかいうタイ人売春婦は、稼ぎの大半を二宮にピンハネされてたんじゃないのか」

「ええ、そういう話でした。小出組はノイさんをタイ人ブローカーから三百万円で譲《ゆず》り受けたとかで、どんなに稼いでも月に五万円しか渡してなかったらしいんです」

「そうかい」

「でも、橋場さんは元手はとっくに回収してるはずだと言っていました。彼は組に喰《く》いものにされてるノイさんを気の毒に思って、関西に逃がしてやったんです」

「きみは、顔を潰《つぶ》された兄貴分の二宮が橋場に焼きを入れる代わりに組の裏金を持ち逃げさせたんじゃねえかと思ったんだ？」

「ええ、まあ。刑事さん、二宮のことを少し調べてほしいんです」

綾乃が言った。

「わかった。そのほか橋場に敵意を持ってる奴は？」

「ほかには誰も思い当たりません」

「そうかい。きみを疑うわけじゃないが、橋場からは一度も電話やメールはなかったんだな？」

「ええ。ですので、わたし、心配でたまらないんですよ」

「必ず橋場は見つけ出す」

矢吹が言葉に力を込め、金森に綾乃を職場まで送り届けるよう命じた。プリウスが走りはじめた。

加門は背凭《せもた》れに上体を預けた。

最悪な事態になった。

本格的な非公式捜査に取りかかる前に、消息不明だった橋場賢太の射殺体が発見されたのだ。事件現場はJR蒲田《かまた》駅近くにあるビジネスホテルの一室だった。

加門は溜息《ためいき》をついた。

2

捜査一課の自席である。百数十畳の刑事部屋には、あまり人影は見当たらない。前夜、加門は小出組の事務所を訪ねたばかりだった。何も矢吹の力になってやれなかった。そのことが残念だ。

橋場が殺害されたという通電《つうでん》があったのは、登庁して間もなくだった。加門は一瞬、わが耳を疑った。しかし、誤報ではなかった。

ただちに警視庁機動捜査隊のメンバーと所轄の蒲田署の刑事たちが臨場《りんじょう》した。初動捜査の報告は、まだ本庁には上がってきていない。

通常、暴力団絡《がら》みの殺人事件の捜査は本庁組織犯罪対策部暴力団対策課と所轄署の刑事課が当たる。いわゆる合同捜査だ。そういう場合、捜査本部は本庁に設置されることが多い。

「係長《ハンチョウ》、朝から浮かない様子ですが、体調がよくないんですか?」

斜め前に坐った部下の向井雅志《むかいまさし》巡査部長が、心配顔で問いかけてきた。

三十四歳で、筋骨隆々としている。背も高い。大学時代は運動部に所属していた。

「誠和会小出組の橋場って組員が何者かに射殺されたって事件《ヤマ》は知ってるな?」

「ええ、捜一にも通電がありましたんで」

「暴対課の矢吹さんは、撃ち殺された橋場を堅気にさせたがってたんだよ」

加門はそう前置きして、昨夜の経過を詳しく話した。

「それは残念でしたね。本庁《うち》の組対部暴対課と蒲田署の合同捜査になるんでしょうが、われわれも側面協力しましょうよ」

「おまえらを巻き込むつもりはないが、おれはそうしたいんだ」

「自分もお手伝いしますよ」

向井が言った。その直後、卓上の警察電話が鳴った。内線ランプが灯《とも》っている。

加門は受話器を手に取った。電話をかけてきたのは、捜査一課長の勝又誉《かつまたほまれ》警視だった。

五十二歳で、ノンキャリア組の出世頭である。だが、決して尊大ではなかった。

「ちょっと来てもらいたいんだ」

「わかりました。すぐまいります」

加門は受話器をフックに返し、勢いよく立ち上がった。六階の端にある課長室に急ぐ。

隣は特殊犯捜査係の刑事部屋だ。加門は課長室に入った。

「今朝《けさ》、誠和会小出組の組員が蒲田署管内で射殺された事案は知ってるね？」

向かい合うと、勝又が先に口を開いた。

「ええ」

「被害者は早明大中退の組員だった。暴力団同士の抗争ではないかもしれないということで、蒲田署は捜一に協力を要請してきたんだよ」

「そうですか。しかし、それでは暴対課の立場がないでしょ？」

「そうなんだが、暴対課の大沼課長は気持ちよく捜一が蒲田署に捜査本部《チョウバ》を立てることを快諾《かいだく》してくれたよ。ただし、一つだけ条件をつけられた」

「その条件というのは？」

「暴対課の矢吹、金森の両刑事を支援要員として使ってくれということだった。そういう前例はないいんだが、わたしはオーケーした」

「矢吹さんは、射殺された橋場を堅気にさせたがってたんですよ」

加門は経緯を話した。

「そういうことだったんなら、矢吹君はじっとしてられないだろうね」

「ええ」

「部下を連れて、早速、蒲田署に出張《でば》ってくれないか。午後三時過ぎには正式に捜査本部が設けられるはずだ」

「わかりました」

「いつものように、捜査一課《うち》の杉江貴規《すぎえたかのり》管理官に捜査を仕切ってもらう」

勝又が言った。

四十五歳の杉江警視は、捜査一課のナンバースリーだ。勝又課長の参謀《さんぼう》である。捜査一課には二人の理事官がいて、十三人の管理官を束《たば》ねている。杉江は番頭だった。

加門は腕時計を見た。あと数分で、正午になる。

「昼飯を喰《く》ったら、部下たちと蒲田署に出向きます」

「向こうに着くころにはある程度、初動捜査の結果が出てると思うよ」

課長が言った。殺人など凶悪な犯罪が発生すると、東京の場合は警視庁機動捜査隊と地元署の刑事たちが事件現場に駆けつける。

どんな犯罪も、捜査の手順は変わらない。現場検証と遺留品採取が済むと、聞き込みがはじまる。地取り班は事件現場周辺で、不審者や怪しい車輌の目撃証言を集める。鑑《かん》取《ど》り班は、被害者の親族や友人から交友関係を探《さぐ》り出す。

初動班は一両日、聞き込みに励む。だが、それで犯人を特定できることは稀《まれ》だ。捜査は所轄署に引き継がれる。加害者をすでに割り出しているときは、地元署だけで事件を解決させるわけだ。

しかし、犯人が捜査線上に浮かんでいない場合は本庁か各道府県警本部に捜査本部の設置を要請する。通常、本庁の刑事部長が捜査本部の任に就く。所轄署の署長は副本部長を務める。しかし、どちらも〝お飾り〟だ。

捜査一課の管理官や課員たちが所轄署に出張《でば》り、地元署員と協力し合って、犯人を逮捕するのだ。理事官が出向くことは、めったにない。大きな事件に限られている。今回は裏社会絡みの殺人事件だからだろう。ちなみに、捜査費用は所轄署が負担する。

「一応、組対に仁義を切っといてくれないか」

「わかりました」

加門は一礼し、課長室を出た。その足で、九階にある暴力団対策課を訪ねる。矢吹刑事の姿は見当たらなかった。

加門は大沼課長に足を向けた。

大沼が加門に気づき、小さく笑いかけてきた。

「わたしの班が蒲田署に出張らせてもらうことになりました。暴対課の領域《テリトリー》を侵《おか》すことになって、申し訳ありません」

「なあに、気にしないでくれ。蒲田署は捜一の力を借りたいと思ってるようだから、仕方ないよ。よろしく頼む」

「はい。矢吹さんがいないようですが……」

「矢吹は、殺された橋場の恋人の自宅アパートに行ったんだ。彼氏の訃報《ふほう》を伝えに行ったんだよ」

「そうですか」

「矢吹は、橋場を堅気にさせたがってた」

「その話は、きのうの夜、矢吹さんから直《じか》に聞きました。矢吹さんは橋場が殺されたんで、おそらくショックを受けてるでしょう」

「すごく落ち込んでた。橋場を護《まも》ってやれなかったことで、矢吹は自分を責《せ》めてたな。別に彼のせいじゃないんだがね」

「矢吹さんはいつも凄みを利かせてますが、あれで案外、気持ちが優しいんですよ。特に無器用な生き方しかできない人間にはね」

「そうみたいだな。矢吹の意外な一面を知って、わたしも驚いてるんだ。やくざ顔負けの無頼漢《ぶらいかん》だと思ってたが、根は温《あたた》かい奴だったんだね」

「ええ、そうだと思います。矢吹さんは照れ隠しに悪党ぶってますが、思い遣《や》りのある好漢ですよ」

「矢吹は損な性格だな。周《まわ》りの同僚や上司とうまくやってれば、みんなに敬遠されることはないんだろうがね。すぐに彼は他人《ひと》に突っかかる。偉いさんにも敬語を使おうとしないし、挨拶《あいさつ》すらしない」

「それが矢吹さんの短所なんでしょうが、階級社会の中で、あれだけ突っ張っていられるのはカッコいいですよ。ほんの少しでも出世欲があったら、幹部を罵倒《ばとう》なんかできませんからね」

「わたしもさんざん悪態《あくたい》をつかれた。殴られそうになったこともあるな。とんでもない部下を持ったもんだと不運を呪《のろ》ったもんだが、今朝《けさ》の矢吹の沈み方を見て、少しあいつを見直したよ」

「そうですか」

「矢吹は弔《とむら》い合戦だと力《りき》んでるが、彼が暴走しそうになったら、遠慮なくストップをかけてほしいんだ。矢吹と金森は、単なる助っ人だからね。捜査本部のみんなに迷惑をかけるようだったら、矢吹たちを本庁《こっち》に引き揚げさせる」

「矢吹さんは、きっと橋場を殺った《や》犯人を検挙《アゲ》てくれるでしょう」

「そうさせてやりたいが、あの男はせっかちな性分《しょうぶん》だから、誤認逮捕をしかねない。わたしは、それが心配なんだ。加門君、矢吹が暴走しないよう、しっかり見張っててくれないか」

「それはともかく、しばらく矢吹、金森の両刑事をお借りします」

加門は大沼の席に背を向け、刑事部屋を出た。

ちょうどそのとき、エレベーターホールの方から矢吹が歩いてきた。両手をスラックスのポケットに突っ込み、うつむき加減で近づいてくる。

「矢吹さん……」

加門は呼びかけた。

矢吹が廊下にたたずみ、ゆっくりと顔を上げた。目が充血している。泣いたのだろう。

「尾崎綾乃にさ、橋場が蒲田のビジネスホテルで射殺されたことを伝えに行ったんだよ。辛《つら》かったぜ」

「そうだったろうね」

「綾乃は橋場が死んだことを知ると、悲鳴のような声をあげてダイニングキッチンの床に泣き崩れたんだ。それで、何十分も泣きじゃくってた。おれ、思わず貰い泣きしちまったよ」

「そうみたいだね。目が少し赤いから、すぐにわかりましたよ」

「橋場は、罪な奴だぜ。綾乃は妊娠してるんだ。もちろん、腹の子の父親は橋場だよ」

「妊娠何カ月なのかな？」

　加門は訊《き》いた。

「三カ月に入ったばかりらしいよ。橋場は本気で足を洗う気になってたにちがいない。だから、バースコントロールをしなかったんだろう」

「そうだろうね」

「橋場は堅気になって、綾乃と所帯を持つ気でいたんだよ。それで、生まれてくる子と三人で小さな幸せを嚙《か》みしめる気でいたにちがいねえ」

「そう願ってたんでしょう」

「それなのに、誰かが橋場を撃ち殺しやがった。綾乃は橋場の子供を絶対に産むと言ってたが、シングルマザーは何かと大変だ。橋場と綾乃を不幸にした犯人は赦《ゆる》せねえ。犯人を取っ捕まえたら、おれは暴発を装って、そいつの頭を撃ち抜いてやる！」

　矢吹が息巻いた。

「気持ちはわかるが、私刑《リンチ》はまずいな。おれたちは現職警官なんです」

「そうなんだが……」

「矢吹さん、少し冷静になりなよ。おれの班が蒲田署に出張ることになったが、矢吹さんと金森君にも捜査に加わってもらうことになったんです。みんなで協力し合って、加害者を割り出そう。それで、法の裁きを受けさせましょうよ」

「捜一に初動捜査の報告は上がってきたんだろ？」

「いや、まだ報告はないようだな。機捜《きそう》も所轄署も聞き込みに手間取ってるんでしょう」

「犯人《ホシ》は堅気《ネス》じゃなさそうだな。組長の小出か、橋場の兄貴分の二宮が殺し屋《ヒットマン》を差し向けたんだろう」

「矢吹さん、予断《よだん》は禁物だよ。加害者が意外な人物だったというケースはよくありますからね」

「加門の言う通りだな。少し頭を冷やしたほうがよさそうだ。夕方までには金森と蒲田署に行くよ。先に部下たちと捜査本部に出張っててくれや」

「了解です。それじゃ、後で！」

加門は矢吹と別れ、六階にある捜査一課の大部屋に戻った。

刑事部屋には勝又課長がいた。加門は課長に近づいた。

「少し前に初動捜査の報告が届いたんだ」

勝又がファクスペーパーの束《たば》を差し出した。

加門は捜査資料を受け取り、自分の席に落ち着いた。初動捜査の報告には、鑑識写真は添えられていなかった。

事件の概要《がいよう》と聞き込みの結果が記されていた。事件現場は大田区蒲田五丁目十×番地の『蒲田グリーンホテル』の六〇二号室で、被害者の射殺体が発見されたのは今朝の七時五十分ごろだった。発見者は同ホテルの男性従業員だ。

殺害された橋場賢太は出入口近くの床《ゆか》に仰向《あおむ》けに倒れていた。額を至近距離から撃ち抜かれていた。銃声を聞いた者はいない。

おそらく犯人は六〇二号室のドアを開けさせた直後、消音型拳銃で被害者を射殺し、素早く逃走したのだろう。

現在のところ、室内から薬莢《やっきょう》は見つかっていない。射殺犯が回収したと考えられる。消音器を装着できるリボルバーは数少ないからだ。

橋場は三日前から偽名でビジネスホテルに投宿していた。トラベルバッグには、洗面具と数日分の着替えの衣服が詰められていたが、所持金は十数万円だった。札束入りのキャリーケースは発見されていない。

加門は捜査資料に目を通すと、十一人の部下を会議室に集めた。事件のアウトラインを伝え、蒲田署に出張ることになったと告げた。

五係の全員が四台の捜査車輌に分乗して蒲田署に乗りつけたのは、午後二時過ぎだった。

加門はまず署長に挨拶を済ませ、三階の刑事課に顔を出した。課長の気賀真輝《きがまさてる》警部とはすでに面識があった。五十一歳の気賀は柔和な顔立ちで、刑事には見えない。だが、十何度も警視総監賞を授与されている。

ほかに表彰には、勲功章、功労章、功績章、賞詞、賞誉《しょうよ》がある。殉職者には、たいてい勲功章が与えられる。表彰状、バッジ、銀杯、時計を貰えるが、現金の授与はない。ただし、俸給は上がる。

「また、お手伝いさせてもらうことになりました。よろしくお願いします」

加門は控え目な挨拶をした。

「あなたはちっとも偉ぶらないんだな。こちらこそ、よろしく頼みます。本来なら、本庁の組対部暴対課と合同捜査をするのが筋なんだが、被害者がインテリやくざだったんで、暴力団絡《がら》みの事件とは限らないと読んだもんだから、捜一に協力を要請したんですよ」

「そうらしいですね。組対部暴対課の矢吹と金森が側面支援することは当然、気賀課長はご存じでしょ？」

「ええ、もちろん。そういうことで、暴対課の面目が立つといいんですがね」

「暴対課の大沼課長は面目を潰されたとは思ってないようでしたよ」

「それはよかった」

「早速ですが、今回の事件で検視官は臨場したんですね？」

「ええ。検視官によると、橋場賢太が射殺されたのは、きょうの午前六時から七時二十分の間だろうとのことでした。射殺体を発見したホテル従業員は六〇二号室のドアの下から鮮血が流れ出てたんで、マスターキーでドア・ロックを解《と》いたというんです。部屋のドアは外出時に自動的にロックされる造りになってるんですよ」

「ドア・ノブに犯人の指掌紋《ししょうもん》は？」

「まったく付着していませんでした。それから、凶器の薬莢もついに見つかりませんでした。犯人の沈着ぶりから、犯罪のプロの犯行臭いですね」

「司法解剖は大塚の東京都監察医務院で行なわれるんでしょ？」

「ええ、明朝十時からね。解剖所見が出れば、もう少し手がかりを得られると思うな」

「それを期待しましょう」

「暴対課からの情報によると、橋場は小出組の裏金一億円を持ち逃げしたらしいとのことだったが、被害者の所持金は十数万円だったんですよ。橋場は盗んだ大金をどこか別の場所に隠したんだろうか」

「コインロッカーの鍵は所持していました？」

「キーの類《たぐい》は何も持ってなかったな」

「それなら、橋場は組の裏金を持ち逃げなんかしてないんでしょう。小出組長は橋場が一億円を盗《ギ》ったと決めつけてましたが、それは事実ではないようです」

「組長が嘘をついて、橋場を陥れようとしたんだろうか。それとも、組の誰かが橋場に濡衣を着せようとしたのかな」

「そのあたりのことを調べれば、犯人は浮かび上がってくるでしょう。五階の会議室に捜査本部が設置されるんですね？」

「ええ、そうです。うちの署の強行犯係五人、暴力犯係三人、生活安全課から二人の計十人を専従させます」

気賀が言った。

「そうですか。捜査副本部長には、こちらの署長が任に就かれるんですね？」

「ええ、そうです。捜査全般の指揮は本庁の杉江管理官にお願いして、わたしは捜査副主任をやらせてもらいます。加門さんは予備班のチーフを務《つと》めてほしいんですよ」

「わかりました」

「捜査会議の前に各班の割り振りをしちゃいましょうよ」

「そうですね」

二人はソファセットに歩《ほ》を進め、コーヒーテーブルを挟んで向かい合った。

捜査本部は、どこも庶務班、捜査班、予備班、凶器班、鑑識班などで構成されている。

庶務班は捜査本部の設営を担う。所轄署の会議室に机、事務備品、ホワイトボードなどを運び入れ、専用の警察電話を何本か引く。捜査員たちの食事の世話をして、泊まり込み用の寝具も調達する。

それだけではない。蛍光灯の交換や空調の点検も守備範囲である。さらに捜査費の割り当てをし、すべての会計業務もこなす。本庁の新人刑事や所轄署の生活安全課から駆り出された署員が担当することが多い。

捜査班は、地取り、敷鑑《しきかん》、遺留品の三班に分けられている。各班とも、二人一組で聞き込み、尾行、張り込みに当たる。原則として、本庁と所轄署の刑事がコンビを組む。ベテランと若手が組むことが大半だ。

予備班は地味なセクションに見られがちだが、最も重要な任務を負わされている。班長は捜査本部の実質的な指揮官だ。

十年以上のキャリアのある刑事が選ばれ、各班に指示を与える。被疑者を最初に取り調べるのも予備班のメンバーだ。

凶器班は主に凶器の発見に努める。時にはドブ浚《さら》いをしたり、伸びた雑草も刈り込まなければならない。鑑識班は所轄署の係官が三、四人任命されることが一般的だ。だが、事件の規模によっては本庁の専門官が数名加わる。

加門は班分けが終わると、刑事課を出た。階段を使って、五階の捜査本部に急ぐ。広い会議室の出入口近くに本庁の杉江管理官が立っていた。二人の理事官の下に、管理官がいる。捜査一課には十三人の管理官がいて、それぞれが各捜査係を仕切っている。捜査本部は、ほぼ準備を終えていた。

「気賀課長と班分けを済ませたかな？」

杉江が問いかけてきた。

「ええ」

「それじゃ、午後三時から捜査会議だ。被害者が組員だったからといって、手を抜かないようにしないとね」

「もちろんです。人の命の重さは、みな同じですんで」

加門は自分に言い聞かせ、捜査本部を眺め渡した。

3

捜査会議が終わった。

午後四時五分過ぎだった。まだ司法解剖前なので、通常よりは短かった。

加門は椅子から立ち上がって、ホワイトボードに歩み寄った。

蒲田署刑事課の塩谷剛《しおやつよし》課長補佐が鑑識写真をホワイトボードから剝《は》がしていた。七枚とも死体写真だった。

被害者の額の射入孔《しゃにゅうこう》は小さい。だが、後頭部の射出孔は大きかった。その銃創《じゅうそう》からの出血が夥《おびただ》しく、血溜まりは広い。

貫通した弾頭はホテルの壁に埋まっていた。九ミリ弾だった。

気配で、塩谷警部補が振り返った。四十六歳だが、髪はほぼ禿《は》げ上がっている。眉《まゆ》が驚くほど太い。

「何か？」

「塩谷さんがここで情報の交通整理をやってほしいんです。わたしは現場捜査をしたいんですよ」

「しかし、こっちは予備班の班長ではありません。チーフの加門さんが司令塔を務めるべきでしょ？」

「本来なら、そうすべきでしょうね。ですが、今回の事件の犯人は本庁《うち》の矢吹刑事と一緒に逮捕《パク》りたいんですよ」

加門は言った。

「何か思い入れがありそうですね。そういうことなら、わたしが捜査本部《チョウバ》で情報の交通整理をやりましょう。ただし、指示は加門さんに出してもらいたいんですよ」

「わかりました。気賀課長には、わたしが現場に出ることを話しましょう」

「お願いします」

「それから、おたくの若手と組ませてほしいのですが……」

「御園貴史《みそのたかふみ》巡査長と組んでください」

塩谷がそう言い、二十七、八歳の部下を呼んだ。

御園が急ぎ足でやってきた。今春、高輪《たかなわ》署から異動になった若手刑事だ。顔は知っていたが、言葉を交わしたことはなかった。

「おれの相棒《バディ》になってもらう」

加門は御園に右手を差し出した。御園が緊張した面持《おもも》ちで手を握り返してきた。

「ご指導のほどを願い上げます」

「もっとリラックスしろよ」

「は、はい」

「事件現場のビジネスホテルで改めて聞き込みをしたいな。車で待機しててくれないか」

加門は指示した。

御園が短い返事をして、捜査本部を飛び出していった。捜査班の各コンビは、あらかた出かけていた。加門は本庁の杉江管理官と立ち話をしている気賀課長に近寄った。署長は少し前に署長室に戻っていた。

「ここには塩谷さんに残ってもらうことにしました」

加門は蒲田署の刑事課長に告げた。

「うちの塩谷に花を持たせてくれるんだね」

「そういうわけではありません。わたし、現場捜査が好きなんですよ。ずっと同じ場所に坐ってるのは苦手なんです。わがままを言って、すみません！」

「別に構いません。ただ、現場の指揮官は加門さんなんだ。そのことをお忘れなくね」

「はい」

「加門君、事件を早期解決させてくれよ」

杉江管理官が話に割り込んだ。

「ベストを尽くします」

「被害者の橋場が組の裏金一億円を持ち逃げしたって話なんだが、それを裏付ける物証は何も出てこなかった。初動の連中が下落合《しもおちあい》二丁目にある橋場の自宅マンションを調べたんだが、大金はどこにも隠されていなかった。小出組長の話は信用できるんだろうか」

「作り話をした可能性はあると思います。しかし、なぜ橋場を陥れようとしたのかは、捜査を進めてみませんと……」

「そうだな。初動捜査の報告によると、被害者は小出組が管理してる売春バーで働いてたタイ人娼婦を故意に逃がしてやったそうじゃないか」

「ええ、ノイという名の売春婦をね」

「『カサブランカ』という売春バーを仕切ってるのは、橋場の兄貴分だとか?」

「ええ、そうです。小出組の舎弟頭の二宮啓司という奴です」

「その二宮は当然、手下の不始末のことで組長に詰《なじ》られたんだろう。舎弟頭が組長に咎《とが》められたことを逆恨《さかうら》みして、橋場に組の裏金を持ち逃げさせたとも考えられるね」

「管理官は、二宮が一億円を横奪《よこど》りして、誰かに橋場を殺《や》らせたと推測されたんですね？」

「推測というよりも、ただの勘だがね」

「そういう筋読《すじよ》みもできるでしょうが、そうだとしたら、二宮は欲がなさすぎますね」

「欲がなさすぎる？」

「ええ。一億円は大金ですが、舎弟頭までのし上がった男がその程度の金で、組長を敵に回す気になるでしょうか。小出組の裏金を手下の者に持ち逃げさせたことが発覚したら、二宮は間違いなく抹殺《まっさつ》されると思います」

　加門は言った。

「だろうね。一億円を得るために命を賭ける気にはならないか」

「ええ。ただし、二宮が小出組長の致命的な弱みを押さえてるとしたら、平気で第三者に組の裏金を盗ませて、それを着服するかもしれません」

「それは考えられるね。とにかく、捜査に取りかかってくれないか」

　杉江管理官が加門に言い、気賀課長とともに捜査本部から出ていった。

そのすぐ後《あと》、奥から矢吹と金森がやってきた。

「おれたちは、小出と二宮の動きを探《さぐ》ってみらあ」

矢吹が言った。

「そう。捜査班の連中にはとことん聞き込みに励《はげ》めと言っといたから、そのうち新《あら》たな手がかりが出てくるかもしれません」

「ああ、そうだな。加門はどうするんだい？」

「蒲田署《ここ》の若手とコンビを組んで、事件現場に行ってみます。その後、被害者宅に回ってみようと思ってるんだ」

「そうかい。それじゃ、連絡を密《みっ》に取り合おうや」

「了解！」

加門は矢吹たち二人を送り出し、警察電話の前に坐った塩谷警部補に歩み寄った。

「何か気になる報告が上がってきたら、すぐに教えてほしいんですよ」

「むろん、そうするつもりです。予備班の班長の代役は悪くないな。ここで捜査班の連中の報告を待ってると、なんだか自分が出世したような気分になる」

「塩谷さんは順調に昇進してきたじゃありませんか」

「いや、いや、同期の連中はたいてい所轄の課長になっています。こっちは、まだ刑事課のナンバーツーです。二、三カ月で靴を履《は》き潰《つぶ》してきたけど、強い伝手《ツル》がないからな。停年間近になって課長職に就いて、それで終わりでしょう」

「われわれノンキャリア組は出世のことなんか考えないで、地道に捜査活動にいそしみましょうよ」

「そうだね。キャリアみたいに出世レースに汲々《きゅうきゅう》としてたら、人生、愉《たの》しくないだろうからな」

塩谷が言った。加門は同調し、捜査本部を後《あと》にした。

エレベーターで一階に降り、捜査車輌専用の駐車場に足を向ける。御園刑事は灰色のエルグランドの中で待っていた。蒲田署の覆面パトカーだ。

「待たせたな。まず事件現場に行ってくれないか」

加門はエルグランドの助手席に乗り込んだ。

御園が穏やかに車を発進させた。わずか数分で、『蒲田グリーンホテル』に着いた。

加門たちはフロントに直行し、素姓を明かした。ＦＢＩ式の警察手帳も見せた。顔写真付きだ。

「もう事情聴取を受けましたよ」

三十年配のフロントマンは迷惑顔だった。

「捜査本部事件になったんですよ。ご迷惑でしょうが、再度、協力願います」

「まいったなあ。事件のことがテレビで報じられてから、予約のキャンセルが相次《あいつ》いでるんですよ」

「とんだ災難でしたね。ところで、夏堀充《なつぼりみつる》さんにお目にかかりたいんですよ。取り次《つ》いでいただけますか」

加門は言った。

「わたしが夏堀です」

「そうでしたか。フロントで事情聴取をするのは、まずいでしょ？　いつ客が来るかもしれませんので」

「あちらで話しましょう」

夏堀がロビーのソファセットを手で示した。フロントには、女性の同僚がいた。

加門たち二人は先にソファに並んで腰かけた。少し遅れて夏堀が加門の正面に坐る。

「同じ質問に何度も答えるのはかったるいでしょうが、よろしくお願いします。あなたが六〇二号室のドアの下から鮮血が流れ出てるのに気づいたのは、今朝の七時二十分ごろだったんですね？」

加門は夏堀に顔を向けた。

「ええ、そうです」

「そのとき、血は凝固《ぎょうこ》していました？」

「半分ぐらい固まってる感じでした。わたしはびっくりして、いったんフロントに戻ったんです」

「それからマスターキーを使って、六〇二号室に入った。すると、被害者の橋場賢太が仰向けに倒れてた。そうですね？」

「ええ。三日前の午後二時過ぎにチェックインされた六〇二号室のお客さまは中村一郎《なかむらいちろう》という偽名を使って、現住所もでたらめでした」

「初動捜査で、そのことはわかっていますよ。チェックインしたときの担当者は？」

「わたしです」

「そうですか。殺された橋場がキャリーケースを携《たずさ》えてないことは確かなんですね？」

「はい。お客さまは、トラベルバッグを一つだけお持ちになられていました。一週間滞在予定だと申されて、七日分の宿泊料をチェックインされたとき、フロントに預けられたんですよ」

「投宿中、橋場の部屋を訪ねた者は？」

「そういう方はいらっしゃいませんでした」

「橋場は六〇二号室に引き籠《こも》ってたらしいね」

「ええ、そうなんですよ。外に食事に出かける以外は、お部屋の中にいたんだと思います」

「そう。初動班の捜査報告によると、六階のエレベーターホールに設置されてる防犯カメラには宿泊客のほかに不審な人物は映ってなかったとか？」

「はい、その通りです。おそらく犯人は二階の非常口から当館に侵入して、階段で六〇二号室に接近したんでしょう。廊下に防犯カメラは設置されていませんので、犯人の姿が映像に残る心配はないんです」

「確認したいんだが、六〇二号室のドアは間違いなく施錠《せじょう》されてたのかな？」

「はい、それは間違いありません。多分、殺人犯はピッキング道具で解錠したんだと思います」

「初動捜査資料によると、六〇二号室の鍵穴の内側に金属で擦《こす》った痕《あと》があったらしいから、その通りなんだろうな」

「ええ」

「ホテルマンも宿泊客も、まったく銃声は聞いてないんですね？」

「はい。初動班の刑事さんは、消音装置付きの拳銃が使われたんだろうとおっしゃってましたが……」

夏堀が言って、ロビーを見回した。客の姿は見当たらない。夏堀は安堵《あんど》した表情で、前に向き直った。

「あなたが六〇二号室に入られたとき、もう橋場は息絶えてたんですね？」

蒲田署の御園が夏堀に確かめた。

「ええ、そうです。大声で呼びかけたんですが、返事はありませんでした。それで、お客さまの鼻の下に指を近づけてみたんですよ。呼吸はしてませんでした」

「そうですか。部屋の中に硝煙《しょうえん》の臭《にお》いは？」

「少し火薬臭《くさ》かったですね。それから、血の臭いも立ち昇ってきました」

「犯人の残り香は漂《ただよ》っていませんでした？　たとえば、ヘアトニックとかオーデコロンの香りとか。あるいは、癖《くせ》のある体臭とかね」

「癖のある体臭というのは、腋臭《わきが》のことですか？」

「そうです」

「そういう強烈な体臭は残っていませんでしたね。ただ、かすかにガーリックの臭いがうっすらと漂ってました」

「そのことは、初動捜査の報告にはなかったな」

加門は御園を手で制して、先に口を開いた。

「お客さんがガーリックライスでも食べたかもしれないと思ったので、初動班や蒲田署の人たちには黙っていたんですよ」

「被害者の口許からガーリックの臭いがしたのかな？」

「いいえ、特に臭いませんでしたね。犯人がガーリック入りの料理を食べた後、犯行に及んだんでしょうか」

「そうなのかもしれないね。六〇二号室をちょっと見せてほしいんですよ」

「わかりました。マスターキーを取ってきます」

夏堀が立ち上がって、フロントに足を向けた。

「なかなかいい質問をしたね。きみは、いい刑事になりそうだ」

加門は御園に言って、先に腰を浮かせた。御園が面映《おもはゆ》そうな顔つきで、ソファから立ち上がった。そのとき、夏堀が戻ってきた。

三人はエレベーターで六階に上がった。

加門はロックが解除される前に、六〇二号室の鍵穴にペンライトの光を当てた。金属が擦れ合った痕跡があった。

ドアが開けられた。

加門は真っ先に入室した。血溜まりには、ブルーシートが被《かぶ》せられていた。

「蒲田署の方がしばらく現場をそのままにしておいてほしいとおっしゃったんで、どこもいじってないんですよ」

「そう」

「殺された方は、もう東京都監察医務院に搬送《はんそう》されたんですか？」

「まだ蒲田署の死体安置所に亡骸《なきがら》はあるんですよ。司法解剖されるのは明朝なんでね」

「そうですか」

夏堀が口を閉じた。

加門は、捜査会議がはじまる前に矢吹と一緒に被害者の遺体と対面していた。死顔は思いのほか穏やかだった。橋場は即死に近かったのだろう。

矢吹は故人の体を揺さぶりながら、男泣きに泣いた。

はぐれ刑事は、インテリやくざの橋場を本気で更生させる気でいたのだろう。二人は何かをきっかけに心を通わせるようになったのではないか。

加門は、そのことに興味を覚えた。だが、詮索《せんさく》は控えた。

遺体に合掌し、先に死体安置所を出る。矢吹は五分ほど死者に語りかけてから、加門の前に姿を見せた。

「現場に薬莢が残されていれば、凶器の特定はたやすいんですけどね」

御園が言いながら、正面の壁に近寄った。

「ライフルマークが不明でも、鑑識係は採取した弾頭から凶器を割り出してくれるだろう」

「そうだといいですね」

「仮に凶器を割り出せなくても、刑事が執念を棄《す》てなきゃ、必ず犯人《ホシ》は捕まえられるさ」

加門は呟《つぶや》いて、銃弾で穿《うが》たれた壁面を仔細《しさい》に観察した。

穴は小さかった。貫通弾は、それだけ威力があったのだろう。

加門は屈《かが》み込んで、ベッドや椅子の下を覗《のぞ》き込んだ。残念ながら、収穫はなかった。

ほどなく加門は六〇二号室を出て、覆面パトカーに乗り込んだ。

「橋場の自宅マンションのスペアキーは、蒲田署が預かってるんだね？」

加門は相棒に訊いた。

「気賀課長が預かっていますが、被害者宅には両親がいるはずです。息子の訃報《ふほう》を聞いて、父母が山梨から上京したことは確認済みですので」

「そう。それじゃ、下落合に行ってみよう」

「了解！」

御園がエルグランドを走らせはじめた。

目的の賃貸マンションを探し当てたのは小一《こ》時間後だった。『カーサ下落合』は、JR目白《めじろ》駅の近くにあった。八階建てだった。

加門たちは捜査車輛を路上に駐《と》め、エントランスロビーに入った。

出入口はオートロック・システムにはなっていなかった。常駐の管理人もいない。

加門たち二人はエレベーターで、七階に上がった。

橋場の部屋は七〇五号室だった。御園がインターフォンを鳴らし、刑事であることを明かした。

ややあって、アイボリーのドアが開けられた。応対に現われたのは尾崎綾乃だった。

「このたびは突然のことで……」

加門は型通《かたどお》りに悔やみの言葉を述べた。綾乃は黙って頭を下げたきりだった。泣き腫《は》らした目が痛々しい。

「橋場さんのご両親が田舎から上京してるんです」

「取り込み中に申し訳ないんだが、被害者宅を見せてほしいんだ。初動の者がすでに捜査資料になりそうな物は借り受けたんだが、何か手がかりを見落としてるかもしれないんでね」

「わかりました」

「それから、できれば遺族の方たちからも事情聴取させてほしいんだが、打診《だしん》してもらえないだろうか」

「はい」

「無神経な頼みだが、よろしくお願いします」

加門は改まって頭を垂れた。

綾乃がいったん部屋の中に戻り、数分後にふたたび顔を見せた。

「どうぞお入りになってください」

「お邪魔します」

加門は先に七〇五号室に入った。すぐに相棒の御園刑事も靴を脱いだ。

間取りは１ＬＤＫだった。被害者の両親は、リビングソファに並んで腰かけていた。どちらも五十代の後半に見える。母親は涙ぐんでいた。

加門たちは自己紹介し、被害者の両親の前に坐った。綾乃が二人分の緑茶を運んできた。

「どうかお構いなく」

加門は綾乃に言ってから、橋場の父母に交互に質問した。

だが、捜査に役立つような情報は得られなかった。

「倅《せがれ》は社会人になってからは、とんと実家には寄りつかなくなってしまったんです。そんなことで、親のわたしたちも最近の賢太のことはよく知らないんですよ。お役に立てなくて申し訳ない」

被害者の父が、いかにも済まなそうに詫《わ》びた。俊夫《としお》という名だった。妻の名は智子《ともこ》だ。

「息子さんは裏街道を歩いてたんで、親許《おやもと》には寄りつけなかったんでしょう」

「そうなんでしょうね。賢太は大学に入ってから、哲学書や思想書を読み漁《あさ》るようになったんです。それで、考え方がだんだんニヒルになって、学歴も立身出世も無意味だとうそぶくようになりました。それどころか、生きることにはなんの価値もないと言い出して、堕落《だらく》していったんですよ。それで、やくざにまでなってしまったわけです」

「学生時代に親にも言えないような苦い体験をしたんじゃないのかな。それで、すっかり人生観が変わってしまったんでしょう」

「そうだとしても、息子はクズですよ。暴力団の組員にまで成り下がってしまったんですから」

「しかし、息子さんは足を洗う気になってたようですよ」

加門は言った。その語尾に、橋場の母親の言葉が重なった。

「ええ、そうなんですよ。先月、賢太はわたしに電話をしてきて、好きな女性と一緒に生き直すんだと言ってたんです。そのとき、尾崎さんのことを聞きました」

「そうですか」

「ようやく息子は真っ当に生きる気になったのに、こんな結果になってしまって……」

「悔しいですよね」

加門は慰《なぐさ》めた。

橋場智子が下を向き、嗚咽《おえつ》を洩《も》らしはじめた。

加門は故人の父親に断ってから、御園と室内を調べはじめた。だが、新たな手がかりは得られなかった。

加門たちは辞去することにした。玄関先まで見送ってくれた綾乃が急に下腹を押さえ、うずくまった。

「どうしました？」

「急にお腹が痛くなったんです」

「出血したんじゃないですか？」

加門は言った。綾乃は額に脂汗《あぶらあせ》をにじませ、苦しげに呻《うめ》くだけだった。

スカートの裾《すそ》から赤いものが流れはじめた。血だった。流産の徴候《ちょうこう》だろうか。

「すぐに救急車を呼んでくれ」

加門は相棒に命じ、綾乃に呼びかけつづけた。だが、呻き声しか返ってこなかった。

4

どう慰めればいいのか。

加門は頭の中で、必死に言葉を探した。

だが、あいにく適当な台詞《せりふ》が思い浮かばない。病床の際《きわ》に立ち尽くすほかなかった。

東日本医大病院の産婦人科病棟である。個室だった。

ベッドには、尾崎綾乃が横たわっている。きのう救急車で当院に担《かつ》ぎ込まれた綾乃は、やはり流産していた。

出血量は多かった。そのため、数日、入院することになったのだ。ベッドの向こう側には橋場の母親の智子が立っていた。

相棒の御園刑事は廊下にいる。午前十一時過ぎだった。すでに橋場の司法解剖が行なわれているはずだ。

「きのう賢太さんが殺されたとき、わたし、お腹の子を忘れ形見《がたみ》と思ったんです」

綾乃が涙声で、橋場智子に話しかけた。加門には背を向ける恰好《かっこう》だった。

「そうなの」

「どんなことがあっても、女手一つで彼の子を育てるつもりだったんです。それなのに、流産してしまって。賢太さんとわたしを繋《つな》ぐものがなくなってしまった気がして、わたし、悲しくて悲しくて……」

「はぐれ者の息子のため、そこまで考えてくれたのは嬉しく思うわ。でもね、こうなってよかったのかもしれない」

「えっ⁉」

「綾乃さん、あなたはまだ若いのよ。死んだ賢太のことは早く忘れて、新たな人生を踏みだしてちょうだい。きっと故人《ひと》も、それを望んでると思うの」

「賢太さんは、かけがえのない男性だったんです。そんなに簡単に忘れることなんかできません」

「ありがとう。でもね、辛《つら》いだろうけど、忘れなきゃいけないの。二十代の女性が思い出だけを縁《よすが》に生きるなんて、あまりにも残酷だもの」

智子も涙で声をくぐもらせた。二人は手を取り合って、ひとしきり泣いた。

「お大事に」

加門は綾乃に声をかけ、そっと病室を出た。白い引き戸を閉めると、御園が小声で話しかけてきた。

「尾崎綾乃さん、少しはショックが和《やわ》らいだ様子でした？」

「まだショックが尾を曳《ひ》いてるな。きのう橋場が射殺されて、その上、流産してしまったんだ。立ち直るのに、しばらく時間が必要だろう」

「そうでしょうね。綾乃さんはシングルマザーになる気になっていたんですから、心から橋場賢太に惚《ほ》れていたんでしょう」

「橋場のほうも彼女をかけがえのない女性だと思ってたにちがいない。だから、足を洗う気になったんだろう」

「でしょうね」

「尾崎さんを力づけてやりたかったんだが、何も言えなかったよ。他人《ひと》が悲しみにくれてるとき、言葉は無力だな」

「そうかもしれませんね」

「相手が男なら、黙って肩や背中を軽く叩《たた》きつづけてやれたんだが、親しくもない女性にそんなことはできないからな」

「ええ、そうですね。でも、時間がいつか悲しみを癒《い》やしてくれるでしょう」

「そうだといいな」

「それにしても、忘れ形見をひとりで育てようと決意した尾崎さんはちょっと感動的ですよね。いまどき、それほど情熱的な女性がいるとは思いませんでした」

「悪女たちにさんざん貢《みつ》がされてきたような口ぶりだな」

加門は相棒をからかった。

「悪い女にカモにされたことはありませんが、大学一年のときから親しくしてた娘《こ》に裏切られたことがあります」

「そうなのか」

「その彼女とは五年越しの仲だったんですが、交際三年目から実は二股をかけられてたんですよ。しかも相手は、ぼくの友人でした。そのことを知ったときはショックでしたよ」

「だろうな。彼女とも友人とも縁を切ったのか？」

「ええ、もちろん！　あれ以来、人間不信感が消えなくて、新しい彼女を作る気になれないんです」

「その気持ち、わかるよ」

「加門さんも女性に裏切られたことがあるようですね？」

御園が好奇心を露《あらわ》にした。

加門は笑いで返答をはぐらかした。彼は三十二歳のとき、上司の勧《すす》めで見合いをしたことがあった。相手は五つ年下で、警察庁幹部の次女だった。

美人で、頭も悪くなかった。キャリアの娘でありながら、少しも高慢なところがなかった。気立てがよく、くだけていた。

加門はデートを重ねるたびに、相手に心を奪われた。いずれはプロポーズする気になっていた。

しかし、予想もしない展開になった。八カ月後のことだった。見合いした女性が大物国会議員の二世政治家と電撃的に結ばれたのである。加門は、その気配さえ感じ取れなかった。事実、なんの前触《まえぶ》れもなかった気がする。

加門は恋情を弄《もてあそ》ばれた気がして、ひどく傷ついた。失望と幻滅を覚えただけではない。憤《いきどお》りも感じた。

そのときに味わった屈辱感は、容易には消えなかった。いつしか恋愛には消極的になってしまった。

世間の尺度で言えば、加門はナイスガイである。多くの女性がアプローチしてきた。

だが、どの相手にも無防備に接することはできなかった。相互の信頼がなければ、真の恋愛は成立しない。そんなことで、いまも特定の恋人はいなかった。

「引き揚げよう」

「はい」

二人は綾乃の病室を離れた。

ナースステーションの前を通り、エレベーター乗り場に急ぐ。三階だった。

エレベーターを待っていると、函《ケージ》から矢吹と金森が降りてきた。矢吹は花束を抱えていた。

「尾崎綾乃を見舞ってやろうと思ってさ。橋場の子を流産しちまったんだから、さぞ沈み込んでるんだろうな」

「声をかけることも、はばかられました」

「だろうな。もう少し経《た》ってから、病室に行ったほうがいいか？」

「そうしたほうがいいかもしれないな」

加門は言った。すると、矢吹が金森刑事に声をかけた。

「そっちは車の中で待ってろ」

「いいですけど、どうしてです？」

「綾乃はショックを受けてるんだ。見舞客は少ねえほうがいいだろうが」

「わかりました」

金森が答えて、御園に目を向けた。

「自分も覆面《メン》パトの中で待ってましょうか」

「そうしてくれないか」

加門は御園に言った。金森と御園がエレベーターに乗り込んだ。

函《ケージ》の扉が閉まった。

加門たち二人は、エレベーターホールの横にある休憩室に入った。無人だった。加門たちは向かい合う形でソファに腰を落とした。

「昨夜《ゆうべ》、そっちから綾乃がこの病院に運び込まれたって電話を貰ったとき、すぐ駆けつけたかったんだ。けど、流産した綾乃にかける言葉が思いつかなかったんで、二の足を踏んじまったんだよ」

矢吹が言った。ふだんよりも、はるかに表情が暗い。

「集中治療室《ICU》に入って、すぐに流産してることがわかったんです。尾崎綾乃が子供のように泣きじゃくる声が廊下まで響いてきた」

「かわいそうにな」

「彼女はシングルマザーになって、橋場賢太の子を育てる気になってたんだ」

「なんだって橋場は惚れた女をこの世に遺《のこ》して、あの世に行っちまったんだっ。あいつ、綾乃が孕《はら》んでることを知ってたんだろう？」

「それは知ってたらしい」

「綾乃と生まれてくる子のために、命を懸《か》けて犯人と闘かってりゃ、こんなことにはならなかったのに」

「矢吹さん、それを言っては酷《こく》ですよ。橋場は問答無用で撃《ハジ》かれたんだろうから、抵抗するチャンスもなかっただろう」

「それでも武闘派やくざなら、反撃したにちがいねえ。インテリ組員は拳銃《チャカ》を見て、全身が竦《すく》んじまったんだろう。橋場は、もともとヤー公にゃ向かない奴だったんだ。なのに、道を踏み外しやがって。大馬鹿野郎だよ、まったく」

「矢吹さんの屈折《くっせつ》した優しさ、おれにはわかりますよ。深く橋場の死を悼《いた》んでるんだね」

加門は言った。矢吹が何か言いかけ、声を詰まらせた。加門は会話を中断させた。

矢吹が短い沈黙を破った。

「あいつには、橋場には借りがあったんだよ」

「どんな借りがあったんです？」

「夏休みに入って間もなく、おれんとこの娘の真歩《まほ》が家出《ヤサグレ》したんだ」

「なんでまた？」

「その数日前にさ、娘はクラスの友達と一緒に無断外泊したんだよ。といっても、渋谷のカラオケ店で夜通し歌ってただけらしいんだけどな。確信犯だったんだよ。真歩はスマホの電源をずっと切ってたんだ。だから、女房は娘が事件に巻き込まれたんじゃないかと本気で心配してたんだよ」

「で、矢吹さんは娘を強く叱《しか》ったんだね？」

「当然さ。真歩は、まだ高一なんだから」

「ま、そうだろうね」

「真歩は父親に説教されたのが面白くなかったようで、翌々日に家出しやがったんだ。歌舞伎町の終夜営業の喫茶店でウェイトレスをやる気だったみたいなんだが、どこも雇ってくれなかった」

「娘さんは歌舞伎町でバイトを探してるとき、悪い奴に引っかかったんだね？」

「そうなんだ。真歩に声をかけた野郎は裏ＤＶＤ制作プロの社長で、娘を強引に車に乗せようとしてたらしいんだよ。そんなとき、橋場が運よく通りかかってくれて、娘を毒《どく》牙《が》から護《まも》ってくれたんだ」

「そんなことがあったんですか」

「運が悪かったら、娘は刃物か何かで脅されて、いかがわしいことをさせられてただろう。だから、おれは恩返しとして、橋場を堅気にさせてやりたかったんだよ」

「何か事情があると思ってたが、そういうことだったのか」

「けど、橋場は足を洗う前に誰かに殺《や》られちまった。だから、借りを返したいんだ。おれは橋場を射殺した犯人を絶対に取っ捕まえる。借りは、きっちりと返す。それが人の道だからな」

「そうだね。おれ、バックアップさせてもらいます」

加門は言った。

「ありがとよ。きのうの聞き込みで、橋場が『悪《あく》の華《はな》』にスカウトされてたことがわかったんだ」

「『悪の華』というのは？」

「そっちは、まだ知らなかったか。インテリ犯罪集団だよ。悪さをして弁護士や検察官の資格を失った奴らが中心になって、企業や広域暴力団の弱みを握って、億単位の金をせしめてるんだ」

「新手《あらて》の犯罪組織か」

「組対部暴対課《うち》は二年ぐらい前から、暗躍してる『悪の華』をマークしはじめたんだよ。ボスは元東京地検特捜部検事の根津成昭《ねづなりあき》、四十七歳とわかってるんだが、正確なメンバー数はまだ把握《はあく》してねえんだ。別にアジトがあるわけじゃないし、メンバー同士もできるだけ接触しないように心がけてる」

「そう」

「それでも、推定メンバーは五十人以下ってことはねえと思うよ。有名私大で准教授をやってた奴もいるようだ。そいつはゼミの女子学生を何人も姦《や》っちゃって、大学にいられなくなったらしい」

「リーダーの元検事も懲戒免職になったのかな？」

「そう。根津は現職大臣の収賄《しゅうわい》の事実を握り潰《つぶ》してやって、検察庁を追われたんだ。根津の懐《ふところがたな》刀と言われてる元弁護士の三塚竜生《みつづかたつお》、四十三歳は依頼人から預かってた親の遺産を勝手に遣《つか》い込んで、法曹界《ほうそうかい》から追放されてる。その三塚が先々月、赤坂の高級割烹《かっぽう》に橋場を招《まね》いて、『悪の華』に入らないかと誘ったというんだよ」

「その話の情報源《ネタモト》は？」

「橋場の馴染《なじ》みのショットバーのマスターだよ。信用できる男だから、偽情報《ガセネタ》じゃねえだろう。三塚は関東御三家の経済やくざを五人ばかり仲間に引きずり込んでる」

矢吹が言った。

「政治も経済も先行き不透明だから、知力のあるアウトサイダーたちは刹那《せつな》的に太く短く生きたいと思いはじめてるのかもしれないな」

「多分、そうなんだろうな。富や権力を握った成功者にも、他人には知られたくない秘密や弱みがあるもんだ。捨て身になってる頭脳派アウトローに脅されたら、どいつも震え上がって、銭を吐き出すんじゃねえか」

「そうでしょうね。これからは、その種のインテリ犯罪者が増えそうだな。それはそうと、橋場は元弁護士の三塚の誘いに乗ったんだろうか」

「マスターには、はっきりと断ったと言ったそうだよ。橋場は本気で堅気になって、綾乃を幸せにしてやろうと考えてたんだろう」

「三塚は『悪の華』のことをどの程度橋場に話して、仲間に引きずり込もうとしたんだろうか。元弁護士が組織やボスのことを詳しく橋場に喋《しゃべ》ってたとしたら、秘密保持のために……」

「橋場を始末するかもしれねえよな。おれは金森と一緒に根津と三塚の動きを探《さぐ》ってみらあ」

「矢吹さん、小出組長はどうなんですかね。個人的な金が必要になって、組の隠し金を橋場が持ち逃げしたと見せかけ、ネコババした疑いはないんだろうか」

「小出と親交のある奴らに昨夜《ゆうべ》会ってみたんだが、組長が金に困ってる様子はうかがえなかったと口を揃《そろ》えてた」

「そうですか。舎弟頭の二宮啓司はどうなんだろう？　二宮は弟分の橋場が売春バー『カサブランカ』で働いてたタイ人娼婦を逃亡させたことで、組長の小出に叱られてる。橋場のことを苦々しく思ってたら、弟分を陥れようと考えるかもしれないでしょ？」

「そうだな。二宮は内縁の妻の里中留衣《さとなかるい》、三十二歳に輸入下着のカタログ販売をさせてるんだが、二年半前から赤字経営なんだよ。景気がよくねえから、アメリカ、フランス、イタリアから輸入した高級ランジェリーも売れなくなったんだろう。ブラジャーとショーツの対《つい》で、四万も五万もするんじゃ、ＯＬや一般主婦はとても手が出ねえよな」

「そうだろうね」

「おれの女房なんか千円以上のパンティーなんか一枚も持ってないんじゃねえのかな。そんなことは、どうでもいいか。二宮が内妻の商売をつづけさせたいと考えてるんだったら、どこかから運転資金を引っ張ってこなきゃならねえわけだ」

「まともな金融機関は、やの字にまとまった金は貸さないでしょ？」

「ああ。といって、暴力団の息のかかった消費者金融に借金したら、笑い者にされる。二宮が内妻のために、組の裏金に手をつける可能性もあるな」

「そうだね」

「待てよ。『悪の華』が小出組の裏金一億をかっぱらって、橋場の仕業《しわざ》に見せかけたとも考えられるぜ。そうすりゃ、新手の犯罪集団はわざわざ自分らの手を汚さずに橋場をこの世から消せるわけだ。裏金の持ち逃げ犯が橋場とわかったら、当然、小出組は生かしちゃおかないだろうからな」

「ま、そうでしょうね」

「おれたちは『悪の華』の動きを探る。加門たちは二宮の周辺を調べてくれや」

「了解！」

二人は相前後して椅子から立ち上がった。

矢吹が蟹股《がにまた》で綾乃の病室に向かった。加門はエレベーターに乗り込んだ。一階に降り、駐車場に足を向ける。

二十メートルほど進んだとき、懐で刑事用携帯電話《ポリスモード》が鳴った。

加門は立ち止まって、ポリスモードを懐から摑み出した。発信者は捜査本部にいる蒲田署の塩谷課長補佐だった。

「解剖所見が届いたんですよ。橋場は、きのうの朝七時前後に死んだようです。死因は被弾による脳挫傷《のうざしょう》です。即死だっただろうとのことでしたよ」

「そうですか」

「それから凶器班のお手柄で、凶器が判明しました。アメリカ製のS＆W《スミスウエッソン》910でした。フレームが軽合金のピストルです。消音器は不明ですけどね」

「どこかに薬莢《やっきょう》があったんですね？」

「『蒲田グリーンホテル』の前の下水道の中に薬莢《カートリッジ》があったんですよ。犯人は拾い上げた薬莢を部屋の水洗トイレに流したんでしょう」

「そうにちがいありません。よかった。弾頭だけでは、凶器の割り出しは難しかったでしょうからね」

「下水道で薬莢を見つけたのは、蒲田署《うち》の溝口《みぞぐち》なんですよ。こっちに戻られたら、溝口を犒《ねぎら》ってやってください」

「そうしましょう」

加門は通話を切り上げ、捜査車輌に駆け寄った。

5

社長室に通された。

『ドリーム興産《こうさん》』だ。二宮の内妻が経営している会社である。

オフィスは、西新宿三丁目の商業ビルの中にあった。八階だった。

「ありがとう」

加門は若い受付嬢に礼を述べた。

受付嬢が社長室から出ていった。二十三、四歳だろうか。

「わたしの会社は、小出組の企業舎弟《フロント》なんかじゃありませんよ」

両袖机に向かった里中留衣がノートパソコンから顔を上げ、切り口上《こうじょう》で言った。顔は派手な造りで、白人とのハーフっぽい。肢体《したい》は肉感的だった。

「それはわかってます」

「きのうは、柄の悪い刑事がうちの社員に経営状態を探りに来たらしいの。小出組が何をしたか知りませんけど、この会社は無関係よ」

「単なる聞き込みですんで、一つご協力願います」

加門は名乗って、相棒を紹介した。

女性社長が腰を上げ、机を回り込んできた。白っぽいスーツはシャネルだった。香水がきつい。御園刑事がむせた。

「どうぞお掛けになって」

留衣が先にふっかりとしたソファに腰を沈めた。

加門は目礼し、里中留衣の前に坐った。隣に相棒が腰かける。

「コーヒーもお茶も出しませんよ。わたし、警察が大っ嫌いなの。国民の税金で食べさせてもらってるくせに、どいつも威張《いば》り腐《くさ》ってるから」

「全国におよそ二十九万七千人も警察官がいますので、心得違いをしてる奴もいるんでしょう。しかし、そんな奴ばかりではありませんよ」

「身内を庇うのね。そういう体質も問題なんじゃない？　ま、いいわ。忙しいのよ。早く本題に入ってくれる？」

「輸入下着の販売は大変みたいですね。別の捜査員があなたの会社は二年半あまり前から赤字経営だと調べ済みなんです」

「ええ、その通りよ。でもね、数カ月前からネット販売に力を入れるようになったとたん、売上が急上昇してるの。来年の春には黒字になると思うわ」

「これまでの損失額は？」

加門は畳みかけた。

「五千万円弱ね。でも、黒字になれば、すぐに赤字分は埋められるわ」

「失礼ですが、赤字分の補塡《ほてん》はどんな方法で……」

「会社の内部留保を充《あ》てたのよ。三年前までは儲かってたの」

「そうなんですか」

「なんか感じ悪いわね。会社の経営が苦しかったんで、わたしが何か不正な手段で運転資金を調達したとでも疑ってるの？　いったい何があったというのよ。それを教えてくれないんだったら、わたし、警察には協力しないわ」

留衣が脚《あし》を組んだ。

加門は、小出組の裏金を何者かが持ち逃げした可能性があることを打ち明けた。二宮啓司の手下の橋場を組長が疑っていることも付け加えた。

「組の者が一億円も盗んだとしたら、命知らずね。橋場ちゃんのことはよく知ってるけど、そんなことをやる度胸はないんじゃない？　彼は気弱なとこがあるし、先の先まで考えるタイプだから。でも、何かでまとまったお金が必要だったら、それぐらいのことはしちゃうかもね」

「そうでしょうか」

「きっとそうだったんだわ。だって、彼は蒲田のビジネスホテルで射殺されちゃったじゃないの。橋場ちゃんが組のお金を持ち逃げしたことがはっきりしたんで、命奪《タマと》られることになったんでしょう」

「そういうことなら、小出組長が組員の誰かに橋場を殺《や》らせた疑いがあるな」

「多分、そうだったんでしょうね」

「あなたの内縁の夫は、橋場のことを苦々しく思ってたはずなんですよ。橋場は売春バー『カサブランカ』で働いてたノイというタイ人娼婦に同情して、逃亡の手助けをしたんでね」

「その話は二宮から聞いたわ。彼は直系の舎弟が不始末をしたんで、すごく怒ってたわよ。当然でしょう?」

「まあね。だいぶ橋場を叱ったようだが、兄貴分の二宮啓司は舎弟にけじめを取らせてない。本来なら、橋場に指を詰めさせて、組長に詫《わ》びろと迫るはずじゃないのかな」

「最近は、めったに小指詰《エンコ》めなんかやらないみたいよ。時代が変わったんじゃない?」

「そうだとしても、お仕置きが甘すぎないかな。二宮は橋場には利用価値があると考えてたんで、きつくは咎《とが》めなかった。そう考えると……」

「ちょっと待ってよ。二宮が橋場ちゃんに組の一億円を持ち逃げさせたと疑ってるわけ⁉」

留衣が声を裏返らせた。

「気分を害されたんでしたら、謝ります。なんでも疑ってみるのが刑事の習性なんですよ」

「おたく、彼を二宮と呼び捨てにしたけど、何かの容疑者なの？」

「いいえ、そういうわけじゃありません」

「だったら、さんづけにしてよ。二宮は前科のある筋者だけど、人権は尊重すべきでしょうが！」

「ごもっともです。二宮さんと呼ぶべきでしたね。今後は気をつけます」

「ええ、そうしてちょうだい」

「話を元に戻しますが、こっちはどうしても二宮さんが橋場賢太に厳しいけじめを取らせなかったことが腑《ふ》に落ちないんですよ」

「その話を蒸《む》し返すの！　さっきも言ったけど、商品をネット販売するようになってから、売上高は右肩上がりで伸びてるのよ。だから、二宮がこの会社の運転資金を工面《くめん》する必要はなかったの。つまり、どこかからお金を引っ張らなくてもよかったわけよ。二年半の赤字分は会社のプール金でなんとか賄《まかな》ってきたんで」

「なるほど」

「だからね、二宮が橋場ちゃんに組の裏金を持ち逃げさせる動機なんかないのっ」

「あなたの話が事実なら、そういうことになるな」

加門は言った。

「その言い方、気に入らないわね。まだ二宮を疑ってるの？」

「そうじゃありません」

「だったら、もう少し言葉に気をつけてよ」

留衣が腹立たしげに言い、腕を強く組んだ。乳房の位置が高くなった。胸許《むなもと》から白い谷間が覗《のぞ》いている。

「この会社は何年前に設立されたんでしたっけ？」

御園巡査長が女社長に問いかけた。

「六年数カ月前よ。それがどうかした？」

「開業資金は里中さんご自身が調達されたんですか？」

「ううん、違うわ。事業資金の三千万円は彼が都合《つごう》つけてくれたの」

「ということは、実質的な経営者は二宮さんなんですね？」

「そう受け取ってもらってもいいわ。うちの人は、会社登記簿の役員には名を連《つら》ねてないけど」

「確認しておきたいんですが、この会社は小出組とは関係ないんですね?」

「そのことは最初に言ったはずよっ」

「ええ、そうでした」

「ま、いいわ」

留衣がうっとうしそうに三日月眉《みかづきまゆ》をたわめた。

「二宮さんは、ほかに個人的な商売を何かされてるんですか?」

「一緒に暮らしはじめた七年前は歌舞伎町でラーメン屋をやってたのよ。でも、あまり流行《はや》らなかったんで、一年ぐらいで店を閉めたの。それからは、サイドビジネスは何もやってないわ」

「あなたと二宮さんは内縁関係で、正式に結婚されてるわけじゃありませんよね。それ以前に二宮さんは結婚されてたんですか?」

「ううん、独身よ。わたしの両親が二宮との結婚に猛反対したんで、彼の籍にまだ入ってないだけ。でも、わたしたちは事実上の夫婦よ」

「あなたのほかに二宮さんが親しくしてる女性は?」

「失礼な男ね。わたしにそんなことを訊《き》くなんて、どういう神経してるのよ」

「確かに礼を欠いた質問でした。しかし、相棒に悪意とか他意はなかったと思います。どうか勘弁してやってください」

加門は御園を庇って、深々と頭を下げた。御園が慌《あわ》てて謝罪する。

「水に流してやるわよ。わたしたちの仲はうまくいってるわ。だから、二宮には愛人なんかいないはずよ」

「そうでしょうね。で、二宮さんはきょうは組事務所に詰めてるのかな？」

加門は訊いた。

「きょうは夕方まで自宅にいる予定よ。夜は、管理を任されてる歌舞伎町の店を回ると言ってたけど」

「そうですか。ご自宅は四谷《よつや》四丁目にあるんでしたね？」

「ええ、そうよ。新宿一丁目の花園《はなぞの》公園の近くなんだけど、案外、静かな場所なの。二宮をマークしても意味ないと思うけど、一応、事情聴取してみれば？」

「そうさせてもらいます」

「あら、もうこんな時間なのね」

留衣がわざとらしく腕時計に目をやった。辞去を促《うなが》したのだろう。

加門は御園に目配せして、先に総革張りのソファから立ち上がった。御園も腰を浮かせた。

二人は社長室を出た。事務フロアには、およそ三十人の社員がいた。女性ばかりだった。

「さっきはありがとう。きみは、いつ入社したの？」

加門は愛想のいい受付嬢に問いかけた。

「ちょうど二年前です」

「給料には満足してる？」

「ええ、まあ。でも、年に何度かサラリーが遅配になるので、ちょっと困ってるんですよ」

「経営状態はよくないんだ？」

「ええ、ずっとね」

「里中社長はネット販売に力を入れるようになってからは、売れ行きが好調だと言ってたがな」

「カタログ通信販売だけのときよりは、間違いなく売上高はよくなってます。だけど、二年以上も赤字だったから、社長は資金繰《ぐ》りが大変だと思いますよ」

「そう。何かと大変だろうが、お互いに頑張ろう」

「はい！」

受付嬢が明るく応じた。

加門たちは『ドリーム興産』を出て、エレベーター乗り場に足を向けた。

「女社長の言葉を鵜呑《うの》みにしないほうがいいのではないでしょうか」

御園刑事が歩きながら、遠慮がちに言った。

「受付嬢が言ってたことは嘘じゃないだろう。わざわざ嘘をつく必要はないからな」

「ええ、そうですね。二宮は内妻が運転資金に困ってることを知って、小出組の裏金を弟分の橋場に盗《ギ》らせたんじゃないのかな」

「その疑いはあるかもしれない」

加門は口を結んだ。

二人はエレベーターで地下二階の駐車場に降り、灰色のエルグランドに乗り込んだ。

御園の運転で、二宮の自宅に向かう。

十分そこそこで、目的の家屋《かおく》を探し当てた。古いが、趣《おもむき》のある和風住宅だった。平屋で、庭木に囲まれている。

加門は覆面パトカーを数軒先に停めさせ、助手席から降りた。

通行人を装って、二宮宅の前を通り過ぎる。家の中からCDの音が洩《も》れてきた。ハードロックだった。どうやら二宮は自宅で寛《くつろ》いでいるようだ。

加門は踵《きびす》を返し、覆面パトカーの中に戻った。

「対象者《マルタイ》は家にいるようでした？」

御園が問いかけてきた。

「ああ、いるようだったな」

「任意で引っ張るんですか？」

「いや、それはまだ早い。しばらく張り込んで、二宮の動きを探ってみよう」

加門は言って、上着のポケットから煙草とライターを摑み出した。警察車輛内は禁煙だったが、たまにルールを破っていた。相棒は迷惑だろうが、勘弁してもらっている。携帯用灰皿は常に持っていた。

張り込みは、いつも自分との闘いだった。焦《じ》れたら、ろくな結果にはならない。ひたすら対象者が行動を起こすのを辛抱強く待つ。それが鉄則だった。

加門は紫煙をくゆらせながら、ひたすら待った。

二宮が自宅から現われたのは午後六時五十分ごろだった。白いスーツ姿だ。カラーシャツは真っ黒だった。右手首には、ゴールドのブレスレットを光らせている。

「ひと目でヤー公とわかる身なりですね」

御園が呟《つぶや》き、シフトレバーをＤ《ドライブ》レンジに入れた。

二宮は肩をそびやかしつつ、表通りに向かって歩《ほ》を進めている。エルグランドが静かに走りはじめた。

二宮は靖国《やすくに》通りに出ると、タクシーを拾った。タクシーは明治《めいじ》通りを横切り、新宿大ガード方面に向かった。

「管理してる売春バーを回る前に、どこかに立ち寄るつもりらしいな」

加門は言った。相棒は曖昧《あいまい》な返事をした。

二宮を乗せた黄色いタクシーは、意外にも西武《せいぶ》新宿駅に隣接しているシティホテルに横づけされた。小出組の舎弟頭はホテルで誰かと会う約束をしているのか。

「車を近くに駐《と》めたら、すぐロビーに入ってきてくれ」

加門は御園に命じ、急いでエルグランドから離れた。すでに二宮は、ホテルのロビーに足を踏み入れていた。

加門は追った。エントランスロビーに駆け込んだとき、二宮が館内のティールームに入っていった。

加門は二分ほど時間を遣《や》り過ごしてから、ティールームの中を覗き込んだ。

二宮は中ほどのテーブル席で、二十四、五歳の女性と向かい合っていた。ＯＬには見えない。クラブホステスか。二人は親しげだ。

「二宮は誰と会ってるんです？」

相棒が加門の横に立った。

「女と会ってる。中ほどの席だ」

「愛人《レコ》ですかね。なんか他人じゃないような雰囲気でしょ？」

「そうだな。そっちは、まだ面が割れてない。客になりすまして、二人の近くで聞き耳を立ててくれないか」

加門はさりげなく御園から離れ、近くのソファに坐った。

御園がティールームの中に消えた。加門はマガジンラックから夕刊を引き抜き、記事を読む振りをしはじめた。

相棒がティールームから出てきたのは、およそ三十分後だった。ごく自然な動きで、加門のかたわらに腰かける。すぐにポリスモードを片方の耳に当てた。

「洒落《しゃれ》たことをするじゃないか」

加門はからかった。

「ハリウッド映画の真似です。二宮と一緒にいる女は、さつきと呼ばれてました。本名か源氏名《げんじな》かは不明です」

「二人は、どんな話をしてた？」

「二宮は、さつきにペットショップを持たせてやると言ってました。それから、ホテル内の日本料理の店で軽く飲んでから、上の部屋に行こうとも喋ってたな」

「やっぱり、相手は愛人なんだろう」

「ええ、新しい彼女なんだと思います。内妻の会社が火の車みたいなのに、よく愛人にペットショップを持たせてやるなんて言えるな。さつきの気を惹《ひ》きたくて、はったりを口にしたんでしょうか？」

「まだ何とも言えないな」

「二宮が本気でさつきにペットショップを持たせる気なら、あいつが組の裏金を誰かに持ち逃げさせたのかもしれませんよ」

「その可能性はゼロじゃないだろうな。それだからといって、橋場が一億円を盗《ギ》ったとはまだ断定できない」

「ええ、そうですね。二宮は別の者に裏金をかっぱらわせて、橋場賢太に罪をおっ被せようとしたのかもしれませんから」

「そうだな。そっちは、引きつづき二宮に張りついてくれ。おれは『カサブランカ』に行って、ちょっと情報を集めてくる」

加門は立ち上がって、シティホテルを出た。高架沿いに進み、都立大久保《おおくぼ》病院の横を抜けて歌舞伎町二丁目に入る。

目的の売春バーは雑居ビルの五階にあった。小出組の事務所から百メートルも離れていない。

加門はエレベーターで五階に上がった。

『カサブランカ』はホールの左手にあった。加門は売春バーを直《じか》には訪ねなかった。ホールの隅にたたずみ、しばらく様子をうかがうことにした。

やがて、東南アジア系の若い女が日本人の中年男と腕を組んで『カサブランカ』から出てきた。これから二人は近くのラブホテルにしけ込む気だろう。

加門は物陰に身を潜《ひそ》めた。二人連れがエレベーターホールに立った。

「お客さん、次はもっと遅い時間に来て。泊まりだったら、わたし、たくさんサービスできる」

「おれは、もう若くないんだ。ショートで充分だよ」

「あなた、優しくないね。それに九十分じゃ、いろんなことできないでしょ？」

「それじゃ、一時間延長するか」

客の男が言って、女の乳房を揉《も》んだ。小麦色の肌の女が嬌声《きょうせい》を洩らし、なまめかしく身を捩《よじ》った。

そのとき、エレベーターの扉が開いた。函《ケージ》から飛び出してきたのは、フィリピーナのようだった。二十五、六歳だろうか。

「イメルダ、どうしたの？」

タイ人と思われる女が声をかけた。

「口開けの客、変態だった。わたしに、おしっこ飲めって言ったの。だから、ホテルから逃げてきた」

「二宮さん、怒るよ。ホテルに戻ったほうがいい」

「戻らないよ、わたし」

相手が言った。タイ人らしい女が肩を竦《すく》め、客の男と函《ケージ》に入った。エレベーターの扉が閉まった。

フィリピン生まれらしい女が『カサブランカ』に足を向けた。加門は呼び止めた。相手が体ごと振り返り、すぐに顔を強張《こわば》らせた。

「あなた、誰？」

「東京出入国在留管理局の人間じゃないから、安心してくれ。おれは、きのう殺された橋場賢太の友人なんだ」

　加門は言い繕《つくろ》った。

「それ、嘘じゃない？」

「ああ。きみは『カサブランカ』で働いてるんだね？」

「そう」

「お国はフィリピンみたいだな」

「ええ、そう。わたし、イメルダね。興行ビザで四年前に日本に来て、オーバーステイなの」

「警察や入管には密告しないよ。その代わり、こっちの質問に答えてほしいんだ」

「オーケー」

「橋場のことは知ってるね？」

「うん、知ってる。彼は優しいやくざ《ギャングスター》だった。体売ってるわたしたちをちゃんと人間扱いしてくれた。昔、店で働いてたタイの娘《こ》を逃がしてやった。橋場さん、いい人ね」

「ノイのことだな？」

「そうね。ノイを逃がしたんで、橋場さん、店を管理してる二宮さんに殴られたり蹴られたりした」

イメルダが言った。

「それだけ?」

「多分ね」

「そうか。その後、橋場は二宮に何かさせられなかった?」

「わからない。わたし、よく知らないよ。橋場さん、ノイを逃がしてから、二宮さんにわたしたちと喋るなと言われてたの」

「そうなのか。橋場が金に困ってる様子はなかった?」

「そういうことはなかったと思うね」

「二宮は、さつきという女とつき合ってるようなんだが、その彼女のことは知ってるかい?」

「その彼女、二宮さんの新しいガールフレンドよ。『エレガンス』というネイルサロンのオーナーらしい。桐村《きりむら》さつきという名前で、元モデルだって話ね。二宮さん、店の収益《アガリ》を抜いて、そのガールフレンドにいろいろプレゼントしてる」

「そう。ところで、橋場は誰かとトラブルを起こしたことがあるかな」

「そういうことは一度もないはず。橋場さん、人と争うのは好きじゃなかった。友達なら、あなたも知ってるでしょ?」

「確かに穏《おだ》やかな性格だったね。引き止めちゃって、ごめん！」

加門は片手を挙げた。

イメルダが微笑し、『カサブランカ』に向かった。加門は雑居ビルを出ると、急ぎ足でホテルに戻りはじめた。

6

客の姿は見当たらない。

蒲田署の裏手にある大衆食堂だ。午後二時半を回っていた。二宮を尾行した翌日である。

加門は矢吹と隅《すみ》のテーブルに落ち着いた。

店主の妻らしき五十年配の女性が茶を運んできた。加門はミックスフライ定食、矢吹は鰈《かれい》の煮魚《にざかな》定食を頼んだ。どちらも、まだ昼食を摂《と》っていなかった。

禁煙店ではなかった。矢吹が煙草に火を点《つ》けた。加門も釣られてセブンスターをくわえた。

「どうも『悪の華』は橋場殺しには関わってなさそうだな」

「矢吹さん、何か確証を得たらしいね？」

「ああ、まあ。ちょいとした反則技を使って、元検事の根津と参謀の三塚の二人を直《じか》に揺さぶってみたんだよ」

「反則技って？」

「根津の息子は大学生なんだが、ナイフのコレクターなんだよ。そのこと自体は別に法にゃ触《ふ》れないんだが、いつも刃渡り十四センチのアーミーナイフを護身用に持ち歩いてた」

「銃刀法違反ですね」

「だな。で、金森の野郎に根津の倅《せがれ》を逮捕《パク》らせて、根津の自宅に行ったんだ」

「銃刀法違反には目をつぶってやるからと言って、根津成昭に迫ったんでしょ？」

「当たりだ。根津は三塚に橋場をスカウトしろと指示したことはあっさり認めたよ。けど、橋場が誘いに乗ってこなかったんで、引き抜きは諦《あきら》めたと言ってた」

「三塚も揺さぶってみたんでしょ？」

「もちろんさ。三塚の娘は大学を中退して家でゴロゴロしてるんだが、万引きの常習犯だったんだよ。その娘がスーパーで板チョコをごっそり盗《ギ》ったとこ《こ》を押さえて、三塚宅を訪ねたんだ」

「三塚は自宅にいたの？」

「いや、外出中だった。女房がすぐに電話で亭主を帰宅させたんだよ。三塚も橋場の引き抜きに失敗してからは、まったくコンタクトは取ってないと繰り返してた。二人とも空とぼけてるようには見えなかったよ。おれの筋読みが外れてたんだろうな」

矢吹が短くなった煙草の火を揉み消した。

そのとき、先に煮魚定食が届けられた。

「お先にどうぞ！」

加門は矢吹に言った。矢吹が割り箸を手に取った。それから間もなく、ミックスフライ定食が運ばれてきた。

加門も食べはじめた。

「捜査会議でそっちが報告した通りなら、二宮啓司が臭《くせ》えな。内妻の留衣にやらせてる輸入下着の販売会社は二年半前から赤字つづきで、社員の給料も年に何度か遅配してるんだろ？」

「きのう、受付嬢はそう言ってました。多分、事実なんだろう。嘘をつかなきゃならない理由はないですからね」

「そうだな。二宮は留衣に隠れて、ネイルサロンをやってる桐村さつきって元モデルとつき合ってる。それで、その女にペットショップを持たせてやると言ってたという話だったよな？」

「そうなんだ。いま部下の向井がネイルサロン『エレガンス』に聞き込みに行ってるんですよ。二宮が本気で桐村さつきにペットショップを持たせる気なのかどうか、間もなくわかるでしょう」

「本気なんだろうな。『カサブランカ』で働いてるフィリピン人娼婦は、二宮が店の収益《アガリ》を抜いて、さつきにプレゼントしてるって証言したんだからさ」

「二宮は、さつきに夢中なんだろうね」

「そうなんだろう。加門の情報を分析すると、二宮がやっぱり怪しいな。囮《おとり》捜査をするか。金森を『カサブランカ』の客に仕立てて、とりあえず売春防止法違反で責任者の二宮の身柄《ガラ》を押さえちまおうや」

「麻薬や銃器絡みの事案以外、囮捜査は禁じられてます」

「わかってらあ、そんなことは。けど、相手はヤー公なんだ。合法捜査だけじゃ、追い込めねえぜ」

「そうなんだが、下手すると、勇み足になる」

「だったら、オーバーステイのアジア人娼婦たちを摘発して、二宮を押さえよう。それとも、二宮の家に家宅捜査《ガサイレ》かけるか。短刀《ドス》か、トカレフぐらい出てくるだろう」

「矢吹さん、気持ちが逸《はや》るのはわかります。しかし、ここは慎重に動くべきなんじゃないかな。二宮啓司は確かに怪しい。だが、まだ状況証拠を摑んだだけです。凶器班が下水道から採取してくれた薬莢に二宮の指紋《モン》が付着してたわけでもありません。奴の手下の指掌紋《しょうもん》も検出されなかった」

「そうなんだが、二宮が弟分の橋場に組の裏金一億円を持ち逃げさせたにちがいねえよ。奴は内妻の会社に運転資金を回してやって、お気に入りの桐村さつきにペットショップの開店資金を用立てたかったんだろう」

「そうなのかもしれないが、立件できるだけの物証を押さえないとね」

「くそっ、まどろっこしいな」

矢吹が苛《いら》ついて、割り箸を二つに折った。

「功を急ぐのは危険ですよ」

「別段、おれは手柄を立てたいわけじゃねえ。殺害された橋場は娘を救ってくれた恩人だから、おれが加害者を取っ捕まえてえんだ。それだけなんだよっ」

「こっちの言い方が悪かったようですね。功を急ぐなんて言い方をしたら、手柄を立てたいというニュアンスになっちゃうからな。矢吹さん、謝ります」

「いいって、もう気にすんなって。おれも少し大人げなかったよ」

「二宮をマークしつづけてれば、何かボロを出すだろう。それまで待ったほうがいいでしょう？」

加門はハンカチで口許を拭《ぬぐ》い、日本茶を啜《すす》った。そのすぐ後、部下の向井巡査部長から電話がかかってきた。

「少し前に『エレガンス』を出たところです」

「桐村さつきに会えたのか？」

「ええ。二宮は、ネイルサロンの女社長にペットショップを開けるような貸店舗を探しておけと言ったそうです。それから、開業資金として三千万円ほど都合つけるとも言ったらしいんですよ」

「そうか」

「係長《ハンチョウ》、二宮が舎弟の橋場に小出組の裏金一億円を持ち逃げさせた疑いが濃くなってきましたね。それで舎弟頭は、誰かに消音器を嚙ませたS＆W910で橋場をシュートさせたんでしょう」

「ああ、そうなのかもしれないな。しかし、まだ物的証拠はないんだ。二宮の逮捕状を請求することはできない」

「二宮を別件でしょっ引いて、口を割らせる手もあるんじゃないですか」

「別件逮捕は奥の手だ。やたら使うもんじゃない。向井、ご苦労さんだったな。いったん蒲田署に戻ってくれ」

加門は通話を切り上げ、向井の報告内容を矢吹につぶさに伝えた。

「さつきがそう言ったんなら、二宮が真犯人《ホンボシ》だろうな。なんかいい手はねえか？」

矢吹がそう言いながら、自分の代金を卓上に置いた。加門は割り勘で支払いを済ませた。

ほどなく二人は店を出た。

矢吹はＪＲ蒲田駅に足を向けた。加門は蒲田署に戻り、五階の捜査本部に上がった。

塩谷課長補佐と御園巡査長が何か言い交わしていた。加門は二人に歩み寄り、塩谷に声をかけた。

「何か動きがありました？」

「三階の刑事課に匿名の密告電話があったらしいんだ。電話の主は、橋場を流れ者に射殺させたのは小出組の二宮啓司だと早口で告げて、すぐに電話を切ったそうだよ」

「そいつの声で、年恰好《としかっこう》の見当はついたんでしょ？」

「密告者はボイス・チェンジャーを使ってたようなんですよ。電話は公衆電話からかけたみたいだね」

「そうですか」

「いたずら電話なんだろうか。それとも、密告内容は正しいのか。御園は、二宮に個人的な恨みを持ってる奴が厭《いや》がらせをしたんだろうと言ってるんだが、あなたはどう思われます？」

「判断が難しいな。密告内容が事実だとしたら、もっと早い時期に電話をしてきてもよさそうですよね？」

「そう言われれば、そうだ。単なる厭がらせの電話みたいだが……」

「そうとも言い切れないんですよね」

「確かに」

塩谷が困惑顔になった。

加門は所定の場所に坐った。熟考してみたが、判断はつかなかった。

「さっき蒲田署《うち》の暴力犯係に過去に押収した拳銃の型《タイプ》を調べてもらったんだが、S＆W910は住川会《すみかわかい》系の下部団体《エダ》から三挺《ちょう》しか挙げてないらしいんですよ。誠和会の傘下組織からは一挺も押収されてない。密告者が言ったように、実行犯は流れ者なんだろうか」

「景気がよくないんで、遣り繰り《シノギ》がきつくなった組員がかなり足を洗ってるから、元やくざが実行犯なのかもしれませんね」

「二宮がそいつを雇った?」

「その疑いはありますね。しかし、確証を掴んだわけじゃないから、まだ二宮の逮捕には踏み切れないでしょ?」

「そうだね」

塩谷が長嘆息《ちょうたんそく》した。

加門は塩谷とともに捜査本部に留《とど》まり、聞き込みに出ている捜査班のメンバーからの報告を待った。数十分置きに警察電話と塩谷のポリスモードに着信があったが、有力な手がかりを掴んだ刑事はいなかった。

本庁組対部暴対課の大沼課長から加門に電話がかかってきたのは、午後五時過ぎだった。

「少し前に小出組の舎弟頭の二宮啓司から、わたしのとこに抗議の電話がかかってきたんだ。矢吹が令状《オフダ》なしで、二宮の自宅を捜索したというんだよ。何か思い当たるかな?」

「ええ」

加門は、矢吹が二宮を橋場殺人事件の主犯と見做《みな》していることを伝えた。

「彼は銃器や刃物を見つけたら、二宮を緊急逮捕するつもりでいたんだな」

「そうなんでしょう。それで、二宮宅には銃刀法違反になるような物はあったんですか?」

「銃器も刃物もなかったそうだ。それで、矢吹は引き揚げたらしい。まずいことをしてくれたな。二宮が不当捜査のことをマスコミにリークしたら、矢吹は懲戒免職になるかもしれないぞ。むろん、わたしも責任を取らされることになるだろう。そんなことよりも、矢吹はもっとアナーキーなことをしでかしそうだな」

「二宮をどこかに閉じ込めて、暴力で口を割らせるのではないかと心配されてるんですね?」

「それも考えられるが、二宮は内縁の妻の里中留衣を矢吹に人質に取られるかもしれないと不安がってるんだ」

「いくら何でも、そこまではやらないと思います」

「わからんぞ。矢吹は犯人を検挙するためなら、平気で禁じ手を使ってきたからな。課の者を里中留衣の会社に行かせて、彼女を保護するよう指示したんだが、もう手遅れかもしれない」

大沼は途方に暮れている様子だった。

「矢吹さんのポリスモードを鳴らされました?」

「十回近くコールしたんだが、彼は電話口に出ようとしないんだ」

「すぐに電話をしてみます。発信者がわたしなら、通話する気になるかもしれませんから」

「お願いします。電話が繋がったら、矢吹にばかな真似はよせと忠告してほしいんだ。そして、わたしのコールにも応じるよう伝えてほしいんだよ」

「わかりました」

加門は電話を切り、廊下に走り出た。

すぐさま矢吹のポリスモードの短縮番号を押す。ややあって、通話可能になった。

「二宮の家に令状《オフダ》なしに踏み込んで、家宅捜索《ヤサ》したんだって?」

「なんで知ってる⁉」

「二宮が大沼課長にクレームの電話をしたらしいんですよ。大沼さんから、おれに電話がかかってきたんだ」

「そういうことか」

「矢吹さん、里中留衣を人質に取って、二宮をどこかに誘《おび》き出す気なんだね。それで、二宮が橋場の事件《ヤマ》にタッチしてることを吐かせるつもりなんでしょ?」

「二宮は、もう内縁の妻にはさほど愛情なんか感じてねえと思うな。ネイルサロンのオーナーに入れ揚げてるんだからさ」

「矢吹さんは、桐村さつきを人質に取ったんだな。そうなんでしょ？」

「さすがだね。その通りだ。これから二宮をここに呼びつけて、自供《ウタ》わせてやる」

「矢吹さん、どうかしてるな。現職の刑事がそんなことをしたら、人生、終わりですよ。桐村さつきをすぐに解放したほうがいい」

「橋場が真歩を救ってくれなかったら、おれの娘は青春を、いや、人生を台無しにされてたかもしれねえんだ。たとえ手錠《ワッパ》打たれることになっても、娘の恩人を殺《や》った奴を検挙《ゲ》ねえと、借りは返せねえ」

「頼むから、少し落ち着いてくれませんか。矢吹さん、そこはどこなの？　桐村さつきをどこに軟禁したのか、おれには教えてくれないか。悪いようにはしないから」

「捜査本部事案《じあん》だが、橋場の事件《ヤマ》はおれが片をつけなきゃならねえんだ。そっちには悪いが、好きなようにさせてもらうぜ」

　矢吹が電話を切った。

　加門はすぐリダイアルキーを押した。だが、矢吹は電話に出ない。

　加門は粘《ねば》り強くコールしつづけた。六、七分経《た》つと、矢吹がようやく電話口に出た。

「しつこい男は、女にモテねえぞ」

「冗談を言ってる場合じゃないでしょうが！」

加門は一つ年上の矢吹を怒鳴《どな》りつけた。

「迫力あったぜ」

「矢吹さん、家族のことを考えなよ。現職警官が監禁罪や傷害罪に問われたら、奥さんや娘さんは悲しむでしょう」

「だろうな。けど……」

「人から受けた恩は必ず返す。そういう心掛けは立派でしょう。でも、矢吹さんは夫であり、父親なんだ。そのことを忘れちゃいけないと思います」

「うむ」

「矢吹さん、さつきをどこに閉じ込めてるんです？」

「新宿のレンタルルームだよ」

矢吹がためらいながらも、レンタルルームの所在地を明かした。西新宿二丁目だった。

「おれ、すぐそっちに行く。レンタルルームで待っててくれませんか」

加門は通話を切り上げ、エレベーターで一階に降りた。

オフブラックのスカイラインに乗り込み、屋根《ルーフ》に赤い回転灯を装着させる。サイレンを轟《とどろ》かせながら、西新宿に急ぐ。

目的地に到着したのは、およそ四十分後だった。いつしか夕闇《ゆうやみ》が迫っていた。

教えられたレンタルルームは、雑居ビルの地下一階にあった。

加門は覆面パトカーを路上に駐《と》め、レンタルルームに駆け込んだ。

八畳ほどの広さだった。長椅子、パソコンデスク、細長いテーブルしか置かれていない。桐村さつきは長椅子の端に腰かけ、明らかに怯《おび》えていた。矢吹はテーブルに斜めに尻《しり》を載《の》せている。

「例の人物に電話はしてませんよね？」

加門は矢吹に問いかけた。矢吹が黙ってうなずいた。きまり悪げな表情だった。

「不愉快な思いをさせちゃって、申し訳ない。偽情報に踊らされてしまったんですよ」

加門は、さつきに頭を下げた。

「偽情報って？」

「あなたが彼氏の二宮啓司から犯罪絡《がら》みの金を預かってるという密告電話が警察にかかってきたんですよ」

「わたし、お金なんか預かってないわ」

さつきが早口で言った。加門のとっさの嘘を少しも疑っていない様子だ。

「ええ、そのことがわかったんですよ。逮捕状が裁判所から下りる前に桐村さんに逃亡されたくなかったんで、矢吹刑事があなたをここに閉じ込めたわけです」

「そうなの？　わたしを人質に取って、二宮さんを誘き出す気なのかもしれないと思ってたけど」

「現職警官が誘拐じみたことをするはずないでしょ？」

「それも、そうね。疑いが晴れたわけだから、わたし、もう自分の店に帰ってもいいでしょ？」

「ええ、結構です。帰られる前に一つだけ教えてください」

「何かしら？」

「二宮からペットショップの開業資金はもう受け取ってるんですか？」

「ううん、まだよ。でも、そう遠くないうちに三千万円を現金で用意してくれることになってるの。彼ね、ロト7《セブン》で九千数百万円当てたんだって」

「そうですか」

「わたし、帰らせてもらうわ」

　桐村さつきが長椅子から立ち上がり、レンタルルームから出ていった。

「そっちにも借りを作っちまったな。早く片をつけたくて、おれ、焦《あせ》ってたんだ。しかし、よく考えると、暴走しすぎだよな」

　矢吹が言った。

「そうだね」

「桐村さつきは、二宮がロト7で大金を射止《いと》めたと言ってたが、どう思う？」

「疑わしいな。しかし、二宮が橋場に小出組の裏金を持ち逃げさせて、誰かに射殺させたという確証を摑んだわけじゃない。だから、見込み捜査は控えましょうよ」

　加門は言った。

「そうだな。おれも少し冷静にならねえと、橋場を殺《や》った奴を捕まえる前にこっちが留置場《トリカゴ》にぶち込まれそうだ」

「そうなったら、借りを返すどころじゃなくなります」

「ああ、そうだよな。そっちに迷惑かけたんで、一杯奢《おご》るよ」

「覆面《メン》パトなんだ」

「なら、近くでコーヒーでも飲もう」

　矢吹がレンタルルームを出て、階段の昇降口に向かった。

　加門は後《あと》に従った。矢吹が階段を駆け上がり、地上に出た。

　次の瞬間、横倒しに転がった。まるで突風を受けたような感じだった。矢吹は倒れたまま、身じろぎ一つしない。

「矢吹さん、どうしたんです？」

加門は一気に階段を駆け上がり、雑居ビルの外に走り出た。

矢吹の左側頭部には、血糊が盛り上がっている。射入孔が見えた。被弾したことは明白だった。

加門は左右を見ながら、矢吹の上体を抱え起こした。

怪しい人物は目に留《と》まらない。銃声も耳に届かなかった。橋場と同じように消音装置付きのハンドガンで撃たれたようだ。

矢吹は虚空《こくう》を睨《にら》んだまま、息絶えていた。瞳孔は開いている。

加門は掌《てのひら》で優しく矢吹の両方の上瞼《うわまぶた》を押し下げ、天を仰《あお》いだ。

7

緊迫感が漲《みなぎ》っている。

蒲田署刑事課の取調室1だ。加門は壁板に凭《もた》れかかって、被疑者の二宮啓司の顔を直視していた。

矢吹が西新宿で射殺されたのは一昨日の夕方だった。加門は事件通報すると、事件現場で犯人の遺留品を捜した。レンタルルームのある雑居ビルから十数メートル離れた路上に、薬莢とジッポーのライターが落ちていた。

鑑識の結果、どちらからも二宮の指紋が検出された。捜査本部は銃刀法違反容疑で裁判所から逮捕状を貰って、今朝《けさ》八時過ぎに二宮を連行したのである。

いまは午後三時過ぎだ。二宮は六時間以上も黙秘権を行使《こうし》している。

昼食時に四十分ほど留置場の独房にいただけで、後は取調室のパイプ椅子に坐り通しだ。前手錠を掛けられている。腰縄も回されていた。

机を挟んで二宮と対峙《たいじ》しているのは蒲田署の塩谷だった。記録係は、塩谷の部下である。村木《むらき》という姓で、三十一、二歳だった。

ノートパソコンのディスプレイには、容疑者の氏名、生年月日、職業、現住所、本籍地などが打ち込まれているだけだ。

矢吹の司法解剖が行なわれたのは、きのうの午前中である。

頭部からは九ミリ弾が摘出された。遺留品の薬莢のライフルマーク鑑定によって、凶器はS&W910と断定された。橋場と同じ型の拳銃で撃ち殺されたことになる。

矢吹の遺体は解剖後、自宅近くのセレモニーホールに搬送された。きょうの夕方から通夜《つや》が営《いとな》まれることになっていた。

警察官は身内意識が強い。加門はそうした体育会じみた体質を嫌っていたが、矢吹の殉職にはショックを受けていた。射殺を阻止できなかったことで、ある種の後ろめたさも感じていた。

矢吹は捜査本部のメンバーではなかったが、同じ事件の捜査をしていた仲間だ。これからは弔《とむら》い捜査でもある。勢い力が入ってしまう。

加門はそんな自分を戒《いまし》め、努めて冷静さを保《たも》っていた。

「二宮、どんなに粘っても、疑いが消えるわけじゃないぞ。事件現場には、おまえのライターが落ちてたんだからな。しかも、薬莢にはそっちの指紋《モン》が付着してた」

塩谷が言った。

「…………」

「おまえが橋場賢太と本庁の矢吹刑事を射殺した。その前に、おまえは橋場に小出組の裏金一億円を持ち逃げさせてる。そうだなっ」

「おれは誰も殺《や》っちゃいねえ。橋場に組の金を盗《ギ》らせてもいねえよ」

「往生際が悪い奴だ。おまえは内妻にやらせてる会社の経営が思わしくないんで、運転資金を工面する必要があった。それから、入れ揚げてる桐村さつきにペットショップを持たせてやりたかった。だから、舎弟の橋場に組の裏金をかっぱらわせたんだろう？

二宮、もう楽になれよ」

「おれは、おれは……」

二宮が言いかけて、口を噤《つぐ》んだ。

「言いたいことがあるんだったら、ちゃんと話してみろ」

「誰かがおれを殺人者にしようと画策《かくさく》したんだよ。ジッポーのライターはだいぶ前に失《な》くしたんだ」

「どこで？」

「多分、組事務所で落としたんだと思うよ。いや、どこかに置き忘れてきたのかもしれねえな」

「苦し紛《まぎ》れの言い訳か。現場に落ちてた薬莢はどう説明する？　カートリッジには、おまえの指紋がくっきりと付いてたんだ。九ミリ弾を弾倉《マガジン》に詰めるときに付着したにちがいない。拳銃なんか所持してなかったとは言わせないぞ。矢吹刑事は一昨日の午後六時十三分に射殺されてる、本庁の加門さんの目の前でな」

「………」

「アリバイがあるのか？」

「あるよ、アリバイは」

「その時間帯は、どこで何をしてた？」

「映画を観《み》てたよ、ひとりでな」

「上映されてた映画の題名は？」

塩谷が畳みかけた。二宮が口ごもり、目を泳がせる。

「すぐにバレるような嘘をつくんじゃないっ」

「映画のタイトルは忘れちまったが、洋画だったよ。アクション物だと思ってたんだが、コメディータッチの恋愛映画だったんだ。ばかばかしい内容だったんで、そのうち居眠りしちゃったんだよ」

「映画館の入場券は？」

「そんな物は捨てちまった」

「おまえの話は信用できない。さっきの話のつづきだが、薬莢の指紋はどう言い訳するんだ？」

「おれが酔い潰れてるときにでも、どこかの誰かが実包を握らせたんだろうな」

「ふざけるな！」

塩谷が喚《わめ》き、固めた拳《こぶし》で机を叩いた。

二宮が歪《ゆが》んだ笑みを浮かべ、両目を閉じた。また、だんまり戦術を使う気になったのだろう。

「替わりましょう」

加門は塩谷の肩を軽く叩いた。

塩谷が無言でうなずき、腰を浮かせた。加門は灰色のスチールデスクを挟んで二宮と向かい合った。

「一服したくなっただろう？　セブンスターでよけりゃ、喫《す》えよ」

「その手にゃ乗らない。そういう面倒見は、もう古いんじゃねえのか。カツ丼喰《く》わせてもらっても、供述は変えねえぜ」

「ネイルサロンの女社長を呼んで、数時間、二人だけにしてやろうか」

「マジかよ⁉」

二宮が目を開けた。

「冗談さ」

「くそったれ！」

「彼女によっぽど惚れてるんだな。桐村さつきにペットショップを持たせてやる気らしいね。近々、彼女に三千万円の開業資金を用立ててやるんだって？」

「さつきは、そんなことまで喋ったのか。ちっ、女は口が軽いな」

「ロト7《セブン》で九千数百万円の賞金を射止めたそうじゃないか」

「うん、まあ」

「その話は事実じゃないよな。残念ながら、裏付《ウラ》けは取れなかった」

加門は、もっともらしく言った。

「調べやがったのか⁉」

「そうだ。桐村さつきに回してやることになってる三千万円は、どうやって都合つけたのかな。橋場に持ち逃げさせた裏金の一部か？」

「そうじゃねえよ。さっきも言ったが、おれは橋場に組の金をかっぱらわせてなんかいねえ。嘘じゃないって」

「まだ舎弟頭のそっちが内縁の女房に内緒で、桐村さつきに三千万円を回してやれる才覚はないだろ？」

「組には内緒で、ちょいと小遣い稼ぎをしたんだよ。知り合いの店舗ビルの女性オーナーが若いホストに惚れて、七千万円を貸したらしいんだ。けど、相手がまったく金を返そうとしないんで、五十過ぎの女オーナーは怒っちまったんだよ」

「で、そっちが七千万の取り立《キリトリ》てを請け負った？」

「その通りだよ。全額回収したんで、おれは半分の三千五百万を近々、貰えることになってるんだ」

「ビルのオーナーとホストの名前、それから二人のスマホのナンバーを教えてくれ」

「ああ、いいよ」

二宮は素直に質問に答えた。

加門は懐から私物のスマートフォンを取り出し、ビルのオーナーとホストに問い合わせてみた。二宮の話は事実のようだった。

「これで、おれが裏金の持ち逃げにはタッチしてないことがわかったよな？」

「うん、まあ。しかし、そっちが橋場と矢吹刑事を撃ち殺した容疑はまだ晴れたわけじゃない。犯行に使ったS＆W910は、もう処分したんだろうな」

「おれは、どっちも殺《や》っちゃいないって」

「質問を変えよう。S＆W910を所持してたことは認めるな？」

「それは……」

二宮が言い澱《よど》み、目を伏せた。

「やっぱり、そうか」

「S＆W910を所持してたことは認めるよ。けど、自分の拳銃《チャカ》を三カ月ぐらい前に小出の組長《オヤジ》に預けたんだよ。組長《オヤジ》が警察《サツ》の手入れがあるかもしれねえからって、準幹部以上の組員が持ってる拳銃《ドウグ》をまとめて集めたんだ。多分、安全な場所に保管してあるんだろうな」

「その場所に見当はついてるんだろう？」

「わからねえよ。保管場所は、ちょくちょく変わってるからな」

「何かで小出組長を怒らせたことがあるのか？」

「そんなことは一度もねえよ。おれは組長《オヤジ》に目をかけられてたんだ」

「そっちは『カサブランカ』の収益《アガリ》をたびたび抜いて、ネイルサロンの女社長に高価なプレゼントをしてたらしいじゃないか」

「えっ⁉」

「顔色が変わったな。管理売春《マメノシル》を仕切らせてる舎弟頭が組の収益をネコババしてると知ったら、組長は裏切られたと感じるだろう」

「店で働いてる娼婦《パンスケ》が組長《オヤジ》におれの悪さを密告《タレ》たかもしれねえってのか？」

「考えられないことじゃないだろうが。タイ、フィリピン、ベトナム、中国生まれの不法滞在の女たちを喰いものにしてるんだから、そっちは彼女たち外国人売春婦に恨まれてたはずだ」

「そんなことよりも、組長《オヤジ》はこのおれに殺人の濡衣《ぬれぎぬ》を着せようとしたのかもしれねえんだよな。そうは思いたくねえけど、その疑いはあるわけだろ?」

「ま、そうだな。小出が何かで橋場を警戒してる気配は?」

「そうなのかどうかわからねえけど、組長《オヤジ》は暴走族上《マルソー》がりのマサルって準構成員に橋場を尾《つ》けさせたことがあったよ」

「マサルって奴のことを詳しく教えてくれ」

「まだ二十二、三で、かなりのスケコマシだよ。コマした女の部屋を転々としてたんだが、先月、高飛びしちまった」

「そいつは何をやらかしたんだ?」

加門は訊いた。

「マサルの面倒を見てた組員が刑務所《ムショ》に入ったら、そいつの情婦《いろ》を寝盗《ねと》っちまったんだよ。で、関西に逃《フケ》げたんだ。マサルは、もう東京には舞い戻れねえだろう」

「小出組長は、死んだ橋場に何か尻尾《しっぽ》を掴まれてたのかもしれないな。小出は誠和会本部への上納金を工面する目的で、何かこっそりと非合法ビジネスをやってたんだろうか。確か誠和会は麻薬の密売は、御法度《ごはっと》だったよな?」

「昔は麻薬ビジネスをやってたみてえだけど、リスクが多いんで、十五年ぐらい前に禁止されたんだ。組長《オヤジ》は金儲けが好きだから、個人的に何か新しいビジネスをやりはじめたのかもしれねえな」

「多分、そうなんだろう」

「殺された橋場は筋者のくせに、変に真面目なとこがあったんだ。弱い奴をいじめる人間を軽蔑してたな。運のない男女にも優しかったよ」

「だから、『カサブランカ』で働いてたノイってタイ人売春婦を逃がしてやったんだろう」

「そんなことまで調べ上げてたのか⁉ 驚いたぜ。ノイの件では、おれも組長《オヤジ》にさんざん怒られたよ。橋場を半殺しにしろと言われたんだけど、そこまではやれなかった。橋場はあまり度胸はなかったけど、悪い奴じゃなかったんだ」

「そうなんだろうな」

「小出の組長《オヤジ》がおれを人殺しに仕立てようと企《たくら》んでるとしたら、刑務所《ムショ》にいたほうが安全だな。銃刀法違反で、おれを早く地検に送ってくれねえか」

二宮が言って、体の力を脱《ぬ》いた。

加門は椅子から立ち上がり、塩谷を廊下に連れ出した。

「二宮の心証はシロっぽいな」

塩谷が先に口を開いた。

「こちらも、そう感じました。小出組長が二宮を橋場殺しの犯人に仕立てる工作をして、矢吹さんを誰かに始末させたんでしょう」

「なぜ矢吹刑事まで殺《や》らなきゃならなかったのかね？」

「矢吹さんは、橋場と割に親しくしてました。それだから、小出は橋場が自分の弱みを矢吹さんに喋ったかもしれないという強迫観念《きょうはくかんねん》に取り憑《つ》かれたんじゃないのかな。そう考えれば、犯行動機は納得できます」

「そうだね。二宮を地検に送致して、捜査班《チョウバ》のみんなを小出に張りつかせるか」

「ええ、そうしましょう。わたしは先に捜査本部に戻らせてもらいます。後のことはよろしく！」

捜査本部に入ると、部下の向井が近づいてきた。

「二宮は落ちました？」

「奴は真犯人《ホンボシ》じゃないな。二件の殺人事件の加害者に仕立てられそうになっただけだろう」

「なら、いったい誰が二宮を陥《おとしい》れようとしたんでしょう？」

「小出組の組長が臭いな」

加門は自分の推測を語った。

「言われてみると、一昨日《おととい》の事件の遺留品は作為《さくい》的でしたよね。現場に二宮の指紋が付着したライターと薬莢をわざわざ遺《のこ》しておくのはどう考えても、不自然です」

「そうだな」

「それはそれとして、初動捜査では橋場の射殺現場になった『蒲田グリーンホテル』の六〇二号室には薬莢はありませんでした。後日、凶器班がホテルの近くの下水道で見つけましたがね。加害者が薬莢を部屋のトイレに流したのは、どうしてなんでしょう？　それが謎なんです」

「犯人側は、橋場の事件で薬莢から凶器を割り出されることを恐れたんだろうな。しかし、第二の事件では捜査当局の目を二宮に向けさせたかった。おそらく、そういうことだったんだろう」

「なるほどね」

向井が納得した顔つきになった。

加門は捜査班のメンバーを呼び寄せ、二つの殺人事件の実行犯が二宮ではないことを告げた。そして、新たな重要参考人として小出組の組長が浮上してきたと付け加えた。

その直後、塩谷が戻ってきた。加門は塩谷と相談し、捜査員たちの役割を決めた。すぐに各コンビが捜査本部から出ていった。

「自分らは今後、どう動くんですか？」

御園が問いかけてきた。

「少し体を休めておけよ」

「自分は足手まといってことなんですね？」

「僻《ひが》むなって」

加門は笑顔で御園を追い払い、椅子に坐った。すぐ、尾崎綾乃に電話をする。スリーコールで、通話可能になった。加門は名乗った。

電話口に出た綾乃の声は、まだ沈んでいた。

「橋場の実家で執《と》り行なわれた葬儀には参列されたんでしょ？」

「ええ、大月《おおつき》に行ってきました。それより、一昨日《おととい》の夕方、警視庁の矢吹刑事が何者かに射殺されたんですね。橋場さんから矢吹さんのことはうかがってたんで、わたし……」

「二つの射殺事件はリンクしてるようなんだよ」

「えっ、そうなんですか!?」

「そこで、きみに訊きたいことがあるんだ。橋場賢太は生前、何かを個人的に調べてなかった？」

「わたし、彼に人捜しをお願いしたことがあります。職場の夜間託児所で日中ハーフの三歳の坊やを預かってたんですが、その子の母親の李春香《リーチュンシャン》さんがちょうど一カ月前に失踪《しっそう》してしまったんです」

「その彼女は、上海クラブかどこかでホステスをしてたのかな？」

「ええ、そうです。春香《チュンシャン》さんは息子の大和《やまと》君を産んでますけど、まだ二十五歳なんですよ。若くて美しかったから、お店では人気があったようです。それに、大和君をとてもかわいがっていました」

「そう。春香《チュンシャン》という上海美人は、何か事件に巻き込まれたのかもしれないな」

「わたしもそう直感したんで、橋場さんに彼女のスナップ写真を渡して、なんとか捜し出してほしいと頼んだんです。春香《チュンシャン》さんは、大和君の父親の日本人男性と結婚できると信じて子供を産んだのですが……」

「相手の男に逃げられちゃったんだ？」

加門は確かめた。

「ええ、そうなんです。それでも春香《チュンシャン》さんは、健気《けなげ》にも女手一つで大和君を育ててたんですよ」

「それで、きみの彼氏は春香《チュンシャン》の消息を摑めたの？」

「いいえ。でも、橋場さんは中国出身の若い女性がほぼ同時期に十三人も姿をくらましてることを調べ上げたんです。全員、歌舞伎町の飲食店や風俗の店で働いていたそうです。ほとんどの人が偽造パスポートや観光ビザで入国して、オーバーステイしてたという話でした」

「そうだろうね」

「橋場さんは、春香《チュンシャン》さんを含めて失踪した中国人女性はどこかに閉じ込められて、何か悪いことをさせられてるのかもしれないと言っていました。でも、彼女たちの居所は突きとめられなかったらしいんです」

「橋場は殺害された。おそらく彼は、中国人女性たちを拉致《らち》した連中のことを突きとめたんだろう」

「あっ、考えられますね。だから、橋場さんは口を封じられたんでしょう」

「大和君は保護者が失踪したんで、託児所から追い出されることになるのかな？」

「所長の判断で来年の春まで待つことになったんです」

「それはよかった」

「でも、それまでにお母さんが見つからなかったら、大和君はどこか児童福祉施設に引き取られることになると思います」

「そうだろうな。失踪した中国人女性のことを少し調べてみるよ。橋場賢太の事件と無縁ではなさそうだからね」

「お願いします」

「当分、辛いだろうが、少しずつ元気を取り戻してほしいな。協力、ありがとう！」

「必ず彼を殺した犯人を捕まえてくださいね」

綾乃が悲痛な声で言い、電話を切った。

加門は私物のスマートフォンを上着の内ポケットに収《おさ》めた。

不法入国した外国人の身許を割り出すことは困難だ。その多くは国籍、氏名、年齢、出身地を偽《いつわ》っている。要するに、彼らはこの世には実在しない人間なわけだ。

仮に日本国内で殺されたとしても、その犯罪の立件はできない。

行方不明の中国人女性たちは、快楽殺人秘密クラブの獲物にされたのかもしれない。あるいは、臓器を抜き取られたのか。どちらにしても、犯罪の被害者になった可能性がある。

加門は戦慄《せんりつ》を覚えた。ほとんど同時に、義憤が膨れ上がった。

8

柩《ひつぎ》が火葬炉に押し込まれた。

加門は、矢吹の親族の後ろで合掌した。桐ケ谷《きりがや》斎場だ。午後一時過ぎだった。

「お父さーん！」

未亡人の悠子《ゆうこ》が泣き叫び、火葬炉の前で頽《くずお》れた。

故人のひとり娘が涙ぐみながら、母親を抱え上げた。痛ましい光景だった。

親族が次々に嗚咽《おえつ》を洩らした。矢吹は縁者たちに慕われていたのだろう。

「みなさん、御休憩室にお移りください」

斎場の職員が遺族の案内に立った。僧侶は、その場で参列者を見送った。役目を終えたわけだ。

一時間半後には骨揚《こつあ》げが行なわれることになっていたが、加門はそっと火葬棟から抜け出た。

斎場を後《あと》にして、エルグランドに乗り込む。運転席の御園巡査長が先に口を開いた。

「骨揚げもされるのかと思っていましたが……」

「そうしてやりたかったが、捜査も大事だからな」

「斎場まで来た警察関係者は、ほかにいませんでしたね。殉職された矢吹さんは、職場で浮いてたんですか?」

「矢吹さんは口が悪かったので、誤解されやすかったんだよ。粗野《そや》だったが、俠気《おとこぎ》はあったんだ。おれは矢吹さんのことは嫌いじゃなかった。もっともっと一緒に酒を飲みたかったよ」

加門は吐息をついた。

そのとき、捜査本部の塩谷から電話がかかってきた。やや興奮気味だった。

「捜査班の連中が面白い情報を摑んでくれましたよ。小出組の組長は、新宿署刑事課暴力犯係の遊佐公平《ゆさこうへい》係長、四十歳とちょくちょく会食して、ゴルフもしてるらしいんだ」

「そいつは小出組に手入れの情報を流してたんでしょう」

「おそらく、そうなんだろうな。遊佐は自宅のローンを今春に一括《いっかつ》返済して、夏には伊豆高原に別荘も購入してる」

「そうなんですか。手入れの情報を小出組に流してるだけじゃなさそうだな」

「こっちもそう思ったんで、遊佐の交友関係を部下に洗わせたんだ。それで、遊佐が東京出入国在留管理局の幹部職員である増尾恵三《ますおけいぞう》、五十二歳と親しいことがわかったんですよ。何か透《す》けてきます？」

「遊佐が別荘まで手に入れてるというなら、増尾から不法滞在外国人の内偵資料を譲り受けてるのかもしれませんね。強制送還を恐れてる不法滞在者を脅せば、いくらでも強請《ゆす》れるでしょ？」

「ですね。ずっと日本で稼ぎたいと願ってる不法滞在者なら、百万や二百万円は出しそうだな。百人も脅しをかければ、億単位の臨時収入が得られる。情報提供者の増尾にそれなりの謝礼を払っても、遊佐にはたっぷりと汚れた金が残るってわけだ」

「ええ、そうなりますね」

「それでね、本庁警務部人事一課監察の首席監察官と警察庁監察担当に問い合わせてみたんだ。だが、どっちも遊佐はマークされてなかったんですよ。しかし、何か悪さをしてる疑いは濃いな」

「捜査班の誰かを遊佐に張りつかせてるんでしょ？」

「阿部《あべ》・北上《きたがみ》コンビを遊佐に張りつかせてる。それから東京出入国在留管理局には、近《こん》藤《どう》・向井の二人を送り込みました」

「小出組長宅にも、捜査班を張り込ませてるんでしょ？」

「ああ。もう一つ、気になる報告が上がってきたんだ」

「どんな報告なんです？」

加門はポリスモードを握り直した。

「小出が半年前に廃業した産婦人科医院の土地と建物を手に入れてることがわかった。その元産院は、杉並区下井草《しもいぐさ》一丁目×番地にあります。組長は、いずれ跡地に賃貸マンションでも建てる気なんだろうか」

「元産院はすでに解体されてるんですか？」

「いや、建物はそのままらしい。しかも、地下室は使われてるみたいだという報告だったな。小出は元産院の地下室で、偽札でも造らせてるんだろうか」

「組員らしき男たちが元産院に出入りしてるのかな？」

「近所の人たちの話だと、深夜に紳士然とした男たちが密かに元産院に入ったりしてるみたいなんですよ。それから、何度か地下室から女たちの悲鳴が聞こえたらしいんだ。地下室で乱交パーティーでも開かれてるんだろうか」

「悲鳴が洩れてくるというなら、そうではないと思います」

「どんなことが考えられます？」

塩谷が問いかけてきた。

加門は推測しはじめた。小出組長と親交のある新宿署の遊佐は東京出入国在留管理局の増尾から、不法滞在外国人の内偵捜査情報を入手した疑いがある。悪徳刑事が不法入国者や不法滞在者から〝お目こぼし料〟を脅し取っていたとすれば、彼らを放置していたら、自分の悪事がいつか露見する恐れがある。

遊佐は金をせびった不法滞在者たちを言葉巧《たく》みに騙《だま》して、元産院の地下室に閉じ込めたのかもしれない。その目的は何なのか。そこまでは読めなかったが、不法滞在者は遊佐の急所を握っている。野放しにしていたら、危険なことになりかねない。

「元産院の地下室には、遊佐に〝お目こぼし料〟をせしめられたと思われる不法滞在外国人たちが軟禁されてるのかもしれませんね」

「えっ⁉　その狙《ねら》いは何なの？」

「いずれ始末する気でいるんでしょう。しかし、それまでは何かで利用するつもりなんじゃないのかな。たとえば、殺人遊戯《ゆうぎ》の獲物にするとかね。もしかしたら、内臓を抜き取られるのかもしれません」

「後者だとしたら、元産院に出入りしてる紳士然とした男たちはドクターなんじゃないだろうか？」

「その可能性はあると思います」

「いったい何をやってやがるんだ⁉」

塩谷が叫ぶように言った。

そのとき、加門は失踪した李春香《リーチュンシャン》と十三人の中国人女性のことを思い出した。小出組長は遊佐から不法滞在中国人の情報を教えられ、組員に春香《チュンシャン》たち十四人を拉致《らち》させて、元産院の地下室に閉じ込めたのではないか。

そう思ったが、まだ推測の域を出ていない。塩谷に喋るわけにはいかなかった。

「われわれ二人は新宿署に回って、遊佐に直《じか》に揺さぶりをかけてみます」

「それは、まずいんじゃないかな？」

「うまく揺さぶってみますよ。人権問題に発展しないようにね」

「しかし……」

塩谷が難色を示した。

「ご心配なく。遊佐がシラを切るようだったら、下井草の元産院に回りますよ。張り込み班と合流して、元産院に出入りしてる男たちの正体を突きとめます」

「そう。遊佐を犯罪者扱いしないでほしいな。相手を疑ってることを覚《さと》られたら、陰謀《いんぼう》そのものが隠されるでしょうからね」

「そのへんは心得てますよ」

加門は電話を切って、御園に行き先を指示した。

新宿署に着いたのは、およそ三十分後だった。都内で最大の所轄署だ。署員数は約七百五十人で、本庁機動捜査隊のメンバーたち三百数十人も常駐している。

加門たちは三階の刑事課に直行した。

暴力犯係の遊佐係長は自席で送致書類に目を通していた。典型的な暴力団係刑事で、風体《ふうてい》はやくざ風だ。これまでに面識はなかった。

加門は名乗って、相棒を紹介した。

「あなたの噂は、いろいろ聞いてる。本庁のスター刑事だからね」

遊佐の言葉には棘《とげ》があった。

「こっちの耳にも、おたくの噂は耳に入ってる」

「どうせ悪い噂なんでしょ？」

「いや、逆だよ。暴力団とつかず離れずの関係を保《たも》ちながらも、しっかり最新情報をキャッチしてるんだってね？」

「たいした情報は入手してませんよ。もっと組関係者に深く喰《く》い込めば、いい成績を上げられるんでしょうが、われわれ暴力犯係は隙《すき》を見せると、裏社会の奴らに取り込まれちゃうからね。だから、連中には極力《きょくりょく》、借りをこさえないようにしてるんですよ。誰と飲むときも常に割り勘にしてます」

「そう」

「ところで、きょうは何なんです？」

「本庁組対部暴対課《そたい》の矢吹さんが殉職したことは知ってるよね？」

「もちろんです。矢吹さんはよく知ってる方なんで、すごくショックでしたよ。犯人は組関係者なんですか？」

「まだ被疑者《マルヒ》は絞り切れてないんだ。どうも矢吹さんは、射殺された小出組の橋場賢太の事件《ヤマ》も個人的に調べてたようなんだよ」

「そうなんですか。それは知らなかったな」

「組長の小出は、橋場が組の裏金一億円を持ち逃げしたと言ってたんだが、その話は事実なんだろうか。事実だとしたら、組長が誰かに橋場を撃《ハジ》かせたとも考えられる」

「情報収集の目的で時々、小出と飯を喰ってますが、組長は警戒心が強いんですよ。自分が不利になるようなことは一切《いっさい》、口にしませんね」

「そうだろうな。それはそうと、おたくは東京出入国在留管理局の増尾恵三と親しいようだね？」

「ええ、まあ。池袋署にいたころ、仁友会《じんゆうかい》の奴らと倉庫荒らしをしてた中国人不法滞在者どもを合同で摘発したことがあるんですよ。それが縁で、増尾さんとよく酒を酌《く》み交わすようになったわけです」

　遊佐が落ち着きを失いはじめた。何か疚《やま》しさがあるからだろう。

「そう。おたくは、資産家の息子みたいだな」

「え？」

「伊豆高原に別荘があるんだって？　それに、自宅のローンはもう払い終わってるそうだね。そういう噂も耳に入ってる」

「わたしは、しがない家具職人の悴《せがれ》ですよ。でも、妻の実家が酒問屋なんです。五月末に義父が病死したんで、妻に遺産が少し転がり込んだんですよ」

「そうだったのか。入管の職員の中には、不法滞在外国人の内偵捜査情報を外部の人間に流して、小遣い稼ぎをしてる奴がいるらしいんだ。手入れの前に不法滞在者を逃がしてやってるみたいなんだ、まとまった金を貰ってね。まさか増尾という幹部職員は、そんな危《ヤバ》いことはしてないよな？」

「増尾さんは順調に出世してきたんです。そんなことをやって、人生を棒に振るほど愚かじゃないでしょう？」

「そうだろうな。話はまた飛ぶが、歌舞伎町で働いてたクラブホステスや風俗嬢が十四人も行方不明になってるようなんだが、当然、知ってるよね」

「ええ。なんで、わたしにそんな話をするんです？」

「射殺された橋場は、十四人の失踪者の中の李春香《リーチュンシャン》というシングルマザーの行方を追ってたようなんだ」

「そのことで、殺されることになったんですか？」

「おそらくね。その十四人の中国人女性は、どこかの組員たちに拉致されたかもしれないんだ。小出組はアジア人娼婦を使って、売春ビジネスをやってるよな。小出組が十四人の中国人女性を引っさらったとは考えられないか？」

「そんな荒っぽいことはしないでしょ？　小出組はタイ、フィリピン、ベトナム、中国の現地ブローカーとパイプがあるんです。その気になれば、いくらでも女は集められる」

「そうなんだろうが、売春以外の目的で身許のわからない不法滞在者たちを確保する必要があったんじゃないかな。それとなく小出組長に探りを入れてほしいんだ」

加門は自分の刑事用携帯電話《ポリスモード》の番号を教えて、刑事課を後にした。

「際《きわ》どい揺さぶり方をしましたね」

廊下で、御園が潜《ひそ》めた声で言った。

「まあな。遊佐が小出と繋がってるとしたら、何らかのリアクションを起こすだろう」

「そうでしょうね」

「遊佐の動きを探ろう」

二人は署を出ると、覆面パトカーを青梅街道に移動させた。北上たちの車が見えた。

張り込んで一時間が経過しても、遊佐は署から姿を見せない。夜になってから、小出や増尾と接触する気なのだろうか。

さらに三十分が流れたころ、加門のポリスモードが鳴った。発信者は遊佐だった。

「いま小出組の事務所に来てるんですよ。例の件には、小出組は関与してませんね」

「そう」

「ついでに報告しておきます。東京出入国在留管理局の増尾さんにも探りの電話をかけたんですが、後ろめたいことは何もやってないみたいですよ」

「そう。協力、ありがとう」

加門は通話を切り上げた。

遊佐は新宿署から一歩も出ていない。小出と増尾に探りを入れた振りをしただけなのだろう。そうした理由は見当がつく。自分たち三人に対する疑惑を少しでも早く掻《か》き消したかったと思われる。逆に言えば、それだけ怪しいことになる。

加門は北上たちコンビに張り込みを続行するよう無線で指示し、相棒に声をかけた。

「下井草の元産院に行ってみよう」

「了解！」

御園が捜査車輛を走らせはじめた。

加門は火の点いていない煙草をくわえた。考えごとをするときの癖だった。

二十数分後、目的の元産婦人科医院を探し当てた。

四階建ての建物はひっそりとしている。門扉《もんぴ》は閉ざされていた。

人影は見当たらない。御園が覆面パトカーを正門から四、五十メートル離れた場所に停めた。民家の生垣《いけがき》の際《きわ》だった。

「ちょっと様子を見てくる」

加門は捜査車輛を降り、元産婦人科医院に近づいた。

通行人の姿は目に留《と》まらなかった。加門は不法侵入罪になることを承知で、元産院の石塀《いしべい》を乗り越えた。姿勢を低くして、建物に接近する。

表玄関はもちろん、階下の出入口はすべてロックされていた。建物の内部には入れない。

加門は建物の裏手に回り込んだ。

すると、剝《む》き出しの排水管が視界に入った。排水管に耳を当てる。水音がかすかに聞き取れた。建物の中に人がいることは間違いない。

地階のどこかに複数の人間がいるのではないか。しかし、それを確かめる方法はなかった。加門は逆戻りして、敷地の外に出た。

ちょうどそのとき、元産婦人科医院の前に一台のワンボックスカーが停まった。ドライバーは三十代後半の男だった。運転席から降りた男は馴《な》れた手つきで正門の南京錠を外し、建物に向かった。

加門はワンボックスカーのナンバーを頭に刻みつけ、覆面パトカーに戻った。端末を操作して、ナンバー照会をする。

ワンボックスカーは帝都医大の車だった。小出組長が元産婦人科医院を大学病院に転売するとは考えられない。地下室で闇手術か、非合法な治験《ちけん》が行なわれているのではないか。

加門は自分の推測をルーキー刑事に話した。

と、すぐに御園が口を開いた。

「ひょっとしたら、地下室では人工多能性幹細胞、iPS細胞を使った再生医療の研究開発が密かに行なわれてるんじゃないんですかね。京都大学の山中伸弥《やまなかしんや》教授が人工多能性幹細胞の作製に成功したのは、二〇〇六年の八月でしたよね？」

「確かそのころだったな。山中教授は作製の内容を惜しむことなく公表したんで、世界中で研究に火が点いた。専門的なことはよく知らないが、取り出した皮膚細胞や胃の細胞に数種類の遺伝子をウイルスを使って入れ込むだけで、iPS細胞は作製できるらしい」

「ええ、そうですね。しかも万能細胞として注目されてきた胚性幹《はいせいかん》細胞（ES細胞）と違ってクローン人間作りに繋がる恐れがないんで、iPS細胞は再生医療の夢を広げたわけです。iPS細胞のおかげで病気の原因解明が早くできるようになったし、新薬開発にも応用できるって話ですよね？」

「そうだな。理論的にはiPS細胞を使って、心臓とか肝臓を丸ごと作って交換することも可能らしいから、大変な進歩だ」

「ええ。日本初の革新的な技術であるiPS細胞の登場によって、細胞や分析機器などの幹細胞市場は活性化しました。アメリカを例に取ると、毎年十九パーセントの成長率だそうです。小出組は帝都医大の医長クラスを抱き込んで、再生医療ビジネスで大儲けを狙ってるのかもしれませんよ。それには〝人間モルモット〟が必要ですよね？」

「で、地下室に不法滞在外国人が集められたのではないかと……」

「自分の筋読みは、どうでしょう？」

「競争が激化してる·iPS細胞研究でトップランナーになることは容易じゃない。仮に小出組が優秀なドクターたちを抱き込んだとしても、勝者になれる確率は高くないだろう。むしろ、難病に指定されてる病気の新薬の開発を手がけたほうが早いんじゃないのか」

　加門は言った。

「そうか、そうでしょうね。小出は何か弱みのあるドクターたちを脅して、〝人間モルモット〟に悪性のウイルスを植えつけ、開発中の治験薬《ちけんやく》の効力のデータを集めさせてるんでしょうか？」

「そのほうがリアリティーがあるな」

「あっ、ワンボックスカーを運転してた男が門から出てきました」

　御園が言った。すぐに加門は覆面パトカーを降り、ワンボックスカーに走り寄った。

「警視庁の者だが、ちょっと職務質問させてくれないか」

「わたし、何も悪いことはしてませんよ」

　男は言うなり、身を翻《ひるがえ》した。加門は追いかけて、相手に組みついた。

「なんで逃げるんだっ」

「わたしは地下室にいる女たちの誰にも発癌性物質を大量投与してないし、フルオロウラシル系の抗癌剤なんか一度も服用させてない。これまで重篤《じゅうとく》な副作用が数多く報告されてるからね。チームリーダーの岡部《おかべ》教授だって、そんなことは百も承知さ」

「岡部教授は、帝都医大の偉いさんなんだな?」

「そうだよ。医長なんだが、病的な盗撮マニアなんだ。それを小出組の親分に知られて、岡部先生は新しい抗癌剤を作らされ、薬効のデータを集めさせられてるんだよ。わたしは一番下っ端の弟子だから、雑用をさせられてるだけなんだ。岡部教授をサポートしてるのは五人の愛弟子だよ。そういう先輩たちも渋々、データ集めを手伝ってるんだ。不法滞在してる十四人の中国人女性をわざわざ癌患者にして、抗癌剤の効き目を調べるのは酷《こく》だからね」

「地下室に軟禁されてる十四人の中に李春香《リーチュンシャン》という女性もいるな?」

「ああ、いるよ。その彼女もそうだけど、ほかの十三人の女も小出組の親分が新宿署の刑事と東京出入国在留管理局の幹部職員に集めさせたんだよ。その二人は、オーバーステイの十四人から金を脅し取ってたらしい」

「元産院に忍び込んだ男がいるな?」

「そいつは小出組の橋場って奴だよ。その男は地下室に十四人の〝人間モルモット〟がいることを嗅《か》ぎつけたんだ。でも、運悪く小出の親分に姿を見られて、慌《あわ》てて逃げ出したんだよ。でも、後日、橋場という男は小出組長が昔、面倒を見たことのある望月昇《もちづきのぼる》って誠和会真下《ました》組の構成員に射殺させたって聞いてる。それから、警視庁の矢吹とかいう刑事も望月が殺《や》ったみたいだな」

「そっちの名前は？」

「小西雅洋《こにしまさひろ》だ」

「岡部の下の名は？」

「学《まなぶ》だよ。わたしは法なんか破ってない。だから、帰らせてくれないか」

「地下室の女たちは生きてるんだな？」

「ベッドに縛《しば》りつけてあるけど、十四人の女は生きてるよ」

小西が答えた。御園が駆け寄ってきた。

加門は小西の話をそのまま相棒に伝え、支援要請してくれと頼んだ。御園が捜査車輛に駆け戻っていった。

「正門の南京錠を早く外せ！」

加門は小西の背を押した。

小西が震える指で解錠した。門扉を抜け、元産院の玄関に急ぐ。

加門は小西につづいて、地階に降りた。

だだっ広い部屋に十四台のベッドが並んでいた。〝人間モルモット〟にされた中国人女性は、ベッドにロープで括《くく》りつけられていた。ベッドとベッドの間には、簡易便器が置かれている。悪臭で鼻がひん曲がりそうだ。

「警察の者です。すぐに全員を救出しますんで、もう心配はいらない」

加門はベッドの女性たちを安心させ、小西に手前の女性のロープをほどかせはじめた。

その相手が春香《チュンシャン》だった。

「大和君が待ってるよ」

加門は春香《チュンシャン》に言って、二番目のベッドに横たわっている女性の体を自由にしてあげた。

橋場と矢吹を射殺した実行犯を逮捕する前に、小出、増尾、遊佐の三人に手錠を打ち、帝都医大の岡部たち七人の医者を検挙するつもりだ。

加門は次のベッドに移り、虚《うつ》ろな目をしている女に優しく笑いかけた。

第二話　共謀の接点

1

帰り支度《じたく》を済ませた。

午後六時だった。二〇二四年十月下旬のある日だ。

柴亮輔《しばりょうすけ》は椅子から立ち上がり、革鞄《かわかばん》を手に取った。鞄の中には、ネックレスが入っている。

きょうは、妻の亜由《あゆ》の二十八回目の誕生日だった。昼間のうちにプレゼントを買っておいたのだ。

警視庁刑事部捜査第二課の刑事部屋だ。本部庁舎の六階である。

三十四歳の柴は、同課第一知能犯捜査知能犯捜査第一係の係長だ。有資格者《キャリア》の警視正だった。柴と同期の警察官僚はだいたい警察庁課長補佐、県警本部長、所轄署長になっている。

柴は超エリートでありながら、いまも現場捜査に携《たずさ》わっていた。といっても、何か大きな失態《しったい》を演じたわけではない。本人の希望で、いまのポストに留《とど》まっているのだ。柴はデスクワークが苦手だった。体が動く限り、いつまでも現場の職務に従事することを望んでいた。

みすみす出世コースから外れたキャリアは、これまで誰もいない。柴は変わり者扱いされていたが、職場での評判はよかった。

人間臭く、誰にも同じ姿勢で接しているからだ。エリート意識をちらつかせたことは一遍《いっぺん》もない。

自席を離れかけたときだった。

上着の内ポケットの中で、私物のスマートフォンが着信音を発した。妻からの電話だろう。柴は、そう思った。だが、発信者は犯罪被害者の大谷保夫《おおたにやすお》だった。

七十四歳の大谷は二年前まで、目黒区内で小さな靴屋を営《いとな》んでいた。三つ下の妻の信子《のぶこ》が脳出血で倒れ、半身不随《はんしんふずい》になってしまった。夫婦は子宝に恵まれなかった。大谷は店を畳み、妻の介護に専念するようになったのだ。

店舗付き住宅は借家だった。大谷夫婦は二人分の国民年金十三万円そこそこで毎月、細々と暮らしている。しかし、家賃と妻の医療費が大きな負担になっていた。

そこで大谷は、貯《たくわ》えの約一千六百万円を海老《えび》養殖事業に投資をした。ブラックタイガーの養殖事業に出資すれば、一年で元本の二倍は保証するという触《ふ》れ込みを全面的に信じてしまった。

ところが、投資事業会社はフィリピンに小さな海老養殖池を持っているだけで、事業らしい事業はしていなかった。捜査二課知能犯捜査第一係は悪質な詐欺《さぎ》事件と見做《みな》し、捜査に乗り出した。九カ月前のことだ。

海老養殖ビジネスを装った巨額詐欺事件の首謀者《しゅぼうしゃ》である戸張貞和《とばりさだかず》、四十六歳は組織犯罪処罰法違反容疑で逮捕される直前に逃亡した。七カ月前である。以来、消息はわからない。

戸張は五社の投資会社名を使って、全国三万五千人から総額八百五十億円もの巨額を集めていた。そのうちの約六百億円は出資者に〝配当〟という形で還元された。

だが、残りの二百五十億円のうち約五十億円は米国在住の日本人公認会計士の口座に送金されていた。さらに二十五億円が香港《ホンコン》のファンド運用会社に振り込まれている。

逃亡中の戸張は、百七十五億円をどこかに隠しているはずだ。知能犯捜査第一係は総力をあげて、その秘匿金《ひとくきん》の行方を追った。しかし、まだ隠し金の保管先は明らかになっていない。

「大谷さん、もう少し時間をください。われわれは懸命に戸張の行方を追ってますから」

柴はスマートフォンを耳に当てると、開口一番に言った。言い訳ではない。本気で捜査中だった。

「もう限界だったんだ」

「え？」

「待てなかったんですよ。戸張に騙《だま》し取られた一千六百万円の半分ぐらいは戻ってくるかもしれないと期待してたんだけど、その考えは甘かった」

「大谷さん、いつもと声のトーンが違いますね。いったい何があったんです？」

「わたしら夫婦は、疲れてしまったんだ。きのう、区役所の福祉課に行ってみたんですよ。生活保護支給の申請をしようと思ってね」

「申請はできなかったんですか？」

「ええ、そうなんですよ。国民年金を貰ってるからって、申請はさせてもらえなかったんだ。だけどね、二人分の年金十三万数千円の中から家賃、医療費、光熱費なんかを支払ったら、夫婦の食費は二万円ぐらいしか残らない。それっぽっちの金で、どうやって喰《く》っていけばいいんです？」

「とても食べられませんよね」

「暴力団の元組員たちにはほとんど無条件で生活保護費が支給されてるのに、ほんとに困ってる年寄りには手を差し延べようとしない。日本は変だよ。おかしくなってる」

「自分も、そう思います」

「柴さんたちは必死に戸張を捕まえようとしてくれてる。そのことはありがたいと思っています。でもね、わたしら夫婦は生きていく気力も失《う》せちゃったんですよ」

「大谷さん、家で何かしたんですね？」

「少し前に家内の信子の首を両手で……」

大谷が言い澱《よど》んだ。語尾がくぐもった。

「奥さんを扼殺《やくさつ》してしまったんですか⁉」

「そうなんだ。家内とわたしは一緒に死のうと決めたんですよ。信子が息絶えたことを見届けて、わたしも首を吊《つ》った。でもね、ロープがフックごと柱から落ちてしまったんですよ。それで文化庖丁で首と左手首を切ったんだが、死に切れなかったんだ」

「すぐに救急車を手配しますので、タオルかハンカチで止血してください」

「血はそれほど出てないんだ。だから、救急車は呼んでもらわなくてもいい」

「大谷さん、家にいてください。外に出ちゃ駄目ですよ」

「わたし、どうすればいいんだ？」

「とにかく、家から出ないように！　これから、すぐお宅に向かいます」

柴は電話を切ると、所轄の目黒署に事件通報した。職場には十一人の部下のうち四人が残っていたが、ひとりで刑事部屋を出た。

柴はエレベーターで一階に降り、通用口から外に出た。

運よくタクシーの空車が通りかかった。

柴はタクシーを拾った。大谷宅は下目黒《しもめぐろ》三丁目にある。東急目黒線の不動前《ふどうまえ》駅から千メートルほど離れた場所だ。小さな商店と一般住宅が混在する地域だった。

大谷宅に着いたのは二十数分後だった。

すでに本庁機動捜査隊の面々と目黒署の刑事たちが臨場《りんじょう》していた。地域課の制服警官が黄色い立入禁止のテープの前に立ちはだかっている。三人だった。

柴は素姓を明かして、店先から大谷宅に入った。

階下には、所轄署の刑事たちしかいなかった。元店舗部分はまるで納戸《なんど》だ。

柴は彼らに目で挨拶《あいさつ》し、黒光りしている階段を上がった。二階には、六畳間と四畳半の和室があった。

奥の六畳間から大谷の泣き声が響いてきた。

顔見知りの機動捜査隊員が目礼し、横に移動する。柴は会釈《えしゃく》し、六畳間に足を踏み入れた。奥の窓側に介護ベッドが置かれている。

大谷は妻の遺体に取り縋《すが》って、子供のように泣きじゃくっていた。信子の死顔は穏《おだ》やかだった。苦悶《くもん》の色は少しもうかがえない。

夫が自分の後《あと》を追ってくれることを信じきっていたのではないだろうか。それだけに、遣《や》る瀬《せ》ない。

柴は大谷に近づいた。

気配で、大谷が振り返った。左の頸部《けいぶ》に血がこびりついている。左手首には、白いタオルが巻かれていた。手は血痕だらけだ。

「来てくれたんですね。ご迷惑をかけます」

大谷が力なく言い、頭を垂《た》れた。どこか表情が虚《うつ》ろだった。目にも力がない。

「わたしの力が足りなかったんで、あなたを心理的に追い込ませてしまったんでしょう。勘弁してください」

「柴さん、何を言ってるんです。あんたは、わたしら夫婦のことを親身になって気にかけてくれました。それなのに、わたしらは意気地のないことに……」

「月並な言い方ですが、天寿《てんじゅ》を全《まっと》うする。それが生を享《う》けた者の務《つと》めだと思います。何があっても、自ら死んではいけないんじゃないのかな」

「そうなんですが、何日もひもじい思いをしてると、なんだか絶望感ばかりが膨《ふく》らんでしまってね。それにしても、わたしはだらしがないな。潔《いさぎよ》く信子の後を追うこともできなかったんだから」

「奥さんは気の毒な結果になりましたが、心の中では大谷さんに逞《たくま》しく生き抜いてほしいと願ってたんではありませんか。体が不自由になったので、夫に苦労をかけてたことを気に病《や》んでたでしょうからね。経済的にかなり苦しくても、大谷さんおひとりなら、なんとか食べていけると考えてたんじゃないですか」

柴は、そうとしか言えなかった。それが切《せつ》ない。無力な自分が情けなかった。

大谷が何か言いかけたが、声は発しなかった。哀《かな》しげに顔を歪《ゆが》めた。胸の奥が疼《うず》く。

「あなたは生き抜くべきですよ」

「信子……」

「あなたは嘱託《しょくたく》殺人の罪に問われることになるでしょう。しかし、裁判で情状酌量《じょうじょうしゃくりょう》されるはずですよ。何年かは服役することになるでしょうが、どうか生き直してください。それが亡くなられた奥さんに対する償《つぐな》いになるでしょうし、供養《くよう》にもなるんではありませんかね」

「そうなんだろうか」

「戸張貞和は絶対に逮捕します。あなたが出資した一千六百万円の一、二割しか戻ってこないかもしれませんが、できるだけのことはしますよ」

「うまい話に乗せられたわたしがいけなかったんだ。よく考えてみれば、たった一年で出資金が倍になるわけがない。目先の欲に引きずられたわたしが悪いんです。家内は出資には反対してたんですよ。でも、わたしが強引に自分の考えを押し通したので、文なしになってしまった。自業自得でしょうね。しかし、信子は少しも悪くありません。それだから、不憫《ふびん》で仕方がないんです」

「だから、あなたは生き抜かなきゃいけないんです。それが罪滅《つみほろ》ぼしになるでしょう」

柴は両手を小柄な大谷の肩に掛けた。

大谷が泣き崩れた。所轄署の刑事が腰の後ろから手錠を取り出す。柴は無言で首を横に振った。相手が黙ってうなずき、手錠を革ケースに戻した。

柴は事情聴取に協力し、数十分後に大谷宅を出た。海老養殖投資詐欺に引っかかった高齢の出資者がすでに三人も自殺している。亡くなった六十代の男性たちは、いずれも退職金をそっくり投資していた。

出資した大金を取り戻せそうもないと判断し、悲観的になってしまったのだろう。熟年離婚した出資者も十数人いる。詐欺事件の被害者に心の隙《すき》があったことは否定できない。

しかし、知能犯たちは年ごとに悪質化している。強欲な拝金《はいきん》主義者ばかりだ。ゆゆしいことだ。

知能犯捜査第一係は主に贈収賄《ぞうしゅうわい》事件、横領、さまざまな詐欺事件の捜査に当たっている。どの事件の主犯も、きわめて悪知恵が発達していて、容易に尻尾《しっぽ》を出さない。捜査は、いつも加害者たちとの知恵較《くら》べだ。

神経をすり減らし、空回りさせられることが少なくない。それだけに、立件《りっけん》できたときの達成感は大きかった。

そのつど、柴は勝利感を味わってきた。要職に就《つ》いてしまったら、現場捜査の緊張感や手応えは感じられないだろう。できることなら、退官するまで刑事でいたいものだ。

柴は名門私大の法学部在学中に国家公務員総合職試験（旧Ⅰ種）にパスし、警察庁に入った。国家公務員だ。人事権は警察庁が有している。

同期入庁の二十三人のうち、私大出身者は柴ひとりだけだった。残りの大半は東大出で、ほかは京大、阪大、東北大などを卒業している。

警察官僚《キャリア》は入庁した時点で、警部補の職階を与えられる。一般警察官とは最初から扱いが違う。キャリアは警察大学校の初任幹部科で半年学び、さらに九カ月の現場研修を受ける。その後は各所轄署に配属されるわけだ。

柴は渋谷署刑事課で現場捜査の基本を教わり、警部昇進と同時に警察庁勤務になった。二年後に警視になって、茨城県下の所轄署の署長に任命された。署員数は六十数人だったが、八割は自分よりも年上だった。

二十代で署長になるのだから、キャリアたちがエリート意識を持っても仕方がないのかもしれない。だが、柴は常に控え目だった。そのためか、署員たちの受けはよかった。

しかし、交通巡査の不正が表沙汰になった。柴は警視庁捜査二課に異動になり、数カ月後に警視正になった。課長は一つ格下の警視だった。何かとやりにくいだろう。

柴は上司の雨宮佑太郎《あめみやゆうたろう》には、それなりに気を遣《つか》っている。階級がワンランク低いからといって、五十一歳の課長に対等な口をきいたことはない。敬意も払っていた。

雨宮課長は柴以上に気を遣《つか》って、キャリアの部下に遜《へりくだ》った態度で接している。それが悩みの種《たね》だった。ほかの部下と同等に扱ってほしいが、それを口にしたら、厭味《いやみ》になるだろう。

警察は軍隊に似た階級社会である。たとえ相手がはるか年下でも職階が上ならば、敬語を使わなければならない。大学の後輩であっても、気やすく接することは許されないのだ。

窮屈《きゅうくつ》な世界だが、柴は法の番人でありつづけたいと願っている。子供のころから正義感は人一倍、強かった。といっても、正義の使者気取りの言動は慎《つつし》んできた。正義漢ぶっている人間は、どこか胡散《うさん》臭い。善人ぶる者もなんとなく信用できない面がある。何かスタンドプレイを演じる人間は例外なく偽善者だ。

尊敬できる人間は常に謙虚《けんきょ》で、他者を思い遣《や》る。知識をひけらかすような真似も絶対にしない。いかなる人間も狡《ずる》さや愚《おろ》かさを持っていることをちゃんと認識し、他者の過《あやま》ちを赦《ゆる》す寛大さがある。

柴はそうした大人《たいじん》に憧《あこが》れていた。しかし、とても目標には近づけない。いつになったら、自然体で泰然《たいぜん》と生きられるようになるのか。

柴は大谷宅から遠のくと、ポリスモードで雨宮課長に事件のことを報告した。

「その事案《じあん》は通電があったので、存じています」

「課長、敬語はやめてください。わたしは、あなたの部下なんですよ」

「そうですが、そちらは警視正でいらっしゃる。われわれのようなノンキャリアではありません。超エリートです」

「そういうことに拘《こだわ》るのはやめましょうよ」

「ですが、わたしはまだ警視ですんでね」

「もっとフランクに接していただきたいな」

「努力はしてるんですよ、それなりにね。それはそうと、戸張貞和が偽名で日比谷の帝都ホテルに投宿してるという情報は、やっぱり偽《ガセ》でした」

「そうですか。わたしも偽情報《ガセネタ》臭いと思ったんですが、一応、三好《みよし》たちを帝都ホテルに行かせてみたんですよ」

「ええ、そうみたいですね」

「情報提供者は公衆電話を使って、名乗らなかったという話でしたよね？」

「はい。電話を受けたのは浦辺《うらべ》なんですが、そう言っていました」

「その密告電話をかけてきたのは、案外、戸張かもしれませんよ。まだ都内に潜伏してると思わせたくてね。実際は、東京から遠く離れた地方のどこかにいるんじゃないのかな」

「その可能性はあるかもしれません。これまでの捜査で、戸張が海外逃亡を図った痕跡はありませんでした。おそらく国内のどこかに身を潜《ひそ》めてるんでしょう」

「郷里の和歌山の実家や旧友宅にはまったく立ち寄ってないんでしたね？」

「ええ。世田谷区上野毛《かみのげ》にある自宅を妻の沙織《さおり》と出てから、夫婦の足取りが不明のままなんですよ。戸張夫妻の交友関係を徹底的に洗って、知人や友人宅に網を張ってみたんですが……」

「戸張が経営してた『東洋オーシャン』と関連会社の元役員たちの自宅までチェックしたんでしたよね？」

「ええ。しかし、どこにも戸張夫妻はいませんでした」

「二人は、ずっと行動を共にしてるんだろうか」

雨宮が自問した。

「いまは別行動を取ってるのかもしれません。夫婦で動いてたら、どうしても人目につきやすいでしょ？」

「そうですね。それにしても、戸張は救いようのない悪人だな。出資者のうち三人が自殺していますし、今夜は大谷保夫が妻を扼殺して、自分も死のうとしました。これからも、被害者の中から自殺者が出るかもしれません」

「なんとか悲劇を喰《く》いとめたいですね。明日から、戸張の交友関係を洗い直します」

「戸張の女性関係を洗い直していただけますか。特定の愛人はいないという話でしたが、銀座の超高級クラブで毎晩のように豪遊してたんですから、金目当てで戸張に色目を使ったホステスがいると思うんですよ」

「そのへんを中心に聞き込みを重ねてみます」

「ええ、そうしてください。こんなことを言うと、警視正は気分を害されるかな」

「なんでしょう？　課長、おっしゃってください」

「兵隊が足りないようでしたら、二係から三、四人回してもかまいませんが……」

「せっかくですが、一係で必ず片をつけます。ですから、もう少し時間を与えてください」

「怒らせてしまったのでしょうか。悪意はなかったんですがね。これまで警視正は数々の難事件を解明してきました。柴さんを信頼してるんですが、兵隊の数が多ければ、何かと楽になると思ったものですから」

「課長のお気持ちはよくわかります。しかし、一係にも意地があります。わがままを言いますが、しばらく静観していただきたいんです」

「わかりました」

「明朝、部下たちと作戦を練り直します」

柴は通話を切り上げ、目でタクシーを探しはじめた。あいにく空車は通りかからない。

今夜は七時までには必ず帰宅すると妻に言って登庁した。とうに七時を過ぎている。柴は山手《やまて》通りまで急ぎ足で歩き、ようやく空車を拾った。港区内にある自宅に着いたのは七時半過ぎだった。

家の中はひっそりとしていた。生後十一カ月の息子の拓海《たくみ》の声も聞こえない。

居間の照明は消えていた。ダイニングテーブルには、豪華な料理とシャンパングラスが並んでいた。

「ただいま！　遅くなって悪かったな」

柴はネクタイを緩《ゆる》めながら、奥の部屋に声をかけた。

一分ほど経《た》ってから、仕切り戸が開いた。妻はパジャマ姿だった。いつになく表情が硬い。

「どこか具合が悪いのか？」

「大きな声を出さないで。ようやく拓海を寝かせつけたんだから」

「体調がすぐれないようだな」

「ううん、別に」

「約束の時刻に帰ってこなかったんで、むくれてるんだろう？」

「警察官のくせに嘘ついて！」

「ごめん、ごめん！　帰りがけに急に職務が入っちゃったんだ」

「それだったら、電話してちょうだい！　料理を何度も温め直したのよ。シャンパンだって、冷えすぎちゃったわ」

「遊びで遅くなったわけじゃないんだから、大目に見てくれよ。プレゼント、用意してあるんだ。ダイヤのネックレスだよ」

柴は革鞄の中からリボンのかかった包装箱を取り出した。

妻は何も言わなかった。目を合わせようとしない。

「きょうは、おめでとう！　シャンパンで乾杯しよう」

「今夜はなんか飲みたくない。仕事で忙しいのはわかるけど、きょうは特別な日でしょうが！」

「子供みたいな拗《す》ね方してないで、シャンパンを飲もう。パジャマじゃ、ムードが出ないな。早く着替えて、着替えて！　その前にプレゼントを見てもらうか」

「そのネックレス、婦警さんにでもあげれば？　わたしは欲しくないから」

「亜由、いい加減《かげん》にしろっ」

ついに柴は声を荒らげてしまった。すぐに悔やんだが、後の祭りだった。

「結婚してから、亮輔さんはだんだんわたしに関心を払わなくなったわ。拓海ができてからは、もっと素っ気なくなった感じね。わたしたち、結婚してから三年も経ってないのよ。妻の誕生日ぐらいは吹っ飛んで帰ってきてくれてもいいんじゃない？」

「以前も同じことを言ったが、おれは民間会社のサラリーマンじゃないんだ。治安を最優先しなければならないんだよ」

「家庭はどうでもいいのね？」

「そんなことは言ってない」

「でも、家庭は二の次になってるわよね。わたしは、それが哀《かな》しいのよ。不満なの！警察官の妻になんかなるんじゃなかったわ」

亜由は捨て台詞《ぜりふ》を吐《は》き、奥の部屋に引き籠《こも》ってしまった。息子が生まれてから、妻はいつも添い寝をしている。

「勝手にしろ！」

柴は鞄を抱え、居間の左手にある寝室に移った。パジャマに着替え、ベッドに身を横たえる。売り言葉に、買い言葉だった。

一時間が過ぎても眠くならない。空腹だったし、感情も高ぶっていた。

柴はダイニングキッチンに行き、シャンパンの栓《せん》を抜いた。

ローストビーフや海老のクリーム煮を摘《つま》みながら、シャンパンのボトルを半分ほど空けた。バースデイケーキも用意されていたが、それには手をつけなかった。

寝室に戻り、ヘッドフォンをつけてジャズロックを聴《き》きはじめる。ラムゼイ・ルイス・トリオのCDアルバムだった。

全曲を聴き終えたとき、寝室のドアが開いた。盛装した妻が、ばつ悪そうな顔で歩み寄ってきた。誕生祝いのネックレスを飾っている。ダイヤのきらめきが眩《まばゆ》い。

柴はヘッドフォンを外し、床《フロア》に落とした。

「わがままを言って、ごめんなさい。赦《ゆる》してくれる？」

亜由がおずおずと訊《き》いた。

柴は無言で妻の手首を摑んで引き寄せた。

亜由が安堵《あんど》した顔つきになった。柴は羽毛蒲団《うもうぶとん》を撥《は》ねのけ、ベッドの片側に寄った。

妻が恥じらいながら、フラットシーツに仰向けになった。すぐに瞼《まぶた》を閉じた。

柴は上体を起こし、亜由と唇を重ねた。

2

部下たちは顔を揃《そろ》えていた。

捜査二課専用の会議室だ。午前十時だった。

柴は入室すると、ホワイトボードの前に立った。前夜、大谷保夫が引き起こした事件のことを詳しく喋《しゃべ》った。

「大谷保夫が早まったことをしたのは、戸張がいまも逮捕されてないからなんでしょうね」

三好陽平《ようへい》巡査長が口を開いた。二十九歳で、昔の文学青年を連想させる風貌だ。前髪を斜めに額に垂らしている。

「ああ、それで大谷夫妻は前途を悲観したんだろうな。ある意味では、おれの責任だ」

「係長のせいではありませんよ。戸張が悪いんです。とんでもない悪事を働きながら、しぶとく逃げ回ってる。奴を取っ捕まえたら、二、三発殴ってやりたい気持ちです」

「いつになく過激じゃないか」

「金の亡者《もうじゃ》は嫌いなんですよ。軽蔑《けいべつ》もしてます。人生、金だけじゃありませんからね」

「三好、負け惜しみに聞こえるぞ」

浦辺誠《まこと》警部補が雑《ま》ぜ返した。三十二歳の浦辺は詐欺事件を多く手がけてきた。頼りになる部下だ。

「負け惜しみじゃありませんよ。金は大切ですが、自分で稼ぐものです。贅沢《ぜいたく》したいからって、お年寄りの虎の子を騙《だま》し取るような奴は人間のクズですよ」

「おれも、そう思う。しかし、人間は誰も楽して金を手に入れたいと本音の部分では考えてるんじゃないのか？」

「浦辺さんはそうなんでしょうが、ぼくは違います」

「この野郎、優等生ぶりやがって。いつだか宝くじで十万円当てて喜んでたのは、どこの誰だよっ。おまえに一卵性双生児の弟がいたっけ？」

「あのときは金欠病だったんで、十万円の臨時収入はありがたかったんですよ」

　三好が言い訳した。

「二人とも話を脱線させないでくれ」

　柴は小さく苦笑した。三好と浦辺が口を閉じた。

「戸張は国内に潜伏してると思われる。ただ、妻の沙織、四十歳とは別行動を取ってるかもしれないな」

「そうでしょうか」

「浦辺、異論があるようだな」

「ええ、ちょっと。戸張貞和は、前妻の洋子《ようこ》が死んで数カ月後に沙織と再婚してるんです。二度目の妻にいまも惚《ほ》れてるんじゃないのかな。それに戸張は女なしでは生きられないタイプみたいだから、きっと後妻の沙織と一緒に逃げ回ってるにちがいありませんよ」

「そうなんだろうか。夫婦で動いてると、どうしても人目につくと思うんだがな」

「二人とも髪型を変えたり、帽子や眼鏡で印象を変えてるんでしょう。もしかしたら、どっちもプチ整形してるかもしれません」

「それ、考えられるな。二人が姿をくらまして、もう七カ月が経《た》つ。金を握らせれば、うるさいことは何も訊《き》かないで美容整形手術をしてくれるドクターはいるだろう」

「ええ、いるでしょうね」

「戸張夫妻が整形手術《プラスチック・サージェリー》を受けたとしたら、ますます見つけづらくなるな。しかし、おれたちは執念で戸張の身柄《ガラ》を押さえなきゃならない」

「そうですね。投資詐欺の被害者が三人も自殺して、昨夜《ゆうべ》は大谷が嘱託殺人をやってしまいました。戸張の野郎は、三万五千人の被害者たちに絶望感を与えたんです。このまま奴に逃げ切られたら、被害者たちは救われません。こちらの面目も丸潰《つぶ》れですよね」

「そうだな。話を元に戻すが、おれは戸張は二度目の妻とは別々に逃げてる気がするんだ」

「なぜ、そう思われるんです？」

浦辺が訊いた。

「戸張は、三十六歳で亡くなった前妻の洋子が死んだ数カ月後に沙織と再婚してる。女好きだが、飽《あ》きっぽいんだと思うよ。一途《いちず》に相手にのめり込むタイプなら、最初の妻が若死にしたら、当分、再婚なんかする気になれないだろう？」

「そうでしょうね。戸張は、後妻の沙織にも飽きてしまったんだろうか。そうだとしたら、沙織とは別々に逃亡してるんでしょうね」

「女好きなら、単独の逃亡生活には耐えられなくなるだろう。戸張は銀座で豪遊してたときに親密になったクラブの女を潜伏先に呼び寄せてるかもしれないと推測したんだが、浦辺はどう思う？」

「ええ、考えられますね」

「みんなで手分けして、戸張の女性関係を洗い直してほしいんだ」

柴は十一人の部下に目をやった。部下たちが神妙な顔つきでうなずく。

「銀座のクラブホステスだけじゃなく、破産宣告をした『東洋オーシャン』及び関連会社五社で働いてた女性社員たちも調べてくれないか。戸張に口説《くど》かれた女がいるかもしれないからな。聞き込みの割り振りは、浦辺に任せる」

「わかりました。で、係長はどうされるんです？」

浦辺が問いかけてきた。

「おれは、『東洋オーシャン』の管財人を引き受けた弁護士の押切琢磨《おしきりたくま》にもう一度会いに行く。押切弁護士は前回の事情聴取のときは戸張は飛び込みの依頼人に過ぎないと言ってたんだが、その後の調べで前々から交友があったことがわかった。少し疑わしいじゃないか」

「そうですね。戸張は押切弁護士をちょくちょく紀尾井町《きおいちょう》の老舗《しにせ》料亭に招いてたから、プライベートな話もしてたんでしょう。うまくすれば、戸張の女性関係を聞き出せるかもしれませんよ」

「そうだな。三好と組むことにしよう」

柴は口を結んだ。浦辺が聞き込み先を割り振りはじめた。

それから間もなく、雨宮課長が会議室に入ってきた。

「警視正、『東洋オーシャン』から五十億円を預かったロス在住の日本人公認会計士の佃実《つくだみのる》が一昨日の夜、帰国したらしいんですよ。外事課からの情報です」

「佃の帰国目的はなんなんでしょう?」

「それはわかりません。戸張から送金された例の五十億円はアメリカ政府に凍結《とうけつ》されてしまいましたし、佃も巨額投資詐欺に関わってる疑いがありそうだと現地のマスコミに報じられたんで、日本に戻る気になったのかもしれませんね」

「単独で帰国したんですか？」

「いいえ。妻のエミリー、三十四歳と一緒だそうです。昨夜から、赤坂プリンセスホテルに投宿してるらしいんです。部屋は二三〇一号室だとか。誰かホテルに行かせてもらえますか？」

「わたしと三好が出向きましょう。その後は、銀座二丁目にある押切法律事務所に回る予定です」

柴は課長に言って、目顔《めがお》で三好巡査長を呼んだ。

三好が長い指で前髪を搔《か》き上げながら、椅子から立ち上がった。

柴たちは会議室を出ると、刑事部屋を後《あと》にした。エレベーターで地下二階の車庫に降り、灰色のエルグランドに乗り込む。

三好の運転で赤坂プリンセスホテルに向かった。十数分で、目的地に着いた。

二人はホテルの地下駐車場から高層用エレベーターを使って、二十三階に上がった。

三好が二三〇一号室のチャイムを鳴らした。

待つほどもなく重厚なドアが開けられた。応対に現われたのは、大柄な金髪女性だった。三十四、五歳か。佃の妻のエミリーだろう。

三好がブロークン・イングリッシュで素姓を明かし、相手が佃の妻であることを確かめた。

「ご主人に取り次《つ》いでいただけますか？」

「その日本語、わたし、よくわかりません。夫とは、いつも米語で会話してるの」

「まいったな。係長、なんとかしてくださいよ」

「よし」

柴は部下に言って、エミリーに英語で来意を伝えた。日常会話なら、不自由なく操《あやつ》れる。

「夫は戸張さんに口座を貸してあげただけです。出資者からお金なんか騙し取ってません」

「別にあなたのご主人を疑ってるわけじゃないんですよ。われわれは戸張夫妻の潜伏先を知りたいだけなんです」

「そういうことなら、問題はないわね」

エミリーが表情を和《なご》ませ、柴たち二人を請《しょう》じ入れた。

続き部屋《スイート》だった。手前の部屋には、深々としたリビングソファが置かれている。十五畳ほどの広さだ。寝室は右手にあった。

エミリーは柴と三好を長椅子に腰かけさせると、寝室に入っていった。

柴たち二人は佃と面識がなかった。ただ、どちらも電話で事情聴取している。

二分ほど待つと、佃が姿を見せた。

薄手のカシミヤの黒いセーターを着て、縞柄のボタンダウンのシャツの襟《えり》を覗《のぞ》かせている。下は、キャメルカラーのチノクロスパンツだ。四十七歳のはずだが、早くも額が大きく後退している。

柴と三好は腰を浮かせ、おのおの名乗った。

「あなたたちとは、それぞれ電話で話してますよね。ま、掛けましょう」

佃がソファに腰かけた。寝室側だった。

柴たちも坐った。柴は佃と向かい合う形になった。

「ルームサービスでコーヒーでも運ばせましょうか？」

「どうかお構いなく」

「そうですか。戸張はまだ逃亡中だとか？」

「ええ。戸張夫妻が上野毛の自宅から消えて、はや七カ月になります」

「二人は山奥かどこかで、もう死んでるんじゃないのかな。もっともらしい話で出資者から集めた金が約八百五十億円という巨額ですからね。もっとも六百億円ほどは出資者に戻したようだから、詐取《さしゅ》したのはおよそ二百五十億か」

「関連会社の口座に振り込まれた出資金は、すべて帳簿に記載されてたわけじゃないんですよ。あなたの口座や香港のファンド運用会社に送金した七十五億円を除いても、戸張はまだ百七十五億円をどこかに隠してるはずです。いや、もっと多いのかもしれません」

「それにしても、詐取した金額が大きいね。戸張はもう逃げ切れないと思って、奥さんと無理心中を遂《と》げてるんじゃないだろうか。ぼくは、そんな気がするな」

「これまでに巨額詐欺事件は幾《いく》つも起こっていますが、主犯格が命を絶《た》った例はないんですよ」

「大胆な犯罪をやらかす輩《やから》は、それほど神経が細くないってわけか」

佃が言った。

「ええ、まあ。戸張は死んでなんかいないと思います。わたしの直感ですがね。チャンスをうかがって、国外逃亡する気なのかもしれません。もちろん、密出国を企んでるんでしょうね」

「日本は島国だから、ブラックな組織に繋がりがあれば、海外に逃げることは可能だろう。それで他人になりすまして、ひっそりと暮らしてれば、まず捕まらないかもしれない」

「電話で聞き込みをさせてもらったとき、佃さんは戸張と同県人なんだと言ってましたでしょ？」

「そうです。といっても、わたしが和歌山にいたのは中二の一学期一杯でしたけどね。その後は、ずっと横浜暮らしでした。でも、ロスのレストランで戸張の紀州訛《きしゅうなまり》を聞いたときは妙に懐《なつ》かしかったな」

「それで、佃さんのほうから戸張に声をかけられたんでしたよね？」

柴は確かめた。

「ええ、そうでした。一年半ぐらい前のことです。その後、四、五回会ったきりなんですが、戸張は節税対策に協力してくれと言って、わたしの銀行口座になんと五十億も送金してきたんですよ。戸張がリッチマンなんで、びっくりしました。ＦＸ投資、それからベトナムやインドの株を売り買いして巨万の富を得たんだという話を鵜呑《うの》みにしてしまったんだ。戸張に恩を売っといて損はないだろうという打算が働いたことは否定しません。恥ずかしい話ですがね」

「戸張の犯罪が表沙汰になってから、あなたに何か連絡は？　前回の事情聴取のときは、まったく戸張からは音信がなかったとおっしゃってましたが……」

「実は八カ月前の夜、わたしのロスの自宅に電話がありました。金融商品で儲けた金を関西の暴力団に狙《ねら》われてるんで、しばらく雲隠れするかもしれないと怯《おび》えていました。それで、わたしが預かった五十億円をしっかり管理してくれたら、謝礼として一割の五億円を払うと言ったんですよ。わたし、なんとなく後ろ暗くて、そのことを話せなかったんです。ですが、戸張から謝礼は一円も貰ってません」

「そうですか」

「戸張と関わったことで、わたしの人生は暗転してしまいました。本土《ステーツ》のマスコミがわたしが戸張から預かった大金のことを派手に報じましたんでね。おかげで、わたしは信用を失って、大事な顧客《クライアント》に次々に逃げられてしまいました。だから、妻のエミリーと日本に戻って、新規巻き直ししようと決意したわけですよ」

佃が言って、長嘆息した。話が途《と》切《ぎ》れた。

短い沈黙を三好が破った。

「佃さん、戸張には愛人がいませんでしたか？　そこまでの関係ではなくても、親密な女性がいたんでしょ？　銀座の高級クラブを夜な夜な飲み歩いて、大名《だいみょう》遊びをしてたようですからね。女性と酒が好きなんでしょう」

「戸張が女にだらしがないことは間違いありません。彼は、エミリーに一度だけ浮気しないかと言い寄ったらしいから」

「節度《せつど》のない男だな」

「そうだね。戸張は札束をちらつかせて、手当たり次第に女性たちを口説いてたんでしょう。でも、ぼくは彼の女性関係は何も知らないんだ。昔っからの知り合いじゃないから、戸張はぼくに気を許してなかったんじゃないかな。あの男は、金だけしか信じてない感じだったからね」

佃が口を噤《つぐ》んだ。

それを汐《しお》に、柴たちは引き揚げた。地下駐車場に下《くだ》り、覆面パトカーで銀座に向かう。

二十分前後で、目的地に着いた。

押切法律事務所は、銀座柳《やなぎ》通りに面した雑居ビルの四階にある。柴は戸張が行方をくらます数カ月前に五十八歳の弁護士から事情聴取をしていた。

押切は知り合いの口利きで戸張貞和と会い、破産状態に陥った『東洋オーシャン』の管財人を引き受けたと語っていた。

しかし、事業実態がないことを知り、破産管財の手続きを遂行する気にはなれなかったという。『東洋オーシャン』と関連会社五社の従業員は、破産宣言の段階で全員が自主退職をしたらしい。労働組合もなく、元社員はすべてアルバイターだった。

三好は捜査車輌を雑居ビルの脇道に駐《と》めた。

柴たちは、弁護士のオフィスを訪ねた。事務所には七人の若手弁護士がいた。いわゆる居候《いそうろう》弁護士だ。女性事務員は五人いた。

三好が女性事務員のひとりに取り次ぎを頼んだ。柴たち二人は、奥の所長室に通された。

押切は両袖机に向かって、公判記録に目を通していた。

「アポなしでお邪魔して申し訳ありません。例の件のことで、また先生にご協力いただきたいんですよ」

柴は下手に出た。大物弁護士の多くは尊大で、警察嫌いだ。機嫌を損なわせると、聞き込みにも応じてくれなくなる。

「きみらも大変だね。それにしても、戸張には困ったもんだ。日本の警察は優秀なんだから、何年も逃亡なんかできっこない。観念して、早く自首すればいいのに」

「そうしてほしいですね。しかし、戸張は強《したた》かな犯罪者ですんで、自首することはないでしょう」

「そうかもしれないね。十数年前から、検挙率は年ごとにダウンしてる。戸張はうまく逃げ切りそうだな」

「先生は面白がってるんですかっ」

三好が顔をしかめた。柴は部下の脇腹を肘《ひじ》でつついた。

「まだお若いね。おっと、失敬！　二人とも坐ってくれないか」

押切が応接ソファセットに目を向けた。総革張りで、黒色だった。外国製だろう。

柴たちは並んで腰かけた。弁護士が机から立ち上がり、柴の正面に坐った。赤ら顔で、小太りだった。高血圧症なのだろうか。

「根拠があるわけではないんですが、戸張は二度目の妻の沙織とは別行動を取ってるのではないかと思いはじめてるんですよ」

柴は言った。

「刑事の勘かね」

「ええ、まあ。そこで教えてほしいんですが、戸張には愛人めいた女性がいたんではありませんか？」

「わからんね。しかし、戸張に不倫相手がいたとしても驚かないよ。あの男とは何度か酒を酌《く》み交わしたが、いつも女の話しかしなかったからね。それも下ネタが多かったな」

「そうですか」

「海老養殖事業に投資すれば、必ず大きく儲かるとか言って、全国三万五千人から総額八百五十億円も騙し取ってたんだから、戸張は大金持ちだ。現金を一千万円か二千万円積み上げれば、銀座の人気ホステスばかりか、そこそこ売れてる女優だって、彼になびいたんじゃないのかな」

「そうかもしれませんね」

「多分、戸張は何人かの女を囲ってたんだろう。しかし、わたしはそういう愛人たちのことはまったく聞いてなかった」

「そうですか」

「戸張は巨額詐欺だけじゃなく、以前に何か犯罪をやってそうだね。彼は相当な悪党《ワル》だよ」

「犯歴照会では、前科歴はありませんでした。交通違反切符は二度ほど切られていましたが……」

「そう。ご存じだろうが、戸張の最初の妻の洋子は六年前に自宅に押し入った強盗にバールで頭部を何度も叩《たた》かれて死んでるんだ」

「ええ、知ってます。確か遺体の発見者は隣家の旦那でしたよね？」

「そうなんだ。戸張宅の電話コードが引き千切《ちぎ》られてたんで、発見者は自分の家に戻って一一〇番通報したんだよ」

「その間に、被害者の戸張洋子の遺体は掻《か》き消えてたんでしたね。しかし、洋子の死体は未《いま》だ見つかっていない。強盗犯が隣人が自宅に戻ってる間に遺体を運び出して、どこかに遺棄《いき》したようなんだが、とうとう被害者の死体は発見されなかった」

「殺人犯も、まだ検挙《アゲ》られてない。事件当夜、夫の戸張は出張で札幌にいた。そのころ、彼は浄水器のセールスマンをしてた」

「ええ、そうですね。わたしも事件調書にざっと目を通したんですよ、出資者有志が戸張を告訴した直後に」

「戸張にはれっきとしたアリバイがあったから、彼が自分の妻を撲殺したはずはない。しかし、戸張が誰かに洋子を始末させた疑いはあるんだ」

　押切が言った。

「えっ⁉」

「きみは事件調書をじっくりと読まなかったようだな。戸張はね、先妻の洋子に五千万円の生命保険を掛けてたんだよ」

「そうでしたっけ？」

　柴は全身が火照《ほて》った。恥ずかしさのせいだった。事件調書の読み方がラフすぎたようだ。しかし、生命保険金のことは記述されていなかったような気もする。

「戸張は二十代のころから雑多な職種に就きながら、ギャンブルに熱中しつづけたんだ。一攫千金《いっかくせんきん》を夢見てたから、同じ職場で地道に働くことができなかったんだろうな」

「そうなんでしょうね。ところで、戸張は先妻の生命保険金五千万円を手に入れたんですか？」

「ああ、手に入れたんだ。その金で戸張はイタリアン・レストランの経営者になって、後妻の沙織と再婚したんだよ。だが、レストランは一年数カ月後に潰れてしまった。その後は各種のブローカーをやりながら、なんとか喰ってたようだ。山っ気のある戸張は冴《さ》えない生活に厭気《いやけ》がさしたんで、海老養殖投資詐欺を思いついたんじゃないか」

押切が長々と喋って、肩で呼吸を整えた。

三好がためらいながら、弁護士に話しかけた。

「どうして先生は、戸張洋子の事件のことを唐突に持ち出されたんです？　捜査中の事案とは関係がないと思うのですが……」

「きみは、まだ若いな。戸張が第三者に先妻を殺《や》らせた可能性がゼロじゃないわけだろう？」

「ま、そうですね」

「仮に洋子殺しの絵図を画《か》いたのが戸張だとしたら、必ず共犯者がいるはずだ。そうだよな？」

「ええ」

「その謎の人物は、戸張の急所を握ってると考えられる。そいつは、戸張がどこかに隠してる汚れた大金を横奪《よこど》りする気になるかもしれないな」

「あっ、なるほど！」

「戸張の愛人を見つけ出して、詐欺師の潜伏先を突きとめる方法もあるが、昔の悪い仲間を探す手もあるんじゃないのかと教えてやったんだよ」

「先生、ありがとうございました。目から鱗《うろこ》が落ちました。確かに、おっしゃる通りですね」

柴は部下より先に口を開いた。

「少しは役に立ったかな。わたしも戸張の依頼で信用を失いそうになったんで、あの男が早く捕まってほしいと思ってるんだ」

「そうですか」

「もういいかな。早く公判記録を読まなければならないんだよ」

押切弁護士が掛け声をかけて、ソファから勢いよく立ち上がった。

柴たちは相前後して腰を上げ、深く一礼した。

3

事件現場に家屋《かおく》はなかった。

月極《つきぎめ》駐車場に変わっていた。乗用車が四台ほど駐《と》められている。六年前に戸張洋子が殺害された借家の跡地だ。

文京区大塚四丁目の裏通りである。柴たち二人は銀座の押切法律事務所から、ここにやってきた。

「六年前の事件通報者は現在も隣家に住んでるかもしれないな」

柴は部下の三好に言った。

「そうですね。通報者は、なんて名なんですか？ ぼく、六年前の事件調書を読んでないんです」

「坂巻睦男《さかまきむつお》だよ。事件当時は五十七歳で、電力会社に勤めてた。しかし、事件から六年経《た》ってるんで、もう停年退職してるだろう」

「そうでしょうね。坂巻宅は左隣ですね。車を停めたとき、表札を見たんです」

「行ってみよう」

「はい」

二人は、左側にある木造モルタル造りの二階家に足を向けた。

建物はだいぶ古めかしい。外壁の塗料は、ところどころ剝《は》がれている。敷地は五十坪前後だろう。庭はあまり広くなかった。

低い門扉《もんぴ》から、ポーチは二メートルも離れていない。三好が旧式のブザーを押した。

ややあって、建物の横から六十三、四歳の細身の男が現われた。灰色のキャップを被《かぶ》り、植木鋏《ばさみ》を握っていた。

「どちらさん？」

「坂巻さんですね。わたしは警視庁捜査二課の柴と申します。連れは部下の三好です」

「坂巻睦男ですが、わたし、汚職や選挙違反には関わったことはありませんよ」

「言葉が足りませんでした。単なる聞き込みなんですよ」

柴は言って、顔写真付きの警察手帳を呈示した。坂巻が門扉の際《きわ》まで近づいてきた。

だが、扉を開けようとはしない。

「いったいなんの捜査なんです？」

「ある詐欺事件の捜査をしてるんですが、すぐ横で六年前に殺害事件がありましたよね？　当時、隣の借家には戸張夫妻が住んでたはずです」

「ええ、そうなんですよ。それで六年前のある夜、奥さんが押し込み強盗にバールで撲殺されたんだ。洋子という名で、割に美人でしたよ。亡くなったときは三十六歳だったかな」

「そのときの事件調書によると、坂巻さんが最初に事件に気づいて、一一〇番通報されたんですよね？」

「そうです、そうです。家内を相手に茶の間で一杯飲《や》ってるとき、戸張さんのお宅で奥さんの悲鳴がしたんですよ。十時四十分ごろだったかな」

「調書には、被害者の悲鳴が四、五回つづいたと記述されていました」

「ええ、そうでしたね。わたし、すぐ表に飛び出したんですよ。戸張さんのお宅に入ると、奥さんが頭から血を流して居間に倒れてた。俯《うつぶ》せでした。大声で呼びかけたんですが、なんの返事もなかったな。屈《かが》み込んで確かめてみたら、すでに息はしていませんでした。顔の下には血溜まりができてたな」

「戸張宅の電話は、コードが引き千切られてたんでしょ？」

柴は確かめた。

「そうなんだ、そうだったんですよ。で、わたしは自分の家に駆け戻って一一〇番したんです。それから戸張さんのお宅に引き返したら、洋子さんの死体が消えてたんですよ。居間から廊下に遺体を引きずった痕《あと》がくっきりと残ってたから、犯人が死んだ奥さんを庭から外に運び出したんでしょう」

「室内はだいぶ荒されてたようですが、現金も貴金属類も盗《と》られてなかったと調書に綴《つづ》られていました」

「そうなんだってね。犯人は泥棒を装って、計画的に洋子さんを殺すつもりだったんでしょう？　予《あらかじ》めバールを用意して、戸張さん家《ち》に押し入ったんだから」

「坂巻さんが自宅から事件通報してる間に死体が消えたってことは、そのときはまだ犯人は家の中にいたにちがいありません」

「そうだったんだろうね。そのことに気づいて、わたし、ぞっとしましたよ。運が悪ければ、わたしもバールで頭を潰されてたかもしれないんだから」

坂巻が顔をしかめた。事件当夜の情景が脳裏に蘇《よみがえ》ったのだろう。

「調書によると、被害者の着衣は特に乱れてはなかったらしいんですよ」

「ええ、そうでしたね」

「犯行目的が金品や性的暴行とは思えないから、やはり恨《うら》みによる計画的な殺人だったんでしょう」

「殺された奥さんは、感じのいい女性でしたよ。誰かに恨まれるなんてことはないと思うけどなあ。だけど、旦那のほうは浮気癖があったようで、よく朝帰りしてました。そのたびに、夫婦喧嘩をしてたな」

「そうですか」

「奥さんが友人か誰かと一泊旅行に出かけたとき、旦那は派手な顔立ちの女を家の中に引っ張り込んでた。戸張さんは、その相手と不倫してたのかもしれないな」

「その女性は、いくつぐらいでした？」

「当時、三十三、四歳だったんだろうな。洋子さんよりは垢抜《あかぬ》けてましたよ。それから、体も肉感的だったね。その彼女は結局、泊まったんですよ。それで翌日の昼過ぎに迎えにきた男の車で帰っていきましたね」

「どんな男でした？」

「やくざっぽい男だったな。六年前は三十二、三だったと思います」

「戸張の浮気相手とは親しげでした？」

「ええ、とってもね。といっても、男女の関係があるようには見えませんでした。男は幼馴染《おさなな じ》みか、従弟《いとこ》なのかもしれないな。女のほうは、下の名前をちん付けで呼んでました。でも、その名前は思い出せません。やっちんだったかな。いや、そうじゃなかった気がする」

「事件後、戸張はすぐに引っ越したんですね？」

三好が会話に加わった。

「ええ。洋子さんの葬式が終わって、三日目か四日目にね。戸張さんはまるで夜逃げするみたいに夕方過ぎに転居しました。隣近所に挨拶もしないでね」

「戸張は、最初の奥さんが亡くなってから数カ月後に再婚しました。後妻は沙織という名で、現在、ちょうど四十歳です」

「再婚相手は、目鼻立ちがはっきりしてます？」

坂巻が三好に訊いた。

「ええ、派手な顔立ちをしてますね」

「体つきはどうです？　セクシーなボディーをしてるんですか？」

「ウエストがくびれてて、胸も豊かです」

「そうですか。なら、多分、戸張さんが細君のいないときに自宅に引っ張り込んだ女でしょう。こんなことを軽々しく言ってはいけないんだろうけど、戸張さんはその女と共謀して、先妻の洋子さんを亡《な》き者にしたんじゃないのかな」

「推測や臆測《おくそく》でそこまで口にするのは、ちょっと問題ですね」

三好が忠告した。坂巻が首を竦《すく》め、鼻白んだ顔になった。

「とても参考になりましたよ。ありがとうございました」

柴は坂巻に謝意を表した。

「いま思い当たりましたよ。刑事さんたちは、海老養殖事業絡みの投資詐欺事件のことを調べてるんでしょ？　昔、隣に住んでた戸張さんが『東洋オーシャン』とかいう会社を興《おこ》して全国から八百五十億円もの出資金を集め、二百五十億円も詐取したという事件を新聞やテレビで知って、びっくりしましたよ。彼は後妻と一緒に上野毛の自宅から七カ月前に姿を消して、まだ逮捕されてないんでしょ？」

「ええ」

「テレビに上野毛の自宅が何度か映し出されたけど、驚くような豪邸だったな。お年寄りたちから騙し取った金で、あの邸《やしき》を買ったんでしょ？」

「ええ、一年八カ月前にね。敷地は二百坪もあるから、八億円近い値で手に入れたようですよ」

「赦《ゆる》せないな。早く戸張さん、いや、戸張の詐欺野郎を取っ捕まえてください。それで、死ぬまで刑務所にぶち込んどけばいい」

坂巻がそう言い、柴たちに背を向けた。

「係長、大塚署の刑事課に行ってみましょうよ。継続班の捜査員たちが六年前の殺人事件を調べつづけてるはずですので」

三好が言った。

「大塚署か本庁の捜一から六年前の事件の手がかりを得られるかもしれないな。しかし、それじゃ楽をしすぎじゃないのか？」

「そうですけど」

「本庁と所轄署の未解決事件専従捜査班は、地道な活動をしてるんだ。新事実を摑んだとしても、それを知能犯捜査第一係がかっさらうようなことをしたら、暗黙のルールを破ることになる。それ以前に刑事魂《デカだましい》がなさすぎると思わないか？」

「お言葉を返すようですが、そういうセクショナリズムに囚《とら》われるのはよくないんではありませんか。未解決事件を一日も早く落着させるために各部署が協力し合う。それがベストでしょう？」

「三好が言ってることは、間違いなく正論だろう。しかし、どの刑事も手がけてる事件を自分たちの班で解決させることを願って、地を這《は》うような捜査をしてるんだ。人の褌《ふんどし》で相撲を取るような真似をしたら、刑事としての意地やプライドを棄《す》てたことになる。それだけではなく、人間の価値も下がるだろう」

「おっしゃることはわかりますよ。しかし、六年前に自宅でバールで撲殺された戸張洋子はどうなるんです？　まだ成仏できてないでしょうし、血縁者たちも釈然としない気持ちのままで暮らしてるにちがいありません」

「それはそうだろうな」

「警察内部の人間に妙な遠慮をするのは、おかしいですよ。捜二《うち》は殺人事件の捜査を担当してるわけじゃないんです。捜一や大塚署の専従捜査班だって、知能犯係《うち》をライバル視はしてないでしょう。洋子殺しの犯人を検挙《アゲ》るのは捜二じゃないんです」

「そうだな。われわれは逃亡中の戸張を逮捕して、巨額詐欺事件の全容を解明することが職務だ」

「そうですよ。所轄署から情報を吸い上げることにためらいがあるんでしたら、本庁捜一の専従捜査班に協力を仰《あお》ぎましょう」

「わかった。そうしよう。三好、だいぶ成長したな。こっちが教えられたよ」

「からかわないでください」

「茶化したわけじゃないんだ。よし、桜田門《さくらだもん》に戻ろう」

柴は覆面パトカーに足を向けた。三好が先に運転席に乗り込み、エンジンを唸《うな》らせた。

職場に帰りついたのは午後一時過ぎだった。

「そっちは先に刑事部屋に戻っててくれ」

柴は部下に言い、エレベーターで六階に上がった。

捜査一課に入ると、殺人犯捜査第五係の加門係長が勝又誉課長と何か立ち話をしていた。柴は勝又警視に会釈《えしゃく》した。加門刑事が振り向いた。

柴は加門に笑いかけた。目標にしている優秀な刑事である。加門が笑顔を向けてきた。

柴は目礼し、奥に進んだ。二人に事情を話し、強行犯捜査第二係継続捜査専従班のテリトリーに向かう。柴は間もなく入室した。

捜査員は二十数人だが、ベテランばかりだ。班長の布川一歩《ふかわかずほ》は五十八歳で、巨身だった。若いころは、よくレスラーに間違われたそうだ。ぎょろ目で、凄みがある。

「お力を借りにきました」

柴は布川の机の脇で足を止めた。

「察しはつくよ。おっと、警視正殿にこんな口をきいちゃいけねえな。こっちは警部止《オブケ》まりなんだから」

「大先輩なんだから、わたしに妙な遠慮はなさらないでください」

「わかった。空いてる席に適当に坐ってくれや」

布川班長が喘《あえ》ぐような声で言った。また体重が増えたのだろう。九十キロ近いのではないか。

柴は、布川の横の回転椅子に腰かけた。

「戸張洋子の事件《ヤマ》の情報が欲しいんだろう？」

「当たりです。戸張が後妻の沙織と姿をくらまして、もう七カ月が経ちました。鑑取りで夫婦の交友関係をとことん調べ上げて、あちこちに網を張ってみたんですが……」

「戸張夫婦は、どの網にも引っかからなかった。で、六年前の洋子殺しの犯罪《ヤマ》に何か逃亡者を突きとめる手がかりを得られるかもしれねえと思ったわけだ？」

「ええ、そうです。実はわたし自身はそんなことも思いつかなかったんですが、押切弁護士にヒントを与えられたんです。午前中、押切法律事務所を訪ねたんですよ」

「弁護士はどんなことを言ったの？」

布川が先を促《うなが》した。柴は押切弁護士に言われたことを詳しく話した。

「あの先生は推理小説好きだから、意表《いひょう》を衝《つ》くようなことを口にしたんだろうな。確かに戸張が先妻の殺害に関与してる疑いはゼロじゃない。逃げてる旦那は洋子に内緒で五千万円の生命保険を掛けてたからな」

「事件調書には、そのことは記述されてなかったように思いますが……」

「そうなんだ。そのことは本格的な再捜査で明らかになったんだよ。掛け捨ての生命保険だったから、月々の保険料はたいした額じゃない。それはいいんだが、洋子が死ぬ半年前に戸張は自分を保険金受取人にして、加入契約してるんだ」

「たった半年前に入ってたんですか⁉」

「そうなんだ。なんか臭《くせ》えよな。それから、事件当夜、戸張は東京にいなかった。地方にいたのは、てめえのアリバイを強調してるようにも受け取れるだろう？」

「ええ、まあ。戸張にはアリバイがあるから、実行犯ということはあり得ない。しかし、事件当夜、地方にいたことをことさらアピールしてるようで、気になりますよね」

「そうなんだ。それから戸張は先妻が死んで数カ月後に、後妻の沙織と再婚してる。いくらなんでも、ちょっと早すぎるだろう？」

「そうですね。沙織は戸張とは、いつごろから交際してたんです？」

「七年半前だよ。戸張は妻の洋子に隠れて、沙織と不倫してたんだ。そういうことを考えると、現夫婦がつるんで誰かに先妻の洋子を始末させて、五千万円の生命保険金をイタリアン・レストランの開業資金に充《あ》てたんじゃねえかって疑いたくなる」

「押切弁護士は戸張が誰かに先妻の洋子を殺《や》らせたと推測してましたね。そして、その実行犯は戸張が投資詐欺で得た百七十五億円を横奪りしてから、逃亡者夫婦を闇に葬《ほうむ》ったんではないかとも……」

「そこまでは飛躍しすぎじゃねえかな。けど、弁護士先生の筋読みは的外《まとはず》れとは言えないかもしれない」

布川が呟《つぶや》き、冷めた緑茶を口に含んだ。

「沙織は独身時代、化粧品会社の美容部員をやってたはずなんですが、特定の彼氏はいなかったようなんですよ。しかし、年下と思われる男とは仲がよかったみたいなんです」

「その話の情報源《ネタモト》は?」

「六年前の事件通報者の坂巻さんから聞いたんですよ」

柴は、沙織と思われる女が戸張宅に泊まった翌日のことを話した。

「沙織はひとりっ子だから、弟なんかいねえはずだ。柄の悪い男というのは、母方の従弟《いとこ》の北條辰彦《ほうじょうたつひこ》のことじゃねえか。北條は三十八歳で、五年前まで義信会《ぎしんかい》の下部団体《エダ》の構成員だったんだ。いまは足を洗って、長距離トラックの運転手をやってる」

「北條の勤務先を教えてもらえます?」

「ああ、いいよ」

布川が腕を伸ばし、事件簿ファイルを摑んだ。

柴は手帳を取り出し、北條辰彦の勤務先をメモした。その運送会社の所在地は北区滝《たき》野川《のがわ》三丁目だった。

「北條は会社の近くの賃貸マンションで暮らしてるんだ。まだ独身だよ。マンションの名は『滝野川ハイム』だったな。三〇八号室だよ」

「事件当夜、北條にはアリバイがあったんですか？」

「一応な。会社の同僚たち三人と朝七時から池袋で飲みはじめて、十時半ごろに風俗店に繰《く》り込んでるんだ。北條が個室に入ったとこを同僚が見てるんだが、その後のことは裏付けがないいんだよ。北條が指名した風俗嬢はその夜で店をやめて、所在がわからねえんだ。店長は北條が帰った時刻までは記憶してなかったんだ」

「ということは、完璧なアリバイがあるわけじゃないんですね？」

「そういうことになるな。北條が風俗店を早めに抜け出して、車で被害者宅に行けば、洋子殺しは可能かもしれないいんだ。しかし、旧戸張宅からは北條の指掌紋や頭髪は採取されてねえんだよな」

「そうですか」

「だからって、北條が真っ白とは言えねえと思うんだがな。けど、確証がないわけだから、うっかり任意同行《ニンドウ》もかけられねえ」

「押切弁護士の話がなんか気になるんで、北條辰彦にちょっと探《さぐ》りを入れてみます。かまいませんか」

「おれの班に遠慮なんかすることねえよ。好きなように動けばいいさ」

「そうさせてもらいます」

「こっちも、なんか押切の推測が気になってきたな。北條に不審な点があったら、すぐ教えてくれや」

「もちろん、そうします」

「頼むぜ」

布川が柴の肩をグローブのような手で叩いた。軽く叩いたつもりなのだろうが、かなり痛かった。

だが、柴は笑顔で立ち上がった。廊下に出て、階段で四階に降りる。

柴は自席につき、改めて六年前の事件調書を読み返しはじめた。

4

大型トラックが六台並んでいた。

『向陽《こうよう》流通サービス』という運送会社の滝野川営業所だ。北條辰彦の勤め先である。

柴は三好を伴《ともな》って、右手にある営業所の事務所に向かった。午後四時過ぎだった。

事務所は三階建てで、だいぶ老朽化している。白い外壁もくすんでいた。

事務フロアには、四十代後半の女性社員しかいなかった。三好が警視庁の刑事であることを告げ、来意を伝えた。

「北條さんは会社を辞めたんですよ。ちょうど十日前でしたね」

「何か同僚とトラブルでも起こしたんですか？」

「いいえ、円満退社ですよ」

「そうですか。所長にお目にかかりたいんですが、おいでになります？」

柴は女性事務員に訊いた。

「ええ。三階の所長室にいるはずです」

「北條さんのことで少し話をうかがいたいんですよ。取り次いでいただけますか？」

「はい、わかりました」

相手が内線電話で、営業所長に連絡を取った。遣《や》り取りは短かった。

「所長の菱沼《ひしぬま》は、すぐ階下《した》に降りてくるそうです。どうぞあちらでお待ちください」

女性事務員が応接セットを手で示した。ソファは布張りで、色褪《いろあ》せていた。

柴たちはソファセットに向かい、並んで腰かけた。待つほどもなく、五十代半《なか》ばの男が階段を駆け降りてきた。営業所にはエレベーターがなかった。

柴たち二人は立ち上がって、それぞれ名乗った。

「所長の菱沼悟《さとる》です。北條が何かしでかしたのでしょうか？」

「そういうことではないんです。ある事件のことで、北條さんに確かめたいことがあるんですよ」

柴は言った。

「そうですか。彼は元組員だったんで、ついそんなふうに考えちゃったんです。そういう先入観を持ってはいけないんですがね」

「退社した理由は何だったんです？」

「それがよくわからないんですよ。仕事は真面目にやっていたし、同僚たちともうまくやってたんでね。給料のことで、北條が不満を洩《も》らしたこともなかったんだがな。少し充電したくなったと言って、なんの前触《まえぶ》れもなく辞表をわたしんとこに持ってきたんです。慰留《いりゅう》してみたんですが、彼の気持ちは変わりませんでした。ま、坐りましょう」

菱沼所長が柴たちに椅子を勧《すす》め、自分も腰かけた。

女性事務員が三人分の日本茶を運んできた。彼女が遠ざかってから、柴は所長に話しかけた。

「最近、北條さんに何か変わった様子はありませんでした？」

「彼はだいぶ前からスマホを使ってたんですが、メールの交換はずっと面倒臭がってたんですよね。それなのに、六、七カ月前からちょくちょくメールを誰かに送信するようになったんです」

「好きな女性でもできたんじゃないのかな？」

「でも、特定の彼女とデートしてる様子はうかがえないんですよ。警察の方にこんなことを言っていいのかわかりませんが、北條はソープランドや性風俗店にこっそり通ってました。恋人がいたんなら、そういう店には行かないでしょ？」

「ま、そうでしょうね」

「北條は元やくざなんですが、こと女に関しては純情な面があったんですよ。風俗嬢なんかとは平気で遊べても、素人娘と話をするだけでも照れちゃうんです。特に少し年上の色っぽい女には、まるで少年みたいにはにかむんですよ。大人の女たちは、彼のそういう初心《うぶ》なとこに母性本能をくすぐられるんじゃないかな」

「そうかもしれませんね」

「刑事さんはもうご存じでしょうが、北條の産みの親は彼が小二のときに病死してるんですよ。父親は数年後に後妻を迎えたんですが、その継母にはどうしても馴染《なじ》めなかったようです」

「そのことは知りませんでした」

「そうですか。そんなことで、北條は学校が休みになるたびに死んだ母親の姉さんの嫁ぎ先で過ごしてたらしいんです」

「その伯母《おば》さんの姓は？」

「えーと、保科《ほしな》だったと思います」

菱沼が答えた。戸張沙織の旧姓は保科だ。北條は沙織の従弟《いとこ》になる。

柴は眉《まゆ》ひとつ動かさなかったが、内心の驚きは小さくなかった。

「小四の夏休みのとき、北條は二つ年上の従姉《いとこ》と川遊びをしていて、深みに嵌《は》まってしまったらしいんです。あまり泳ぎが得意じゃなかった北條は焦《あせ》って、大量に水を飲んだようです。周《まわ》りにいた大人たちはうろうろするばかりで、誰も川に入ってこなかったそうです。そのとき、従姉が抜き手で深みまで泳いできて、北條を摑んで伸《の》しで川岸まで運んでくれたというんです。彼の従姉は古式泳法を心得てたらしいんですよ」

「勇敢な従姉ですね」

「ええ。北條はアルコールが入ると、そのときの話をよくしていました。命を救ってくれた従姉を女神のように思ってるみたいだったな」

「そうですか」

「北條の従姉は六年ほど前に結婚したんですが、そのときは毎晩、酒を浴びるように飲んで誰かれなく喧嘩を吹っかけてたという話だったな」

「川で溺《おぼ》れてた自分を救出してくれた従姉にいつしか惚《ほ》れてたんでしょう。だけど、相手が従姉なんで、胸の熱い想いを打ち明けられなかったんだろうな」

三好が口を挟んだ。

「多分、そうなんでしょう。従姉弟《いとこ》同士なら、結婚は法的に禁じられてないわけだから、北條は自分の気持ちを従姉に伝えればよかったのに」

「ええ、そうですね。でも、自分の想いが受け入れられないかもしれないという不安があって、告白できなかったんでしょう。北條はそんな苛立《いらだ》ちもあって、わざと身を持ち崩したのかもしれませんね」

「暴力団に入れば、もう自分と従姉の住む世界は別のものになる。北條は切ない恋心をふっ切りたくて、いったんはやくざ者になったんでしょうか」

「そうだとしたら、ドラマみたいな話ですね」

「ええ」

菱沼が短い返事をして、緑茶を啜《すす》った。

少し間《ま》を取ってから、柴は所長に話しかけた。

「北條さんは、まだ『滝野川ハイム』に住んでるんでしょ？」

「だと思いますよ。しかし、そのうちマンションは引き払うかもしれませんね。半分冗談ですけど、彼は世捨て人になる気なんじゃないかな」

「世捨て人か。どういう意味なんです？」

「北條は、青梅《おうめ》市の外れにある小さな山を所有してるんです。観光会社がアスレチックランド用地として二年前に買収した広大な農地に隣接してる山林を一年半ほど前に購入したらしいんですよ。眺めが気に入ったとかで、山の持ち主に掛け合って、相場の数倍の値で買い取ったみたいです」

「いくらで山を買ったんでしょう？」

「三千万円近かったようですが、よく買えたな。北條は浪費家でしたから、ろくに貯金なんかしてなかったでしょう。かつては組員だったから、小金《こがね》を持ってる奴から購入代金をせしめたんですかね？　あっ、いけない！　また先入観に囚われてしまったな」

所長が自分の額を軽く叩いた。

柴は茶を口に含んで、思考を巡らせはじめた。北條が自分で山林の購入代金を調達することは難しいだろう。彼は名義を貸しただけなのではないか。

そこまで考えたとき、閃《ひらめ》くものがあった。

北條は少年時代から、従姉の沙織を慕《した》ってきた。その沙織は、不倫相手の戸張の二度目の妻になることを望んでいた。当然、北條は賛成しなかっただろう。だが、従姉の気持ちは少しも揺らがなかった。

北條は従姉に危《あや》ういものを感じながらも、強くは反対できなかった。自分の片想いを断ち切る機会でもある。北條は沙織の望みを叶えてやりたくて、戸張洋子をバールで撲殺したのかもしれない。事件当夜のアリバイは完璧とは言えないだろう。

疑念は次第に大きくなった。北條は戸張の先妻を殺害し、ただちに逃走する気でいた。しかし、洋子の悲鳴を聞きつけた隣家の主人が被害者宅に様子をうかがいにくる気配を感じた。

北條は慌《あわ》てて戸張宅の電話コードを引き千切り、家のどこかに隠れた。事件通報者が自宅に戻っている隙《すき》に洋子の遺体を庭先から運び出し、乗ってきた車に積み入れた。

北條は従姉に電話をして、指示を仰《あお》いだ。沙織はどこかで従弟と合流し、戸張の先妻の遺体を青梅市外れの山の中に埋めてしまったのではないのか。

アスレチックランドが開業すれば、その周辺は開発されることになるだろう。洋子の死体を埋めた山が不動産会社に買われ、宅地造成されないとも限らない。そうなったら、戸張の先妻の白骨体が暴《あば》かれる恐れがある。

だから、北條はアスレチックランド予定地に接している山林を相場の数倍の値で買い取ったのだろう。北條が山林の購入代金を工面したとは考えにくい。主婦の沙織が三千万円近い大金を用立てることも困難だろう。

となると、土地代金は戸張貞和が用意したにちがいない。

戸張は不倫相手だった保科沙織に唆《そそのか》されて、妻の洋子を北條に殺害させたのではないか。先妻に掛けていた五千万円の生命保険金を元手にして、イタリアン・レストランの経営に乗り出した。そして、沙織を後添《のちぞ》いに迎えたのだろう。

レストラン経営にはしくじったが、戸張は海老養殖投資詐欺ですでに巨額を手に入れている。青梅の山林の購入資金は苦もなく捻出《ねんしゅつ》できたのではないか。

だが、自分自身が所有者になったら、怪しまれることになる。そこで戸張は沙織の従弟に土地代金を渡して、問題の山林をそっくり買わせたのだろう。

主犯は戸張と思われる。彼は不倫相手の沙織に自分の後妻になりたければ、第三者に先妻の洋子を殺させろと命じたのではないだろうか。沙織は自分を慕っている従弟の北條を選んだ。

筋書きは透けてきた。ただ、まだ推測の域を出ていない。物的な証拠を摑まなければ、六年前の人妻撲殺事件の真相を暴くことはできないだろう。

「どうかされました？」

菱沼所長が柴の顔を覗き込んだ。

「失礼！　ちょっと考えごとをしてたもんで……」

「そうですか。世捨て人云々《うんぬん》はともかく、北條は次の働き口を探す気はないようですよ」

「そう思えるのは、なぜです？」

「同僚たちの話だと、北條はだいぶ前からワンルームマンション経営に関する実用書を何冊も買い込んで、熱心に読んでたらしいんですよ。親の遺産が入ったという話は聞いたことがありませんから、彼は何か危ない橋を渡って、まとまった金を掴んだんじゃないのかな？　だから、もうトラックドライバーをやる必要がなくなったんでしょう。あっ、また先入観に引きずられちゃったな」

「とにかく、北條さんに会ってみますよ。ご協力に感謝します」

柴は三好に目配せして、先にソファから腰を浮かせた。

二人は事務所を出ると、路上に駐《と》めた捜査車輛に乗り込んだ。三好の運転で、北條の自宅に向かう。

『滝野川ハイム』は三百メートルほど離れた場所にあった。覆面パトカーは、低層マンションの斜め前に停められた。

柴はパワーウインドーのシールド越しに三〇八号室を見上げた。窓は電灯で明るい。

「対象者《マルタイ》は部屋にいるようだな」

「ええ。係長、どうします？　北條に揺さぶりをかけてみますか？」

「いや、それは早い。部屋に従姉の沙織がいるかもしれないからな」

「そうなら、二人を任意同行しましょうよ」

「三好、そう焦《あせ》るな。暴対課から北條の顔写真《ガンクビ》を回してもらったから、まず北條の動きを探ってみよう。どこかで、戸張夫婦と接触する可能性もあるからな」

「そうですね。さっき係長は頭の中で筋を読んでたんでしょ？」

三好が問いかけてきた。柴は自分の推測を語った。

「確かに北條が戸張洋子を撲殺した疑いは濃いですね。事件当夜、被害者宅の玄関ドアはピッキングされたんですか？」

「いや、鍵穴にその痕跡はなかったんだ。犯人は戸張が沙織に渡したスペアキーを使って、被害者宅に侵入したんだよ。事件調書で確認済みだから、それは間違いない。沙織が被害者宅の合鍵を勝手に手に入れることはできないから、六年前の殺人事件の主犯は戸張だな」

「ええ。沙織のために手を汚した北條がなんか哀れですね。しかし、元組員は戸張から殺しの報酬をたっぷりせしめたんでしょう。だから、マンション経営のハウツウ本を読み漁《あさ》ってたにちがいありません」

「北條は、犯行直後に洋子の生命保険金の一部を貰ってたんだろう。しかし、それはたいした額じゃなかったんじゃないかな」

「北條は戸張が海老養殖投資詐欺で途方もない金を握ったことを知って、追加の報酬を要求し、ワンルームマンションを一棟《いっとう》建てられるほどの大金を貰った。だから、会社を辞めたんでしょう」

「そうなんだろうな。北條は戸張夫妻の隠れ家を知ってるにちがいない。元やくざの彼が欲を出せば、戸張からもっと金を毟《むし》れる。戸張がどこかに隠してる百七十五億円の半分を寄越《よこ》せと言っても、沙織の亭主は拒《こば》めないだろう」

「いくら元やくざでも、そこまではやらないでしょ？　北條は沙織を女神のように思ってるようですからね」

「そこまで欲深いことはやらないか」

「と思います。それにしても、戸張は北條に致命的な弱みを握られてるんですよね。

殺《プ》し屋《ロ》を雇って、北條の口を封じさせようと考えたこともあるんじゃないのかな」

三好が言った。

「考えられるね、それは。しかし、北條は沙織の従弟なんだ。抹殺《まっさつ》することには、ためらいがあるだろう」

「ええ、そうでしょうね。沙織が戸張の後妻になって、六年が経《た》っています。好きだった不倫相手と結婚したら、いろいろ幻滅してしまったなんてことは考えられませんか」

「結婚生活が長くなれば、恋愛時代と同じ気持ちは持続できないだろうな」

「沙織が女癖の悪い戸張に愛想を尽かしてたら、どこかに隠されてる巨額を独り占めにしたいと考えても不思議じゃないですよね？」

「そうだな」

「押切弁護士は、戸張の先妻殺しの実行犯が隠し金を横奪《よこど》りするかもしれないと推測してましたが、北條が従姉の沙織と手を組んだ疑いは？」

「そういうケースも考えられるな」

「自分の推測通りだったら、北條と沙織コンビはとっくの前に戸張を始末して、百七十五億円を二人で山分けしてるんではありませんか」

「そうなら、北條は商業ビルのオーナーになってるだろう。ワンルームマンションなんか何棟も買えるからな」

「ええ、確かにね。北條は、戸張から数億円の追加報酬をせびっただけなんだろうな」

「おそらくね」

柴は口を閉じた。

そのすぐ後、部下の浦辺から電話がかかってきた。

「戸張夫妻は九月上旬から別行動を取ってるみたいですよ。銀座の『シャングリラ』って高級クラブで働いてた湯原奈津《ゆはらなつ》、二十五歳が同じ時期に急に店を辞めてるんです。戸張は奈津と親密な仲だったらしいんですよ」

「そうか」

「奈津は店では自分は同性にしか興味がないって予防線を張ってたらしいんですが、戸張としばしば密会してたというんです。二千万円の指輪を買ってもらってたそうです。同僚ホステスたちがそう証言してるんだから、事実なんでしょう」

「そのクラブホステスは店を辞めてから、どうするって同僚たちに言ってたんだい？」

「国内旅行をしながら、自分を見つめ直してみるとか言ってたそうです。戸張と一緒に行動する気なんでしょう」

「浦辺、湯原奈津の出身地、親族、友人のことをとことん調べてくれ。どこか縁《ゆかり》のある場所に戸張を案内するかもしれないからな」

「わかりました。後妻の沙織は逃亡中に亭主とぶつかって、別れてしまったんですかね？」

「どちらかの潜伏先を突きとめれば、もう片方の身柄も確保できるだろう。おれは三好と北條を張り込み中なんだ」

柴は経過をかいつまんで、通話を切り上げた。

5

三〇八号室の電灯が消えた。

まだ午後九時を回ったばかりだ。就寝するには早過ぎる。北條は外出する気なのだろう。柴は捜査車輌の中で、そう予測した。

「部屋が暗くなりましたね。対象者《マルタイ》は出かけるようですね」

運転席で三好が言った。

「そうにちがいない」

「近所の居酒屋か、スナックに飲みに行くのかな。それとも、沙織の隠れ家を訪れる気なんでしょうかね」

「まだ何とも言えないな。北條がマンションから出てきても、すぐにヘッドライトは点《つ》けないでくれ」

柴は口を結んだ。三好がステアリングを抱きかかえる恰好《かっこう》で、『滝野川ハイム』の出入口に視線を注いだ。

二分ほど待つと、北條が現われた。

綿ネルの長袖シャツの上に、黒っぽいパーカを羽織《はお》っている。下は草色のカーゴパンツだ。住んでいるマンションには、駐車スペースは設けられていない。北條は数十メートル歩き、月極駐車場に入っていった。

三好がスモールライトだけを灯《とも》し、覆面パトカーを低速で走らせはじめた。月極駐車場の七、八メートル手前で車を停め、小さなライトを手早く消した。

やがて、月極駐車場からオフブラックのジープ・ラングラーが走り出てきた。運転しているのは北條だった。

「用心しながら、北條の車を尾《つ》けてくれ」

柴は部下に命じた。ジープ・ラングラーが遠ざかってから、三好は追尾《ついび》を開始した。

北條の車は新宿方面に向かい、青梅街道に入った。道なりに進んで、新青梅街道を走りつづける。西武新宿線上石神井《かみしゃくじい》駅の手前で左折し、ホテル風の造りのマンションの斜め前に寄せられた。八階建てのマンションだ。

「マンスリーマンションですよ。ほら、テレビコマーシャルを流してるでしょ？」

三好が言った。

「そういえば、そうだな。このマンションの一室に沙織がいるのかもしれないぞ」

「ええ、そうですね」

「三好は車の中で待機しててくれ」

柴は助手席から降り、マンスリーマンションのエントランスロビーに駆け込んだ。エレベーターホールに北條の姿はなかった。

柴は階数表示盤を見る。

ランプは七階で灯《とも》っていた。柴は函《ケージ》に乗り込み、七階に上がった。エレベーターホールの脇に階段があった。

柴は死角になる場所に身を潜《ひそ》め、歩廊《ほろう》に目を向けた。

数分後、七〇四号室の象牙色のドアが開けられた。北條の後《あと》から、黒いキャップを目深《まぶか》に被った人物が姿を見せた。サングラスをかけている。黒ずくめだった。

体つきから察して、女性だろう。しかし、沙織かどうかは判断がつかない。

北條たちは無言のまま、エレベーターに乗り込んだ。

柴は階段を勢いよく駆け降りはじめた。一階に下ると、マンションのアプローチに飛び出した。

ちょうどそのとき、ジープ・ラングラーが発進した。柴は捜査車輛の助手席に乗り込んだ。

「ラングラーの助手席にいるのは、沙織のようですね」

「おそらく、そうなんだろう。充分に車間を取って、北條の車を追ってくれ」

「了解！」

三好が覆面パトカーを走らせはじめた。

ジープ・ラングラーは新青梅街道に戻り、武蔵村山《むさしむらやま》市、羽村《はむら》市を通過した。さらに直進すれば、青梅市に到達する。

「どうやら行き先は青梅市らしいな」

「北條は三千万円弱で買ったという自分の持ち山に行くんじゃないんですかね」

「としたら、その目的は？」

「六年前に北條が撲殺して山林の中に埋めた戸張洋子の白骨体を回収して、どこか別の場所に棄《す》てる気でいるんではないでしょうか」

「北條が洋子殺しの犯人だとしたら、戸張は先妻の遺体がどこに埋められたか知ってるんだろう。そのことは、実行犯にとっては不利な材料になる。だから、北條はすでに白骨化してると思われる戸張洋子の遺体を別の場所に移す気になった。そうすれば、戸張に致命的な弱みを握られたことにはならなくなる」

柴は言った。

「そうですね。洋子を殺《や》ったのが北條であっても、白骨体が見つからない限りはすぐには捕まる心配はありません。戸張は先妻殺しに深く関わってるんでしょうから、北條よりも立場が弱くなります」

「ああ、そうだな。北條は女道楽をつづけてる戸張に愛想を尽かした従姉の沙織をいま以上、不幸にさせたくないと考えたんじゃないか。それで、戸張がどこかに隠してる百七十五億円の半分を吐き出させる気になったのかもしれないぞ」

「そうだとしても、戸張は脅しに震え上がったりしないでしょ？　奴自身が先妻の洋子を撲殺したわけじゃありませんからね。北條のほうが立場は弱いはずですよ」

「洋子殺しの首謀者が戸張だとしたら、話は違ってくるぞ。北條と沙織は戸張に引きずり込まれたとも考えられる。つまり、二人は共犯者にすぎないってことになる」

「ええ、そうですね。戸張が先妻殺しを沙織経由で北條に依頼したんだとすると、確かに分《ぶ》は悪くなるな。少なくとも、北條の要求を突っ撥《ぱ》ねることはできなくなりそうですね」

「ああ」

「係長がおっしゃったように、北條が百七十五億円の半分を沙織に引き渡せと凄《すご》んだら、戸張は強くは拒否できなくなりそうだな。しかし、海千山千《うみせんやません》の詐欺師が元やくざの言いなりになりますかね？」

「いずれ戸張は、第三者に北條を始末させるつもりでいるのかもしれない」

「妻の沙織はどうする気なんでしょう？」

「後妻が従弟《いとこ》の北條を焚《た》きつけたとしたら、同じように誰かに殺《や》らせるだろうな。そうでなかった場合は沙織に分け前の一部を渡して、そのうち夫婦関係を解消するだろうね」

「だけど、戸張は沙織にいろいろ弱みを握られてるんですよ。生かしておいたら、枕を高くして寝られないでしょ？」

「三好が戸張なら、北條と沙織の両方を始末してしまいそうだな」

「多分、そうすると思いますよ」

「怖《こわ》い奴だ」

「係長なら、沙織は生かしておきます？」

「だろうな。いま現在はともかく、昔は惚れてた女なら、始末させたりはしないと思うよ」

「戸張は本気で沙織に惚れてたんでしょうか。先妻の洋子に飽《あ》きたんで、自分に夢中になってた沙織に乗り換えただけなんじゃないのかな。そして後妻の従弟が元組員なんで、先妻を殺らせて、五千万円の生命保険金を手に入れた。そういうことではないでしょうか？」

「そうだとしたら、沙織は哀《あわ》れだな。沙織のために手を汚したと思われる北條は、もっと哀れだ」

「そうですね」

三好がしんみりと言った。

いつの間にか、ジープ・ラングラーは青梅市内に入っていた。車の量は少なかった。

柴は部下に少し減速させた。

北條の車は市街地に達する前に右に曲がった。埼玉県飯能《はんのう》市に通じている道をたどり、ゴルフ場の先を左折した。少し先にアスレチックランド予定地の立て看板が見えた。まだ整地はされていなかったが、広大な面積だ。民家は一軒も見当たらない。

アスレチックランド予定地の向こうに、こんもりとした山林があった。山というより も丘に近い。標高は百メートルもなさそうだ。

「やっぱり、北條は洋子の死体を埋めた場所に行くみたいですね」

三好が低く言った。

そのとき、ジープ・ラングラーが停止した。小山の麓《ふもと》だった。三好が捜査車輛を路肩《ろかた》に寄せ、ヘッドライトを消した。

柴は闇《やみ》を透《す》かして見た。

ジープ・ラングラーから二つの人影が降りた。どちらも何か提《さ》げている。目を凝《こ》らす。スコップだった。

「北條たちは戸張洋子の白骨体を掘り起こす気だな」

柴は呟いた。

そのとき、脈絡もなく大谷保夫の顔が脳裏を掠《かす》めた。嘱託殺人容疑で目黒署に留置されている巨額投資詐欺事件の被害者は独房で涙にくれているのではないか。晩節《ばんせつ》を穢《けが》したくはなかっただろう。

大谷の心情を察すると、胸の奥が軋《きし》んだ。運命は惨《むご》すぎる。戸張のしたことは、あまりにも罪深い。柴は新たな憤《いきどお》りを覚えた。義憤だった。

柴たち二人は静かに捜査車輛を出た。

足音を殺しながら、林道の入口に近寄る。早くも北條たちは低い山の中に分け入っていた。樹間に小さな灯《ひ》が揺れている。懐中電灯で足許を照らしているのだろう。

柴たちコンビは林道の奥に進んだ。

二人ともペンライトを携帯していたが、暗がりの中を歩いた。拳銃は持っていない。部下の三好だけが特殊警棒と手錠を携行していた。

北條たちの足音が急に熄《や》んだ。

尾行を覚《さと》られてしまったのか。柴は立ち止まり、三好を屈《かが》ませた。自分もしゃがんだ。息を詰めて、耳をそばだてる。

一分ほど過ぎたころ、北條たちが林道から斜面に移った気配が伝わってきた。

「まだ動くなよ」

柴は部下に小声で命令した。

少し風がある。樹木の枝が揺れ、葉擦《はず》れの音が頭上から響いてくる。どこかで地虫が鳴いていた。

スコップで土を掘り返す音がかすかに聞こえた。音は複数だった。

柴たちは中腰で林道を登り、左手の樹林の中に足を踏み入れた。

足許には落ち葉や病葉《わくらば》が折り重なっている。歩くたびに、かさこそと音を刻む。そのつど、柴は緊張した。

二人は抜き足で斜面を七、八メートル下り、また屈み込んだ。

スコップを使う音が下から這《は》い上がってくる。二十メートルあまり下方から音は聞こえた。

「思ってたより、土が固くなってるな」

「あれから六年も経ってるんだから、当然よ」

「そうだな。泥は臭《くさ》くねえ。もう完全に白骨になってるんだろう。深さ一メートルぐらい掘ったら、沙織姉《ねえ》は車の中で待っててくれよ」

「辰っちんひとりじゃ、とても無理よ。女のわたしはあまり力がないけど、最後まで手伝うわ」

「無理すんなって」

「気味悪いけど、骨を回収するまで掘りつづけるわよ。洋子の骨を踏み潰《つぶ》してやる。土の下で眠ってる女は、わたしを盛りのついた牝犬《めすいぬ》と罵《ののし》ったの。結婚してる戸張と深い関係になったことは、それなりに後ろめたいと思ってたわ。それなのに、奥さんはホテルのロビーでわたしを侮辱したの。どうしても赦《ゆる》せなかったのよ」

「沙織姉が怒るのは当然さ」

「辰っちんは、いつも優しいね」

「だって、沙織姉はおれの命の恩人だからな。沙織姉が命懸《いのちが》けで救《たす》けてくれたから、おれは溺死《できし》しなかったんだ。だから、沙織姉が何かで困ってたら、おれはいつでも体を張るよ」

北條が優しい声音《こわね》で言った。

「わたし、悪い女よね。大事な従弟《いとこ》にとんでもないことをやらせてしまったんだから」

「そのことは、もういいって。沙織姉の敵は、おれにも敵なんだよ」

「辰っちん……」

「めそつかねえでくれよ。沙織姉には、いつも笑顔でいてもらいてえんだ」

「わたし、辰っちんのお嫁さんになればよかったのよね。そうしてたら、ずっと幸せだったと思うわ」

「おれは駄目だよ。昔はやくざだったんだから、沙織姉と結婚したら、不幸にさせるだけだって」

「ううん、そんなことない。辰っちんと一緒になって、堅気にさせるべきだったのよ。でも、子供のころからいつも一緒に遊んでたでしょ？」

「そうだったな。楽しかった」

「だからね、辰っちんのことは自分の弟のように感じてたの。異性として意識できなかったのよ、わたしは」

「そうだよな」

「だからね、多少の恋愛経験はあったんだけど、戸張に蕩《とろ》けるような甘い言葉を言われつづけたんで、夢中になっちゃったの。愚かだったわ」

「戸張さんは口が上手だからね」

「あの男のことは呼び捨てでいいわ。結婚して一年も経たないうちに、女遊びを繰り返して、わたしを泣かせてきたんだから」

「でも、いいとこもあったんだろ？」

「ほとんどなかったわ。でもね、戸張は芝居が上手なのよ。わたしが怒ったりすると、土下坐して謝るの。涙を流しながら、いつまでも泣きつづけたわ。母性本能をくすぐるのが天才的にうまいのよ。それで、ついつい情《じょう》にほだされて、ずるずると一緒に暮らしてきたの。けど、もう目が覚めたわ。戸張はわたしと一緒に逃亡しつづけて退屈すると、銀座のクラブホステスと行動を共にするようになったんだから。結局、わたしはあの男の玩具《おもちゃ》に過ぎなかったのよ。だから、辰っちんに戸張を懲《こ》らしめてほしいって頼んだの。

迷惑だった？」

「そんなことはないよ。沙織姉に頼られて、おれ、すごく嬉しかった。戸張から、もっと銭《ぜに》をせしめてもいいぜ。沙織姉は八十億円でいいって言ってたけど、それじゃ山分けにならないよ。沙織姉だけじゃなく、戸張も最初の奥さんが邪魔だったんだ。あの男の望み通りに洋子を始末してやったんだから、もう少し吐き出させてもいい気がするな」

「八十億円で充分よ。あんまり欲張ると、あいつ、牙を剝《む》くわ。八十億が手に入ったら、辰っちんに五十億円、ううん、六十億あげる。直《じか》に手を汚してくれたのは、辰っちんなんだもの。わたしは二十億円で充分よ」

「おれは二、三億貰えればいいんだ。ワンルームマンションの家賃で喰《く》っていければ、それでいいんだよ」

「欲がないな、辰っちんは。戸張とは大違いだわ。それはそうと、あいつ、八十億円をすんなり出すと思う？」

「何がなんでも出させるさ。そのためには、こっちの弱みはなくしておかないとね。洋子の骨を回収したら、粉にして海に撒《ま》いちまおう。そうすれば、おれが洋子を殺して、死体をここに埋めたことは立証できない」

「そうね」

二人は口を閉じ、スコップをせっせと動かしつづけた。

深さ二メートルの穴を穿《うが》ったのは一時間数十分後だった。北條がスコップを足許に投げ捨て、穴の底を懐中電灯で照らした。

「やっぱり、白骨になってたな。服はボロボロだ」

「わたしが骨を踏み砕《くだ》いてから、ビニール袋に入れるわ」

沙織が大きなビニール袋に息を吹き込んだ。

「もたもたしてられないから、おれが骨を集めるよ」

「でも……」

「沙織姉は、そこでじっとしててくれ」

北條が従姉《いとこ》の手からビニール袋を引ったくり、穴の中に飛び降りた。

「二人の身柄を確保するぞ」

柴は三好に耳打ちした。

そのとき、沙織の背後に黒い人影が迫った。戸張か。どうやら別人のようだ。

沙織が悲鳴を放った。暴漢は左腕で沙織の喉を圧迫し、首筋に刃物を寄り添わせている。

「係長、どうしましょう？」

「いま飛び出したら、沙織が刺されるだろう。少しずつ斜面を下っていこう」

柴は三好に言って、尻《しり》を地べたに完全に落とした。部下が倣《なら》う。

「てめえ、何者なんでえっ」

北條が怒声を張り上げた。

「おまえに殺された洋子の弟だよ。浅倉淳《あさくらじゅん》というんだ。動いたら、この女の頸動脈《けいどうみゃく》を搔《か》っ切るぞ」

「本気なのか⁉」

「もちろんさ。六年前まで義兄だった戸張が保科沙織を通じて、おまえに姉貴を撲殺させたと吐いたんだよ」

「戸張は裏切りやがったんだな。あいつは、てめえの姉貴を始末したがってたんだ。そんなことは、もうどうでもいい。おれをどうする気なんでえ？」

「殺す！　後妻の沙織も生かしちゃおけないな。戸張の二度目の妻になりたくて、おれの姉貴を死なせたわけだから」

「辰っちん、逃げて！」

沙織が従弟に言った。

すると、浅倉がナイフの刃を起こした。沙織が小さく叫び、全身を硬直させた。

「おれは逃げねえ。だから、従姉は解放してやってくれ」

北條が哀願《あいがん》した。浅倉が冷笑し、掘り起こされた土を足で穴の中に落としはじめた。

「おれを生き埋めにする気かっ」

「腰まで埋まったら、おまえの心臓部にナイフを突き立てる」

「そうはさせねえ」

「動くな！　両膝を落として、両手を頭の上で重ねるんだっ」

「てめえは間抜けだな。戸張は、おまえにおれたち二人を殺《や》らせたら、そっちも始末する気でいるにちがいねえ」

「戸張は、おれを始末できないさ」

「どうして？」

「戸張はな、総額百七十億円をオーストリアやハンガリーの銀行の秘密口座に預けてあるんだ。持ち歩いてるのは五億円そこそこなんだよ。おれは外資系銀行に勤めてるんだ。秘密口座を開いてやったのは、おれなんだよ。こっちの名義で預金してるんで、戸張はおれには何もできないわけさ」

「くそったれめ！」

「なんとでもほざけよ。おまえたち二人は、ここで死ぬんだ」

「おれは死んでもいい。けど、女には手を出すな」

「カッコつけやがる」

「辰っちんを殺させやしないわ」

沙織が叫ぶように言い、全身で暴《あば》れた。浅倉が腰を捻《ひね》って、沙織を穴の中に投げ落とした。北條が全身で従姉を受け止めた。

浅倉がナイフを横ぐわえにした。足許のスコップを拾い上げ、猛然と穴の中に土を戻しはじめた。

「いまだ！」

柴は斜面を一気に駆け降りた。すぐに三好が追ってくる。

浅倉が体の向きを変え、スコップを振り翳《かざ》した。柴はペンライトのスイッチを入れ、光を浅倉の顔面に当てた。浅倉が目を細めた。

隙《すき》だらけだ。柴は大きく踏み込み、肩口で浅倉を弾《はじ》いた。

浅倉がよろけて尻餅をつく。右手からスコップが落ち、口からコマンドナイフが零《こぼ》れた。

「警察だ」

三好が浅倉を押さえ込み、素早く前手錠を掛けた。

「警視庁の者だ。二人とも観念しろ！　北條は殺人及び死体遺棄、戸張沙織は殺人教唆《きょうさ》と死体遺棄の容疑だな」

柴は言って、ペンライトの光を穴の中にいる二人に向けた。二人の足許から白骨が覗いている。

「おまえは殺人未遂の現行犯だ」

三好が、浅倉を荒っぽく摑み起こした。

柴は浅倉の体を探って、運転免許証と社員証を抓《つま》み出した。三十七歳で、米国系銀行の支店に勤務していた。

「戸張は『シャングリラ』で働いてた湯原奈津とどこに潜伏してるんだ？」

「二人は京都にいるよ」

浅倉が不貞腐《ふてくさ》れた態度で、ホテル名と部屋番号を明かした。

「確認するが、戸張が拐帯《かいたい》してるのは五億円そこそこなんだな？」

「そうだよ。残りの百七十億円はオーストリアとハンガリーの銀行の秘密口座に預けてある」

「それなら、巨額詐欺事件の被害者たちに少しは金が戻るな。京都府警に協力を要請しよう」

柴は大谷保夫の顔を思い浮かべながら、上着の内ポケットを探った。指先が刑事用携帯電話《ポリスモード》に触《ふ》れた。

夜空を仰《あお》ぐと、無数の星が瞬《またた》いていた。息を呑《の》むほど美しい。

「辰っちん、ごめんね」

「おれ、失敗《ドジ》踏んじまったよ」

沙織と北條が軽く抱き合った。

浅倉が何か毒づいた。

柴は、取り出したポリスモードにペンライトを近づけた。テンキーが浮き上がった。

第三話　消えない殺意

1

耳を塞《ふさ》ぎたい気持ちだった。

深見安奈《ふかみあんな》は眉根《まゆね》を寄せた。刑事部屋の自席に着いていた。警視庁本部庁舎の十二階にある生活安全部少年事件課だ。二〇二四年十一月上旬のある朝だった。

安奈は隣席に目をやった。

同僚の衣笠澄斗《きぬがさすみと》は着席してから、ガムを嚙《か》みつづけていた。それも下品な嚙み方だった。くちゃくちゃと音をたて、舌も鳴らしている。

安奈は不快さに耐え、視線を書類に戻した。

二十八歳の彼女は、衣笠刑事よりも三つ年上だった。年上だからといって、あまり叱《こ》言《ごと》は言いたくなかった。

安奈は十一カ月前に目黒の碑文谷《ひもんや》署生活安全課から、本庁少年事件課に異動になった。その前は荻窪《おぎくぼ》署の同じ課にいた。それ以前は新宿署刑事課勤務だった。

安奈の職階は巡査長だ。独身である。美人刑事と噂されているが、安奈自身は美貌に恵まれたとは思っていない。

少年事件課は未成年の保護や補導を担当し、少年犯罪の捜査に従事している。殺人事件を扱っている捜査一課のような花形セクションではないが、職務にはそれなりのやり甲斐《がい》があった。

かたわらの衣笠巡査は八カ月前まで、池袋署生活安全課で風紀捜査に携《たずさ》わっていた。いわゆる〝風俗刑事《デカ》〟だった。前の職務よりも刺激が少ないからか、あまりモチベーションは高くない。どこか学生気分も抜けていなかった。言動も軽薄だった。

「あんた、きょうは非番なの？」

安奈は衣笠に声をかけた。

「先輩、何を言ってるんす⁉　ぼく、職場にいるじゃないっすか」

「体育会系のノリはやめてよ。まったく鈍《にぶ》い男ね。わたしはガムのことを言ってんの！

職場でガムをくちゃくちゃやられたんじゃ、迷惑なのよ」

「ここでガムを噛んじゃいけないって規則でもあるんすか？」

衣笠が真顔《まがお》で問いかけてきた。

「あんた、ばっかじゃないの？　そんな規則はないけど、常識でしょうが！」

「そうっすかね？」

「あんた、わたしをなめてるわけ？」

「曲解《きょっかい》しないでほしいな。深見巡査長のことは、ちゃんとリスペクトしてますって。敬意を払ってるつもりなんすけどね」

「払ってない、払ってない」

「そう見えるっすか」

「ガムを噛みながら、喋《しゃべ》らないっ」

安奈は叱《しか》りつけた。衣笠がティッシュペーパーを抓《つま》み上げ、ガムを吐き出す。

「これでいいっすか。ぼく、今朝《けさ》、納豆《なっとう》を二パックも喰ったんすよ。しっかり歯磨《はみが》きはしたんすけど、職場で口が納豆臭かったら、問題でしょ？　だから、ずっとガムを噛んでたんす」

「男は言い訳しないの！」

「あっ、やっぱりね」

「何よ、やっぱりって？」

「先輩は、口数の少ない男っぽいタイプが好きなんすね。案外、古いんだな。ぼくよりも三つ年上だから、仕方ないか」

「わたしだって、まだ二十代よ。自分だけ若ぶらないでちょうだいっ」

「傷つけちゃいました？　だとしたら、ぼく、謝《あやま》ります」

「すぐに謝る男も魅力ないわね」

「いましたよ、小学校の同じクラスに先輩みたいな女の子が。そいつ、ぼくのことが好きなくせに、いつも意地の悪いことを言ってたんす。照れ隠しだったんだろうな」

「うぬぼれが強いわね。わたしは、衣笠のことを一人前の男と見てないから……」

「言ってくれるっすね。それはそうと、ちょっとぼくの息を嗅《か》いでもらえないっすか。まだ納豆臭いかどうか、チェックしてほしいんすよ。いま顔を近づけて、先輩に息を吹きかけます」

「こら、近寄るな」

安奈は衣笠の頭を押しやった。

そのすぐ後、卓上の電話機が鳴った。内線ランプが明滅している。

安奈は手早く受話器を取った。相手は丸山巌夫《まるやまいわお》課長だった。五十四歳だが、もう孫がいる。直属の上司は福々《ふくぶく》しい顔で、性格はおおらかだ。階級は警部だった。出世欲はないほうだろう。

「なんでしょうか？」

「おまえさんと衣笠に調べてほしいことがあるんだ。わたしのとこに来てくれないか」

「わかりました。すぐにまいります」

安奈は受話器をフックに返すと、課長席に急いだ。

丸山は、長女が産んだ二歳の孫娘の写真を眺めていた。私物のスマートフォンの待ち受け画像には孫の写真を使っているらしい。

「お孫さんがよっぽどかわいいようですね」

安奈は机を挟んで課長と向かい合った。

「そりゃ、かわいいよ。この世で一番かわいいね。できることなら、一日中、孫のそばにいたいな」

「子より孫のほうがかわいいみたいですけど、ちょっと重症なんじゃないですか」

「そうかもしれないね。さて、仕事に身を入れなくちゃな。十日前に少年刑務所を仮出所した志村優《しむらまさる》って二十四歳の男が正体不明の人物から殺人予告メールを送られて、怯《おび》えてる。メールは三日前に届いたんだそうだ」

「その志村って彼は、何をやって少年刑務所送りになったんです？」

「七年前、志村は同《おな》い年の遊び仲間の高須雄哉《たかすゆうや》と一緒に一組のカップルを拉致監禁《らちかんきん》して、当時二十四歳だった野々宮美帆《ののみやみほ》に性的暴行を加え、婚約者の弓削肇《ゆげはじめ》に重傷を負わせたんだ。弓削は二十七歳だった。主犯の志村は、こっそり一一〇番しかけた美帆をベルトで絞め殺してしまったんだよ」

「志村は人殺しまでやったんで、少年刑務所送りになったんですか」

「そうなんだよ。共犯の高須も別の少年刑務所に送られたんだが、四年前に先に仮出所した。契約社員ながら、いまは精密機器メーカーで真面目に検品係をやってるようだ」

「志村と高須は事件を起こしたころ、まだ高校生だったんでしょ？」

「二人とも都内の私立高校を中退して、渋谷で悪さばかりしてたんだ。志村はある半グレ集団のリーダーだったんだよ」

「そうですか」

「志村たち三十人ほどのメンバーが渋谷センター街に毎晩たむろして、同世代の連中から金を巻き揚げたり、喧嘩を吹っかけてたんだよ。そのころ麻薬の密売をやってたイラン人グループの手伝いをして、遊ぶ金を稼いでた奴もいたようだな」

「そうなんですか」

「志村たち二人がやったことは、凶悪な犯罪だよな。しかし、ともにシャバに戻ったんだから、見捨てるわけにはいかない」

「ええ、そうですね」

「志村の命を狙《ねら》ってる者を突きとめて、殺人事件を未然に防いでもらいたいんだ。これが七年前の事件調書の写しだよ」

課長が分厚いファイルを差し出した。

安奈はファイルを受け取って、自分の席に戻った。と、衣笠が話しかけてきた。

「捜査指令っすか？」

「そう」

「どんな事件《ヤマ》なんすか？」

「後《あと》で事件調書のコピーを読ませてあげるわよ。少し待ってて」

安奈は事件調書の写しに目を通しはじめた。

七年前の夏のある夜、志村たち二人は渋谷センター街を通りかかった野々宮美帆と弓削肇をからかった。高須が美帆に卑猥《ひわい》なことを言ったのだ。

弓削は立ち止まり、高須を詰《なじ》った。それを見ていた志村が逆上《ぎゃくじょう》し、美帆の脇腹にバタフライナイフの切っ先を突きつけた。高須も同型の刃物で弓削を威嚇《いかく》した。カップルは竦《すく》み上がってしまった。

志村たちは二人を渋谷区内にある知人の自宅マンションに閉じ込め、まず弓削を電気のロングコードや粘着テープで動けなくした。そして彼らは弓削の目の前で、美帆を二度ずつ犯した。

それだけではなかった。志村たちはさらに美帆に弓削のペニスをくわえさせ、動画を撮った。

弓削は泣きながら、犯人たちを罵りつづけた。そのため、さんざん志村と高須に殴打された。

美帆が部屋の電話を使って警察に救いを求めようとしたのは、監禁されて十時間後だった。加害者の二人はベッドと長椅子に横たわって、仮眠をとっていた。だが、志村が美帆の動きに気づいた。

彼は腰の革ベルトを引き抜き、それで美帆を絞殺してしまった。その十数分後に部屋の主が帰宅した。異変を知り、彼はただちに一一〇番した。こうして事件は発覚し、志村と高須は駆けつけた渋谷署の署員に逮捕された。

加害者の二人は東京少年鑑別所に入れられた後、志村は少年刑務所に収監された。共犯の高須も少年刑務所行きになった。

安奈は事件のあらましを頭に叩《たた》き込むと、ファイルに添付されている鑑識写真を見た。全裸で絞殺された美帆の死体写真は惨《むご》たらしかった。長くは正視できなかった。恋人の弓削の体は痣《あざ》だらけだった。

加害者二人の顔写真も添えられている。主犯の志村は薄笑いを浮かべていた。高須は、いまにも泣きそうな表情だ。

「しっかり読んでよ」

安奈はそう言いながら、事件調書の写しを衣笠に渡した。

衣笠がファイルを開く。

安奈は頬杖《ほおづえ》をついた。主犯の志村の蛮行《ばんこう》は人間として、とうてい赦《ゆる》せるものではない。個人的には、志村の味方はしたくなかった。

しかし、すでに罪を償《つぐな》っている。警察官としては、やはり傍観できない。できることなら、このような任務は避けたかった。だが、上司の命令には従わざるを得ない。ジレンマに陥りそうだ。

「肝心な捜査資料を渡し忘れちゃった。ごめん、ごめん！」

背後で、丸山課長の声がした。安奈は椅子から立ち上がって、プリントアウトの束《たば》を受け取った。

「事件関係者の氏名や連絡先だよ。もちろん、志村や高須に関するデータも揃《そろ》ってる」

「わかりました」

「大変だろうが、ひとつ頼むね」

課長が安奈と衣笠の肩に軽く手を掛け、自分の席に戻っていった。安奈は自席で、捜査資料を二度読んだ。

「この志村って奴、ひどい野郎っすね。こんな悪党は早くこの世から消えればいいんっすよ」

衣笠が吐き捨てるように言った。

「わたしも個人的には志村がどうなろうとかまわないと思ってるわ。けど、警察官なんだから、任務を果たさなきゃね」

「そうっすけど、なんか気が進まないな」

「気持ちはわかるわ。だけど、俸給分の仕事はやってもらうわよ」

「ちょっと気の強い美女って、なんかいいっすね。ぼく、先輩に何かきつく言われても、なんか反発する気になれないんすよ。マゾなんすかね？」

「知るかっ」

「そういう斬《き》って捨てるような言い方、いいっすよ。なんか痺《しび》れちゃうっすね」

「衣笠は真性《しんせい》のマゾみたいね。面倒臭い相棒だな」

「先輩が慕《した》ってる捜一の加門刑事も案外、マゾだったりして」

「あんた、日本語がよくわかってないみたいね。わたしは加門さんが好きだし、敬《うや》まってもいるわ。でも、彼を慕ってるわけじゃないの。つまり、恋情を寄せてるんじゃないのよ。そのことは何回も言ったはずよ」

「忘れちゃいないっす。だけど、それだけっすか？　先輩が加門警部を見るときの眼差《まなざ》しは、いつも熱いように見えるっすけどね」

「ガキがいっぱしのことを言うんじゃないの！　無駄話ばかりしてないで、志村に殺人予告メールを送りつけたのは誰か考えてみて」

「はい、はい。被害者の彼氏だった弓削肇がなんか臭いっすよね。自分の目の前で婚約者の美帆が志村と高須に姦《や》られちゃって、結局、殺されちゃったんすから」

「あんたには、デリカシーの欠片《かけら》もないの？　あんまり露骨な言い方しないでよ。これでも、まだ嫁入り前なんだから」

　安奈は顔をしかめた。

「そういう返し方、大人っすね。もっと先輩のことを好きになっちゃうかも」

「女子高生みたいな言い方は、いい加減にやめなって。知性を疑われるよ。あっ、訂正！　衣笠には最初っから、知性なんかなかったのよね」

「またまた、いじめてくれたっすね。ぞくぞくしてきたな、なんだか」

「M《エム》男君、わたしの話を真剣に聞いてる？　ま、いいわ。弓削肇が怪しいと感じたのか。ちょっと筋読《すじよ》みがストレートすぎるんじゃない？」

「でも、好きな女性を辱《はずかし》められて、志村に絞殺されちゃったんすよ。弓削が志村に復讐《ふくしゅう》する気になってもおかしくないでしょ？」

「うん、それはね。捜査資料によると、弓削は事件当時に勤めてた広告代理店をすぐに依願退職してる。事件のことは派手にマスコミで報じられたのよ。わたし、はっきりと憶《おぼ》えてるわ」

「そうっすか。ぼくは記憶が曖昧《あいまい》っすね。事件のことは薄ぼんやりと憶えてる気もするけど、それは別の犯罪《ヤマ》だったのかもしれないな」

「弓削は事件のショックで精神のバランスを崩して、二年ほど神経科のクリニックに入退院を繰り返したようね。その後は徐々に回復して、三年前から翻訳の下訳《したやく》を請《う》け負《お》ってるみたい。だけど、年収は百数十万円だというから、親がかりの身なんだと思うわ」

「多分、そうなんでしょうね。弓削肇は事件によって、人生をめちゃくちゃにされたわけだから、主犯の志村をぶっ殺したいと思ってたはずっすよ」

「志村に対する憎しみは、まだ尾を曳《ひ》いてるだろうね。でも、事件から七年も経《た》ってる。仮に弓削が志村に殺意を懐《いだ》いたとしても、長いこと持続させられるかしら？」

「かけがえのない女性が惨《むご》い殺され方をしたんすから、復讐の炎は消えないでしょ？」

「それだけの執念があるかな。被害者の彼氏だった弓削は三十四歳にもなって、親許で暮らしてるのよ。パラサイトに近い生活をしてる男が仇《かたき》討《う》ちするとは思えないな」

「弓削は運命を呪《のろ》いながら、半ば死んだように生きてるんすかね？」

衣笠が言った。

「そうなのかもしれないな。少なくとも、弓削に仕返しをするだけのエネルギーなんかないんじゃない？」

「そうだろうな。高須雄哉はどうなんすか？　高須は主犯の志村と同じ年齢《タメ》なのに、なんか手下っぽいでしょ？　供述調書を読むと、高須は志村に煽《あお》られる形で事件の加害者になってますよね。初めに被害者の美帆にいかがわしい言葉を投げかけたのは、高須っすけど」

「衣笠が言ったように、高須は従犯よね。いつも主導権は志村優が握ってたという印象を受けたわ、二人の供述調書を読んで」

「そうっすか。高須は志村に引きずられて、拭《ぬぐ》いようのない汚点を残した。志村を恨む気持ちはあったんじゃないっすか」

「あったかもしれないね」

「高須は仮出所後、何をしてるんす？　そちらの捜査資料に職業とか現住所は載ってるんでしょ？」

「精密機器メーカーで働いてるわ、仮出所した翌月からね。正社員じゃないけど、真面目に勤めてるようだから、何か騒ぎを起こしたいとは思わないんじゃないかな」

「志村が少年刑務所に入ってたときは、おそらく高須もそう思ってたでしょうね。でも、シャバに出てきた志村に当座の生活費を都合つけろとか言われたら、高須もキレるんじゃないっすか？」

「手許の捜査資料には志村が高須と接触したとは記述されてなかったけど、そんなふうに志村に高圧的な態度で出てこられたら、積年《せきねん》の恨みが爆発しそうね。でも……」

「先輩は誰を怪しんでるんす？」

「志村の残忍な行為に最も怒りを感じたのは、被害者のご両親じゃないのかな。もちろん、兄の野々宮慎一《しんいち》、三十四歳も強く犯人を憎んでるだろうけどね」

「遺族の憎しみは、ものすごく強いと思うっすね。父母も兄も志村を殺して、共犯の高須も半殺しにしてやりたいと考えたにちがいないっすよ」

「そうかもしれないね」

「けど、美帆の血縁者は警察関係者や周囲の人たちに私刑《リンチ》はいけないことだと強く戒《いまし》められたと思うんすよ」

「でしょうね」

「だから、被害者の血縁者が志村優に殺人予告メールを送信することはないんじゃないっすか？」

「そうかな」

「殺人予告メールは、志村のスマホに送信されてきたんすか？」

「そう。捜査資料によると、志村は仮出所した日に半グレ時代の仲間だった曾根芳喜《そねよしき》、二十四歳から連絡用にってスマホをプレゼントされたみたいなの」

「だったら、発信者のナンバーから殺人予告メールを送った奴を簡単に突きとめられるでしょ？」

「それがね、志村名で送信されたスマホは持ち主の大学生が一週間前にどこかで失《な》くした物だったのよ。電話会社に紛失届を出す前に、スマホを拾った者が志村に近日中に葬《ほうむ》るという殺人予告メールを打ったみたいなの」

「その大学生はほんとにスマホをどこかで落としたんすかね。ひょっとしたら、嘘をついてるのかもしれないっすよ」

「その彼がスマホを失くしたと言って、自分で志村に殺人予告メールを送ったんじゃないかってこと？」

「ええ、そうっす。その大学生の名前はわかってるんっすか？」

「わかってるわよ。船戸正敏《ふなとまさとし》、城南大学経済学部の四年生。一浪したみたいで、もう二十二歳になってる」

「七年前は十五ぐらいか。そいつは渋谷センター街で遊んでたのかもしれないっすね。それで志村に袋叩きにされたことがあって、いつか報復したいと思ってた。だから……」

「衣笠、ちょっと待って。船戸って大学生は、志村が半グレ時代の仲間の曾根からスマホを譲《ゆず》ってもらったことは知らないはずよ」

「あっ、そうっすね。となると、曾根が怪しいな」

「そうね。ふつう男同士で、スマホを贈り合ったりしないでしょ？　不倫カップルが密会の連絡を取り合う目的で、どちらかがスマホをプレゼントするケースはあるようだけど」

「そうっすね。曾根は昔、志村に何かされて、いまも恨みに思ってるんだろうか。それで船戸って大学生のスマホをこっそりかっぱらって、その電話で志村に殺人予告メールを送信したのかもしれないっすよ」

「そうね。とにかく、気になる人物にひとりずつ当たってみよう。衣笠、行くわよ」

安奈はすっくと立ち上がった。

2

留守なのか。

いくらインターフォンを鳴らしても、応答はなかった。曾根芳喜の自宅マンションだ。

マンションはＪＲ恵比寿《えびす》駅の近くにあった。

安奈はドアをノックした。

そのとき、急にドアが押し開けられた。応対に現われた部屋の主は、片目をつぶっている。寝呆《ねぼ》け眼《まなこ》だった。灰色のジャージ姿だ。

「おたくたちは誰？」

「警視庁の者よ」

安奈は名乗って、警察手帳を見せた。相棒の衣笠は姓だけを告げた。

「勘弁してよ。おれ、明け方に仕事から戻ったんだぜ。すごく眠いんだよ」

「クラブのDJをやってるんだったわよね？」

「ああ。それがどうかした？」

曾根が紺と灰色に染め分けたメッシュヘアを掻《か》き毟《むし》った。

「志村が少年刑務所から出てきた日にあなた、彼に会ったわよね？」

「うん」

「そのとき、志村にスマートフォンをプレゼントしたことはわかってるの。上げた理由を教えてほしいのよ」

「志村は塀《へい》の中にいたから、スマホを買う金もないと思ったんだ。だから、ほとんど使ってない予備のスマホをやったんだ」

「ずいぶん気前がいいのね。志村が電話を使いまくったら、月の通話料金が七、八万円になるんじゃない？　あなたの名義になってるわけだから、当然、料金の請求は曾根さんに……」

「昔、センター街《ス》で一緒に遊んでるころ、おれ、イラン人の男たちと揉《も》めたことがあるんだよ。そんとき、志村が助けてくれたんだ。それから、地元の若いやくざに絡《から》まれたときも志村が話《ナシ》をつけてくれた」

「そういう恩義があるから、電話料金ぐらい肩代わりしてやる気になったのね？」

「そういうこと！　こう見えてもさ、おれ、売れっ子ＤＪなんだよ。渋谷、青山、六本木の三軒のクラブに掛け持ちで出てるんだよね。そのへんの若いリーマンより稼いでるんだ」

「そう。あなたが志村優に上げたスマホに妙なメールが届いたことは知ってる？」

安奈は確かめた。

「妙なメールって？　おれ、知らないよ」

「三日前、志村を近日中に亡《な》き者にするって殺人予告メールが送信されたのよ」

「ほんとに⁉」

「ええ。スマホの持ち主は船戸正敏って大学生なのよ。だけど、一週間前にスマホをどこかで落としたらしいの。あなた、船戸って学生のことを知らない？　二十二歳で、城南大の四年生なんだけど」

「そんな奴は知らねえな。そいつ、ほんとにスマホを失くしたのかね。もしかしたら、その野郎は何か志村に恨みがあって、殺人予告メールを送りつけたんじゃねえの？」

「最初はわたしたちも、そう思ったのよ。でも、あなた名義のスマホなわけだから、現在、電話を志村が使ってること、船戸は知らないはずでしょ？」

「あっ、そうか」

「そっちが志村にスペアのスマホを譲ったことを知ってる奴はいるの？」

衣笠が会話に割り込んだ。

「おれのほかは誰もいねえはずだよ。志村と二人で飯喰《く》ってるときに予備のスマホを渡したからね」

「そっか。志村は半グレのころ、だいぶでかい面《つら》をしてたみたいだな。昔の仲間で志村のことを快く思ってない奴がいるんじゃないの？」

「ひとりいるね。おれたちより一つ年下の室謙人《むろけんと》って奴がつき合ってた女の子を志村にコマされちゃったんだよ。それで室《むろ》が怒って、志村を金属バットで後ろからぶっ叩いたんだ。でも、すぐにバットを捥《も》ぎ取《と》られて、室《むろ》は蹴りまくられた。二週間ぐらい入院してたらしいよ。そんなことがあってから、室《むろ》はセンター街に来なくなっちまったんだ」

「そいつの家《ヤサ》は知ってんの？」

「東急東横線の中目黒《なかめぐろ》駅の近くにある『あおい鮨《ずし》』って店が室《むろ》の実家なんだよ。あいつは家業を手伝ってるらしいぜ。そこに行ってみなよ」

曾根がドアを閉め、シリンダー錠を倒した。

「衣笠、その鮨屋に行くわよ」

安奈は言って、エレベーター乗り場に向かった。五階だった。

二人は曾根のマンションを出ると、覆面パトカーのプリウスに乗り込んだ。安奈の運転で、中目黒に向かう。近くだ。

十分そこそこで、目的の鮨屋は見つかった。『あおい鮨』の少し先に車を停めた。十一時半を過ぎていた。

「ランチタイムで忙しいんじゃないっすか。先輩、この近くで早目の昼飯を喰って、時間を潰《つぶ》したほうがいいんじゃないっすかね」

「営業妨害にならないよう聞き込みは短くやろう」

安奈は先に車を降りた。相棒が慌《あわ》てて助手席から離れる。

二人は『あおい鮨』を覗《のぞ》いた。

室《むろ》謙人は付け台に立って、鮨を握っていた。髪を短く刈り込み、一人前の鮨職人に見える。客は二組しかいない。

安奈は中年の女性従業員に小声で素姓と来意を告げ、店の外に出た。待つほどもなく室《むろ》が姿を見せた。

「センター街で遊んでるころ、交際中の女の子に志村優がちょっかい出したんだってね？」

安奈は切り出した。

「その話、誰から聞いたんですか⁉」

「いまはクラブのDJをやってる曾根からよ。その話は事実なの？」

「ええ。おれ、志村を金属バットで半殺しにしてやろうと思ったんですよ。だけど、逆にやられちゃったんだ」

「それで、半月ほど入院する羽目になったようね？」

「ええ、だらしない話ですけど」

「つき合ってた彼女は、しばらく志村と交際したの？」

「いいえ、すぐに棄《す》てられたんですよ。おれとも別れて、その子は渋谷には現われなくなりました」

「そうなの。七年前、志村と高須が性犯罪で少年刑務所に送られたことは知ってるでしょ？」

「ええ。あの二人は、いつかとんでもないことをやりそうだと思ってました。特に志村は根っからの悪党ですからね。高須は三、四年前に仮出所したらしいけど、志村はまだ少年刑務所に入れられてるんでしょ？」

室《むろ》が安奈と衣笠の顔を交互に見た。空とぼけているようには見えなかった。

衣笠がすでに十日前に志村は仮出所していることを話し、正体不明の人物から殺人予告メールを送られた事実も伝えた。室《むろ》は驚いた様子だった。

「あなたが志村に殺人予告メールを送りつけたんじゃなさそうね」

安奈は言った。

「おれ、志村が仮出所したことも知らなかったんだ。それに、あいつのスマホの番号もわからないんだから、メールを送信できないでしょ？」

「そうね。昔の遊び仲間で、志村を殺したいほど憎んでた者はいない？」

「ほとんどの奴が志村のことは嫌ってましたよ。あいつは身勝手で、すぐキレちゃうからさ。だけど、殺したいほど憎んでた奴はいなかったと思うな」

室《むろ》が答えた。

「そう。ついでに教えてほしいんだけど、船戸正敏って名に聞き覚えはない？」

「いいえ、ありません。そいつは何者なんです？」

「殺人予告メールを発信したスマホの持ち主よ。だけど、一週間ぐらい前にスマホをどこかで失くしたらしいの」

「そのスマホを拾った奴が志村に殺人予告メールを送信したんですかね」

「船戸の話が事実なら、そうなんだと思うわ。仕事の邪魔をして、ごめんなさい。ご協力、ありがとう」

安奈は謝意を表した。室《むろ》が軽く頭を下げ、店の中に戻った。

「先輩、船戸の話が事実かどうか確認したほうがいいんじゃないっすか？　大事なことっすから」

「そうね。でも、もう大学に出かけたんじゃないかな。自宅に電話してみたほうがよさそうね」

安奈はプリウスの運転席に入り、捜査資料を手に取った。そのとき、相棒が助手席に坐った。

安奈は船戸の自宅に電話をかけた。

受話器を取ったのは船戸の母親だった。安奈は刑事であることを明かし、大学生の息子が在宅かどうか訊《き》いた。

「正敏は授業に出ると言って、午前九時半ごろに家を出ました。息子が何か？」

「息子さんは、一週間あまり前にスマートフォンを失くされたそうですね？」

「ええ、そうなんですよ。粗忽者《そこつもの》だから、スマホを落としたのは二度目なんです。でも、電話会社に紛失届を一昨日《おととい》出しましたんで、もう悪用されることはないでしょう。ひと安心です」

「新しいスマートフォンを買われたんですか？」

「ええ」

「息子さんと直《じか》に話をしたいので、ナンバーを教えていただけます？」

「はい、少しお待ちください」

相手が短く沈黙し、息子のスマートフォンの番号を教えてくれた。安奈は通話を切り上げ、船戸正敏に電話をかけた。

だが、電源は切られていた。大学で受講中なのだろう。

安奈はそのことを衣笠に伝え、プリウスを発進させた。山手通りを池尻大橋《いけじりおおはし》方面に少し走ると、左手にファミリーレストランがあった。

「お昼ご飯にしようか」

安奈は言って、捜査車輛をファミリーレストランの専用駐車場に入れた。店内に落ち着き、彼女は和風ハンバーグセットをオーダーした。相棒はミックスフライ・セットを頼んだ。

昼食後、ふたたび安奈は船戸のスマートフォンに電話をかけた。覆面パトカーの中からだ。

電話は繫《つな》がった。安奈は正体を伝え、船戸に質問した。

「失くしたスマホのことなんですけど、落とした場所に心当たりはあります？」

「よく思い出してみたら、どうも新宿のハンバーガーショップで盗《と》られたようなんですよ」

「盗られた？」

「ええ。ぼく、テーブルの上にスマホを置いたまま、店のトイレに入ったんです。多分、その間に盗まれたんだろうな。スマホはバッグの中に戻したと勘違いしてたんで、すぐには失くなってることに気づきませんでした」

「周《まわ》りに不審者はいなかった？」

船戸が答えた。

「いなかったな。ただ、ハンバーガーを頰張りながら、フリーペーパーを読んでたんですよ。連れもいませんでしたから、ほとんど顔を上げなかったな」

「それでも、両側にどんな客がいたかぐらいは……」

「右のテーブルには、専門学校に通ってる二十歳《はたち》前後の女の子たちが三人いました。左隣には、三十代ぐらいの背広を着た男がいたような気がします」

「サラリーマン風だったの？　それとも、自由業っぽかった？」

　安奈は畳みかけた。

「よく憶《おぼ》えてないんですよ。もしかしたら、その男がぼくのスマホをくすねたのかもしれませんね」

「でも、右のテーブルには三人連れの女の子がいたんでしょ？　あなたがトイレに立った隙《すき》にスマホに手を伸ばしたら、その彼女たちに気づかれるんじゃない？」

「その三人はお喋りに熱中してました」

「なら、周囲なんか見てなかったかもしれないわね」

「断定はできませんが、左のテーブルにいた男がぼくのスマホを盗んだんじゃないのかな。そんな気がしてきました」

「そう。曾根芳喜って名に聞き覚えはない？」

「ありません」

「それじゃ、志村優はどう？」

「知りませんね」

「高須雄哉、弓削肇、それから野々宮慎一という名にも？」

「どれも初めて聞く名です」

「そう」

「失くしたスマホから殺人予告メールが発信されたと警察の人が言ってましたけど、ぼく、疑われてるんですか？」

船戸は不安げだった。

「別に疑われてるわけじゃないわよ、あなたはね」

「ほんとに？」

「ええ、大丈夫よ」

安奈は通話を切り上げた。相棒に船戸との遣《や》り取りを伝える。

「そういうことなら、船戸正敏は事件に関わってないっすね」

「多分、シロだろうね。野々宮美帆の遺族と弓削肇に会ってから、志村優からも話を聞こうか」

「そうっすね。野々宮宅は世田谷区内にあるんでしたっけ？」

「そう、弦巻《つるまき》三丁目よ。行ってみよう」

「運転、替わるっすよ。巡査長にずっとハンドルを握らせるわけにはいかないっすから。こっちは、ただの巡査《サ》なんで」

衣笠が言った。

「あんたに運転させたら、事故《ジコ》りそうだから、このままでいいわ」

「安全運転を心掛けるっすよ。先輩のお尻《しり》の温《ぬく》もりの残ってるシートに腰かけてみたいんすよね」

「衣笠、それって、セクハラでしょうが！」

「えっ、そうっすか⁉　そう言われると、そうなのかもしれないっすね」

「わかってるくせに。喰《く》えない男ねっ」

安奈はプリウスを急発進させた。衣笠が上体をのけ反《ぞ》らせた。

ファミリーレストランの駐車場を出て、大橋から玉川《たまがわ》通りに入る。新町《しんまち》を抜けて、弦巻三丁目の住宅街を短く走った。

野々宮宅は造作なく見つかった。

洒落《しゃれ》た洋風住宅だった。敷地は百坪ほどだろうか。庭木が多い。

二人は車を降りて、門扉《もんぴ》に近づいた。

だが、留守のようだった。ひっそりと静まり返っている。

殺された美帆の父親は孝《たかし》という名で、事件前までは大手商社の部長だった。愛娘が殺害された直後に退職し、いまは自宅で書道教室を開いているようだ。しかし、書道教室の看板は見当たらない。

野々宮孝は妻の姿子《しなこ》と旅行に出かけたのだろうか。美帆の兄の慎一は、大手ビール会社の販売促進部で働いている。

「ご両親は外出してるみたいね」

安奈はプリウスの運転席に戻り、被害者の兄の勤務先に電話をかけた。

野々宮慎一は有給休暇を取っているという。跡取り息子は親と同居しているはずだ。両親と一緒に出かけたのだろうか。

安奈は、相棒に美帆の実兄が有給休暇を取っていることを話した。

「そういうことなら、弓削肇の自宅に行ってみましょうよ。細々と下訳をやってるなら、家にいるでしょ?」

「いると思う」

「弓削宅は杉並区宮前《みやまえ》四丁目にあるんすよね?」

衣笠が確かめた。

安奈は無言でうなずき、捜査車輛を走らせはじめた。世田谷通りに出て、環八《かんぱち》通りを進み、井《い》の頭《かしら》通りを左折する。

数分走ると、目的地に着いた。弓削宅は、しっとりとした和風住宅だった。敷地は割に広い。八十坪以上はありそうだ。

安奈は覆面パトカーを弓削宅の生垣《いけがき》に寄せた。

二人はすぐに車を降り、弓削宅のインターフォンを鳴らした。ややあって、スピーカーから年配の女性の声が流れてきた。

弓削の母親だった。息子は散歩に出かけているらしい。

「夕方になるまでには帰宅すると思いますけど」

「そうですか。それでは、少し車の中で待たせてもらいます」

安奈は言った。

「あのう、いまごろ肇にどのようなご用なのでしょう？　七年前の事件のことには、あまり触《ふ》れてほしくないんですよ。息子は、まだショックの尾を引きずってるんでね」

「事件の主犯だった志村優が十日前に仮出所したんですが、三日前に何者かが殺人予告メールを送りつけたことがわかったんですよ。それで、脅迫者の割り出しを急いでるんです」

「息子は犯人たちを鬼畜《きちく》と言っていましたが、私的な報復なんかしないと思います」

「そうでしょうけど、一応、聞き込みをさせていただきたいんですよ」

「わかりました」

スピーカーが沈黙した。

安奈たちはプリウスの中に戻った。いたずらに時間が流れ、陽《ひ》が西に傾いた。

弓削肇が帰宅したのは、午後四時四十分ごろだった。

安奈は先に車を降り、弓削を呼び止めた。七年前の写真よりも、だいぶ老けている。相変わらず表情が暗い。安奈は名乗って、相棒を紹介した。

「七年も経《た》ってるのに、いまごろ……」

弓削が訝《いぶか》しげに呟いた。衣笠が経緯《いきさつ》を詳しく話した。

「仮出所した志村優が使ってるスマホに殺人予告メールが送りつけられたんですか。さんざん悪さをしてきたんで、誰かが志村に鉄槌《てっつい》を下《くだ》す気になったんでしょう。いい気味です。あんな奴は早くくたばってしまえばいいんだっ。美帆の命を虫けらのように奪って、わたしの人格や自尊心を踏みにじったんですから」

「念のために確認させてほしいんですが、スマホを使ってらっしゃいますよね？」

安奈は問いかけた。

「ええ。メールの発信人がわたしかもしれないと疑ってらっしゃるなら、見当外れです。わたしのスマホのナンバーを教えますから、コールしてみてくださいよ」

「番号を聞かせてもらうだけで結構です」

「そうですか」

弓削は自分のスマートフォンの番号を明かした。大学生の船戸が失くしたスマートフォンとは同一ではなかった。

「もう一つ確認させてください。弓削さんは一週間ほど前、新宿に行かれました？　そして、ハンバーガーショップに入られましたか」

「いいえ。半月ほど家の周辺に出かけたきりで、新宿や渋谷にはまったく行ってません。新宿のハンバーガーショップがどうだと言うんです？」

「どうも脅迫者は新宿のハンバーガーショップで盗んだスマホを使って、志村に殺人予告メールを送信したようなんですよ」

「わたしが志村に復讐するとでも思ったんですか。奴は殺したいぐらい憎いですよ。しかし、法治国家で私刑《リンチ》は許されないでしょ？」

「ええ、そうですね」

「江戸時代なら、わたしは間違いなく仇討《あだう》ちをしてたでしょう」

「弓削さん、冷静になってください」

安奈は言った。

そのとき、弓削が過呼吸《かこきゅう》に陥った。顔面蒼白《がんめんそうはく》だ。肩を大きく弾《はず》ませている。忌《いま》わしい記憶が蘇《よみがえ》ったのだろう。

「大丈夫っすか？」

衣笠が言いながら、弓削の片腕を支えた。それでも、弓削の体の揺れは小さくならない。

安奈は、もう片方の腕を両手でしっかりと摑んだ。

「ゆっくりと歩いて、とにかく家の中に入りましょう」

「足許が揺れてて、うまく歩けないんです」

「救急車を呼びましょうか？」

「いいえ、一歩ずつ歩いてみます」

弓削が額に脂汗《あぶらあせ》をにじませながら、摺《す》り足で踏みだした。

安奈たちは弓削を支えながら、歩調を合わせた。門扉を抜け、石畳のアプローチを進む。玄関の三和土《たたき》に達すると、弓削が力尽きたように上がり框《かまち》に倒れ込んだ。前のめりだった。

奥から弓削の母親が走り出てきた。

「肇、しっかりしなさい」

「路上で話をしてる途中で急に息遣《いきづか》いが荒くなって……」

「息子はパニック障害が完治してないんですよ。しばらく横になってれば、ちゃんと呼吸できるようになるでしょう。ありがとうございました。後《あと》は、わたしが介抱しますので、お引き取りください」

「まだ心配ですんで、もう少しいさせてください」

「せっかくですが、お帰りください。あなた方が七年前のことを思い出させたんで、肇はまた発作を起こしたんですよっ」

「申し訳ありませんでした。どうかお大事に！」

安奈は頭を下げ、玄関を出た。衣笠が倣《なら》う。

二人は路上に出て、相前後して吐息をついた。

数秒後、安奈の刑事用携帯電話《ポリスモード》に着信があった。発信者は丸山課長だった。

「残念なことになったよ。志村が中野区内にある自宅近くのコインランドリー内で何者かに刺殺されたんだ」

「えっ、いつですか？」

「四十分ほど前だ。凶器は両刃のダガーナイフだった。コインランドリーのそばのU字溝から見つかったんだ。そのナイフの柄《つか》には、高須の指掌紋《ししょうもん》が付着してたらしい」

「で、犯人の身柄《ガラ》は確保できたんですか？」

「いや、まだだよ。犯行後、フルフェイスのヘルメットを被ったまま、事件現場から逃亡したんだ。複数の目撃証言によると、逃げ足は速かったというんだよ。動作も機敏《きびん》だったというから、犯人は二、三十代なんだろう」

「所轄署は？」

「野方《のがた》署だ。本庁機捜と野方署刑事課のメンバーが臨場《りんじょう》したそうだよ」

「課長、わたしたちも現場に向かいます」

「いや、それはまずいな。殺人《コロシ》は少年事件課の担当外だからね。明日中に野方署に捜査本部が設置されて、捜一の加門班が出張《でば》ることになったらしい」

「ここで手を引かなきゃならないのは、なんだか釈然としません。課長、わたしたち二人に側面捜査をさせてください」

「刑事部長に相談してみるが、どうなるかわからんぞ。とにかく、いったん本庁《こっち》に戻ってきてくれ」

「わかりました」

安奈は電話を切り、衣笠に課長の話を伝えた。

「もう少し時間があれば、殺人予告メールを送信した奴を突きとめられたと思うんすけどね」

衣笠が悔《くや》しがった。

「殺人事案《じあん》になってしまったから、わたしたちの出る幕じゃなくなったわけだけど、このままじゃ癪《しゃく》だわ」

「そうっすね」

「課長と一緒に刑事部長に側面捜査をやらせてほしいって頼み込んでみるわよ。衣笠、早く乗って！」

安奈は相棒を急《せ》かして、プリウスのドアを大きく開けた。

3

ドア越しにざわめきが伝わってくる。

椅子が床《ゆか》を擦《こす》る音も耳に届いた。捜査会議が終わったようだ。

安奈は、衣笠と一緒に野方署の五階にある会議室の前に立っていた。会議室に捜査本部が設置されたのは正午過ぎだった。

いまは午後三時半だ。安奈たちは昨夕、刑事部長から側面捜査を認められた。

といっても、あくまでも非公式の支援活動を許可されただけだ。それでも安奈は、志村優殺害事件に関われることを素直に喜んだ。

捜査本部のドアが開き、殺人犯捜査第五係の加門係長が廊下に出てきた。

「こんな所で待たせて悪かったな。杉江《すぎえ》管理官に深見たち二人も捜査会議に同席させるべきだと言ったんだが、殺人犯捜査係ではないからという理由で……」

「そのことはいいんです。それよりも初動捜査の結果を教えていただけますか」

「わかった。こっちに従《つ》いてきてくれ」

「はい」

安奈は短く答え、相棒とともに加門の後に従った。

導かれたのは、同じ階にある小さな会議室だった。十畳ほどの広さで、楕円形《だえんけい》のテーブルがほぼ中央に据《す》えられている。椅子は六脚しかない。

加門が窓側に坐った。安奈たちは向かい合う位置に並んで腰かけた。

「まず鑑識写真から見てもらおう」

加門が卓上に十数葉《よう》の写真を横に並べた。その半分は死体写真だった。

被害者はコインランドリーの奥で仰向《あおむ》けに倒れている。心臓部と腹部が鮮血に染まっていた。

「凶器は両刃だったそうですね？」

安奈は確認した。

「そうなんだ。だから、志村は左心房を完全に貫《つらぬ》かれてた。それからな、胃と腎臓の奥まで切っ先が届いてたよ。東京都監察医務院から昼過ぎに解剖所見が届いたんだ。死因は失血死だよ。鑑識写真じゃわかりにくいだろうが、被害者の下は血の海だったんだ」

「そうだったんでしょうね。コインランドリーの店内に防犯カメラは設置されてたんでしょ?」

「カメラはあるんだが、作動してなかったんだ。経営者の話によると、先々月の末から故障してたらしいよ」

「ひどい話ね。修理代を惜しんだんでしょうけど、無責任だわ」

「そうだな。しかし、初動捜査で複数の者が犯人を目撃してる。血塗れのダガーナイフを手にした黒いフルフェイスのヘルメットを被った男は逃げる途中で凶器をU字溝に投げ捨て、脇道に消えたというんだ」

「凶器の柄には、志村の遊び仲間の高須雄哉の指掌紋が付着してたそうですね?」

「そうなんだ」

「高須は七年前の性犯罪の共犯者として、少年刑務所に送られたんです。犯歴のある人間が凶器に指紋や掌紋を残すなんて、常識じゃ考えにくいですよね」

「そうだな。誰かが高須に濡衣《ぬれぎぬ》を着せようとしたのかもしれない」

加門が言った。

「高須は半グレのころ、同い年の志村に舎弟扱いされてたようですし、七年前の事件も従犯でした。態度の大きい志村のことを快くは思ってなかったでしょうが、殺意を懐《いだ》いたりしないでしょ？　高須は仮出所後、精密機器メーカーで検品係をして、一応、真面目に働いてたみたいですから」

「そうだってな」

「でも、凶器に高須の指掌紋が付着してたわけっすから、任意同行で引っ張るんすよね？」

衣笠が加門に顔を向けた。

「衣笠、口のきき方がなってない。加門さんは警部なのよ。巡査のあんたは、下っ端じゃないの」

「深見、ルーキーをあんまりいじめるなって」

加門が穏《おだ》やかに言った。その語尾に、安奈は声を被せた。

「衣笠を甘やかさないでくださいよ」

「個性的でいいじゃないか。衣笠君の質問に答えよう。捜査本部はもちろん、高須に任意同行を求めることになった。暗くならないうちに高須は野方署に来るだろう。事情聴取で、高須を陥れようとした真犯人が透《す》けてくるといいんだがな」

「そうですね。わたしたち二人は、これから新宿東口にあるハンバーガーショップに行ってみます。午前中に船戸正敏って大学生に電話をして、スマホを盗まれたと考えられる店の所在地を確認したんですよ」

「そうか。午前中に深見から聞いた話によると、船戸の左側のテーブルにいた男がスマホをかっぱらったかもしれないという筋読みだね？」

「ええ。おそらく、その男が志村に殺人予告メールを送信して、きのう、コインランドリーで犯行《ヤマ》を踏んだんでしょう」

「そうだとしたら、そいつは志村と高須の力関係を知ってたにちがいないな」

「力関係ですか？」

　衣笠が訊《き》き返した。

「そうだ。年齢《とし》は同じでも、常に志村のほうが優位に立ってたことを知ってたはずだよ。船戸のスマホをくすねた奴はさ」

「ええ、そうでしょうね。高須が志村に対して悪感情を持ってたことを知ってたんで、彼を殺人犯と見せかけることを思いついたってわけですか。加門係長は、噂通りの名刑事ですね」

「ヨイショしても何も出ないぞ」

「ぼく、そんなつもりで言ったんじゃないっすよ」

「ほら、また喋り方が軽くなってる！」

安奈は衣笠に言い、加門を直視した。

「加門さんの筋読み通りなら、志村を殺《や》った真犯人《ホンボシ》は半グレ時代の仲間臭いわね」

「とは限らないだろう。七年前に殺された野々宮美帆の恋人だった弓削肇も一緒に監禁されてたんだから、志村が高須を舎弟扱いしてたことは知ってるはずだ」

「ええ、そうですね。でも、弓削が高須の指掌紋の付いたダガーナイフを手に入れることはできないんではありませんか？　七年前の事件以来、二人にはまったく接点がなかったでしょうからね」

「そうだろうな。となると、深見がさっき言った推測も無視はできないか。ちょっと待てよ。七年前の事件で美帆を絞殺したのは志村だ。犯人は今回の被害者がレイプ殺人事件の主犯だと知ってた。そうなると、半グレ時代の遊び仲間の仕業《しわざ》とは限らないな」

「そうですね。志村を刺殺した加害者は、高須にも恨みを持ってるんだと思います。高須の犯行に見せかけようと小細工を弄《ろう》したようですんで」

「そうだな。となると、やっぱり弓削が気になってくるね」

「志村の死亡推定時刻は？」

「きのうの午後三時から四時の間とされた」

「深見先輩、弓削が外出先から自宅に戻ったのは昨夕四時半ごろでしたよ。事件現場は野方署管内だったわけっすから、犯行後にタクシーで帰宅したとも考えられるでしょ？」

衣笠が会話に割り込んだ。

「でも、きのう、弓削肇の衣服にはまったく血痕は付着してなかったわ」

「ぞろりとしたコートを着て、志村を刺殺したんじゃないっすか？　おっと、いけない。また、軽い調子で喋っちゃったな」

「コインランドリーの店内か、表に鮮血に染まったコートが脱ぎ捨てられてたんですか？」

安奈は加門に訊いた。

「初動捜査では、血みどろのコートは発見されてなかった。それから、目撃証言でも犯人が丸めたコートを持ってなかったことははっきりしてるんだ」

「そうですか。それなら、衣笠の推測は外れなんだろうな」

「とは断定できないんだ。犯人が志村から少し離れた場所から刺したんだとしたら、必ずしも返り血を浴びるとは限らないらしいんだよ。鑑識係官がそう言ってたから、それは間違いないだろう」

「そうなんですか」

「弓削のほかに志村や高須を憎んでる人物として考えられるのは、野々宮美帆の遺族ってことになるな」

「ええ、そうですね。美帆の父の孝は五十九歳です。犯行後、素早く逃げることはできないんじゃありません？」

「だろうな。野々宮姿子も五十八ともう若くないし、女性だから、荒っぽい手口で志村を殺《や》るのは難しいだろう。美帆の兄貴の慎一は、まだ三十四歳だ」

「野々宮慎一はきのう、有給休暇を取りました。きのう衣笠と世田谷区弦巻の自宅に行ってみたんですが、家族は外出してるようだったんですよ」

「美帆の兄のアリバイを一応、調べてみよう。しかし、殺人事件の被害者《マルガイ》の遺族が犯人に復讐したケースは日本ではそれほど多くないんだ。アメリカなんかだと、報復殺人は珍しくないんだが」

「そうみたいですね。野々宮慎一は大手ビール会社の社員ですし、跡取り息子ですので、両親のことは常に考えてると思うんです」

「だから、軽はずみなことはしないだろうってわけか？」

「ええ、まあ」

「そう思い込むのは早計じゃないか。分別のあるインテリが激情に駆られて、人殺しをした事案もある。所詮《しょせん》、人間は感情の動物だからな」

「ええ、そうなんですけど……」

「高須が任意同行に応じてくれれば、何か手がかりを得られるかもしれない。深見たちは、新宿のハンバーガーショップで聞き込みをしてくれないか」

加門が鑑識写真を掻《か》き集めた。

ほどなく三人は小会議室を出た。加門は捜査本部に戻った。安奈たちはエレベーターで地下二階の駐車場に降り、プリウスに乗り込んだ。

運転席に坐ったのは、例によって安奈だった。

およそ二十分後に目的のハンバーガーショップに着いた。

安奈たちは覆面パトカーを路上に駐《と》め、店長に取り次《つ》いでもらった。店長は三十歳前後で、妙に愛想がよかった。

「店内に防犯カメラは設置されてますよね？」

安奈は訊《たず》ねた。

「答えにくい質問だな。スーパーやコンビニなら、おおっぴらに防犯カメラを設置してると言えるんですが、飲食店の場合は微妙な問題がありまして……」

「お客さんに気づかれない所に設置してるんでしょ？」

「ええ、まあ」

「一週間前の店内録画を観《み》せてほしいんです。この店で大学生の男の子がトイレに行ってる間にね、テーブルの上に置いといたスマホを隣の席にいた客に盗まれたかもしれないと言ってるんですよ。そのスマホは、ある犯罪に使われたんです」

「そうなんですか。困ったなあ。この店の場合、三日分の録画しか保存してないんですよ。ですから、一週間前の画像はもう消してしまったんです。お役に立てなくて、すみません」

「そうなの。がっかりだわ。お客さんが多いでしょうから、アルバイトの子たちもいちいち……」

「店内で何か騒ぎでも起きれば、みんな、お客さまのことを憶《おぼ》えてるんですが、ほかの普通の方たちのことまではちょっと……」

「でしょうね」

「これからは最低一週間分の映像を保存するようにします」

店長が済まなそうに言った。人が好いのだろう。

安奈たちは表に出た。

「この店で有力な手がかりを得られると期待してたんすけど、当てが外れちゃったすね」

「うん、まあ」

「先輩、捜査本部の人たちが動く前にまた弓削に会ってみません？　中野のコインランドリーから弓削宅は、それほど離れてないっすよ。弓削が志村を殺して、急いで自宅に戻った疑いが消えたわけじゃないでしょ？」

「そうね」

「徒労に終わるかもしれないっすけど、アリバイ調べをしたほうがいいっすよ」

相棒が言った。安奈は短く考えてから、同意した。

二人は捜査車輛に乗り込み、杉並区宮前四丁目に向かった。弓削宅に着いたのは、二十数分後だった。

母親は買物に出かけていたが、当の弓削は家にいた。

「きのうはご迷惑をおかけしました」

玄関先で、弓削が詫《わ》びた。その目は安奈に向けられていた。

「厭《いや》なことを思い出させて、ごめんなさい」

「いや、気になさらないでください。それより、きのう、志村が中野のコインランドリーで刺殺されたんですね。そのことをテレビのニュースで知って、天罰が下《くだ》ったんだと思いました。あの男は七年ほど少年刑務所にいたが、それで罪が消えたわけじゃない。だから、志村は誰かに殺されることになったんですよ。ざまを見ろって気持ちです。これで、ようやく美帆は浮かばれるでしょう」

「参考までにうかがうんですが、弓削さんはきのうの午後三時から四時半まで、どこでどうされていました？」

「アリバイ調べですか⁉　志村を殺したと疑われてるんだな」

「落ち着いてください。一応、うかがっただけで、別段、あなたを怪しんでるわけではありません」

「アリバイはあります。きのうの午後三時ごろは西荻窪駅前商店街にある書店で立ち読みをして、海外ミステリーの翻訳本を二冊買いました。その後《あと》は同じ通りのコーヒーショップ『モンブラン』でひと休みして、歩いて帰宅したんです」

「本屋さんとコーヒーショップのレシートは取ってあります？」

「ええ、机の引き出しに入れてあります。いま持ってきましょう」

「ご面倒でしょうけど、お願いします」

安奈は軽く頭を下げた。弓削が不機嫌そうな顔で家の奥に向かった。

「なんか自信ありげだったすね。シロなのかな」

衣笠が呟いた。安奈は黙ったままだった。

一分ほど経過したころ、弓削が玄関ホールに戻ってきた。玄関マットの上に立つと、無言で右手を突き出した。

安奈は二枚の領収証を受け取った。書店のレシートには、本の購入時刻まで印字されていた。午後三時三十七分まで弓削が書店内にいたことは間違いなさそうだ。だが、コーヒーショップのレシートには発行時刻までは打ち込まれていない。

安奈は二枚の領収証を相棒に渡した。

衣笠がレシートを見ながら、ためらいがちに口を開いた。

「コーヒーショップのレシートには、時刻が印字されてないっすね。意地の悪い見方をすれば、弓削さんは本屋を出てから中野のコインランドリーに向かったとも考えられるな。コーヒーショップの領収証を貰ったのは、別人だった可能性もあるっすからね」

「臆測《おくそく》で妙なことを言わないでくれ。志村を殺したと疑ってるんだな、きみは！」

「そこまでは言ってないっすよ。ぼくは、可能性があると言っただけっす。ちょっと失礼だったすか？」

「大変、無礼だ」

「相棒の失礼をお赦《ゆる》しください」

安奈は衣笠の靴の先を踏みつけ、弓削に謝罪した。

「警察の人間はすぐに他人《ひと》を疑う。だから、市民に疎《うと》まれるんだよ」

「言動に気をつけます。それはそれとして、二枚の領収証をしばらくお借りできませんか？」

「断る！」

弓削が衣笠の手からレシートを引ったくった。

「怒らせてしまったんですね、弓削さんを」

「当然でしょうが！」

「また叱られそうですけど、もう一つだけ確認させてください。あなたは車の運転免許をお持ちですよね？」

「ペーパードライバーですが、普通免許は持ってますよ」

「そうですか。バイクにはお乗りにならないのかしら？」

「まだ疑ってるんだっ。テレビで志村を殺した犯人は、黒のフルフェイスのヘルメットを被ってたと報じてた。不愉快だ。二人とも帰ってくれないか」

「お邪魔しました」

安奈は衣笠に目配せし、弓削宅を辞去した。

「二枚の領収証を捜査資料として提供すると、弓削は危《ヤバ》いことになると思ったんすかね。深見先輩、西荻窪の『モンブラン』ってコーヒーショップに行ってみないっすか？」

「ええ、いいわ」

二人はプリウスに乗り込んだ。『モンブラン』を探し当てたのは、七、八分後だった。店は駅前通りの外れにあった。さほど大きな店ではなかったが、マスターもウェイトレスも弓削のことは憶えていなかった。

コーヒーショップを出ると、衣笠が口を開いた。

「弓削は、なんか臭《くさ》いっすね。本屋から事件現場に直行して、志村を刺殺したんじゃないっすか？」

「そうだとしたら、弓削肇は何日かかけて、被害者の行動パターンを調べてたはずよ。衣笠、志村が親に借りてもらってた自宅マンションに行ってみよう」

安奈は先に車に乗り込み、エンジンを始動させた。

志村が住んでいたワンルームマンションは野方二丁目にある。環七《かんなな》通りから少し奥に入った場所にあった。志村の部屋は二〇二号室だが、所轄署によってドアは封印されていた。マンションは三階建てだった。

安奈たちは手分けして、低層マンションの入居者を訪ねた。しかし、弓削らしき人物を見かけた者はいなかった。

二人は覆面パトカーの中に戻った。

「弓削はシロなんすかね？」

「せっかちだな、衣笠は。すぐに結論を出すのは悪い癖よ」

「そうっすね。捜査本部とは別に野々宮慎一のアリバイを調べてみないっすか？」

「そうしようか。その前に加門さんに聞き込みの結果を報告しておくわ」

安奈は刑事用携帯電話《ポリスモード》を取り出した。加門警部に連絡を取り、経過を報告する。

「新宿のハンバーガーショップは一週間前の映像は、もう削除してたのか。そういうことなら、船戸って大学生のスマホを誰がかっぱらったのか割り出せないな」

「ええ。その男が志村に殺人予告のメールを送りつけたんでしょうけどね。それはそうと、弓削のことはどう思われます？」

「二つの領収証の提供を渋ったことが少し引っかかるな。しかし、本屋から犯行現場に直行したという決め手があるわけじゃないから、重要参考人扱いはできない」

「そうですね。高須は任意同行に応じたんですか？」

「ああ。いま、三階の刑事課の会議室で事情聴取中なんだ、所轄のベテラン捜査員がね。凶器のダガーナイフは高須の物だと認めたよ。でもな、一昨日《おととい》、バッグごと荻窪のネットカフェに置き忘れてきたというんだ。しかし、その言葉をすんなりと信じるわけにはいかない」

加門が言った。

「どうしてなんです？」

「そのネットカフェは『ダウンロード』という店名なんだが、経営者が高須なんだよ」

「何かの間違いなんではありませんか⁉　だって、高須は精密機器メーカーで契約社員として働いてるんです。ネットカフェを開く資金はどうしたんです？　実家は、それほど豊かじゃない感じですよ」

「それは、捜査本部もわかってる。倹《つま》しく生活しても、三、四年の給料で開業資金を貯えられるとは思えない」

「ええ、そうでしょうね。高須は何か不正な手段で、ネットカフェの開業資金を都合《つごう》つけたんじゃないのかしら？」

「それ、考えられるな。そのことを志村に知られて、高須は強請《ゆす》られたんだろうか。で、高須は志村を殺《や》ってしまったのか。いや、そうじゃなさそうだ。高須が犯人なら、自分の指掌紋がべったりと付いたダガーナイフを現場近くのU字溝に棄《す》てたりはしないだろう」

「ええ、おそらくね。加門さん、高須にネットカフェの開業資金をせびられた人間が逆襲する気になったんではありません？」

「際限《さいげん》なく金を無心されると考え、高須に志村殺しの罪を被せた？」

「そうです。そいつは、何らかの理由で志村優を亡《な》き者にしたがってた。そう考えれば、ストーリーは一つに繋《つな》がりますでしょ？」

「ああ、一応な。深見、こうは考えられないか。高須は真犯人を庇《かば》うために、わざと嫌疑が自分にかかるようにした。だから、指紋や掌紋が柄《つか》に付着したナイフを加害者に貸し与えた。捜査当局が高須を怪しんでる隙に真の犯人は高飛びする。そういうシナリオが予《あらかじ》め書かれてたんじゃないだろうか」

「科学捜査の時代だから、いずれ高須に対する疑惑は消える。高須は後日、真犯人から謝礼を貰える約束になっていた。そういう筋書きではないかってことですね？」

「そうだ。どう思う？」

「まだ何とも言えません」

「だろうな、判断材料が少なすぎるんで」

「ええ。これからわたしたちは、野々宮慎一のきのうのアリバイを調べてみるつもりです。七年前の性犯罪の被害者の実兄がきのう一日、有給休暇を取ってることが妙に引っかかって……」

「そうか。捜査班のメンバーが野々宮の勤め先に向かってるんだが、深見たちにもアリバイの有無《うむ》を確かめてもらうか」

「了解！　何か収穫がありましたら、すぐ報告します」

安奈は通話を切り上げ、イグニッションキーに右手を伸ばした。

4

人工海浜が見えてきた。

大井ふ頭《とう》中央海浜公園の西側にある『なぎさの森』だ。運河沿いに人工海浜が一キロほど伸びている。

釣りや磯遊びを満喫《まんきつ》できるレクリエーションスポットだ。東京モノレールの大井競馬場前駅から徒歩で十分の場所にある。東側は『スポーツの森』になっていた。

安奈は衣笠と遊歩道を進んでいた。

二人は昨夕、都心にある野々宮慎一の勤め先を訪れた。野々宮は少し前に営業先から職場に戻っていた。捜査本部の刑事たちは彼が外出中に訪ねたらしく、まだ事情聴取はされていなかった。

野々宮は志村が殺害された一昨日《おととい》の午後一時から四時半ごろまで、この海浜公園で投げ釣りをしていたと供述した。その通りだとすれば、アリバイは成立する。

安奈たちは裏付けを取りに来たのだ。午前十一時五分前だった。

人工海浜に着いた。

点々と釣り人が見える。六、七十代の男性が目立つ。安奈たちは水辺を横に移動しながら、釣り糸を垂れている人々に片っ端から声をかけた。

きのう聞き込み中に衣笠がさりげなく盗み撮りした写真を見せ、一昨日の午後一時から四時半の間に野々宮を目撃した人物を捜した。しかし、野々宮を見かけた者はなかなか見つからなかった。

「野々宮の話は嘘なんじゃないっすか？」

「粘《ねば》りが足りないわね。刑事に最も必要なのは粘りでしょうが」

「そうっすけど、もう人工海浜の端っこまで二百メートルぐらいしかないんだよな」

「でも、釣り人が何人かいるわ。全員に話しかけてみようよ」

安奈は相棒に言って、足を速《はや》めた。衣笠が小走りに追ってくる。

二人は四人の釣り人に声をかけたが、結果は虚《むな》しかった。最後のひとりは七十年配の痩《や》せた男だった。

「おじさん、何が釣れました？」

安奈は七十絡《がら》みの男に近づいた。

「マコガレイ、ハゼ、メゴチ、それからベラが一匹ずつだね。運河じゃ、大物は釣れないんだよ」

「ここにはよく釣りに来てるんですか？」

「土砂降《どしゃぶ》りの雨の日以外は毎日、この場所で釣り糸を垂れてる。息子夫婦と同居してるんだが、共働きなんだよ。孫たちは高校に行ってるから、昼間はひとりなんだ」

「奥さんは亡くなられたんですか？」

「ああ、四年前にね。家でテレビばっかり観《み》てるのは、なんか気が引けてさ。年金、あまり多くないんだ。息子夫婦の稼ぎもたいしたことないから、光熱費を少しは節約してやらないとね。そんなわけで、釣りで時間を潰《つぶ》してるんだよ」

「おじさん、一昨日の午後、この男を人工海浜で見かけなかったすか？」

衣笠がスマートフォンのディスプレイに野々宮の写真を映し出し、釣り人に見せた。

「この男なら、見かけたよ。ここから少し離れた場所で投げ釣りをしてた」

「見かけたのは、一昨日の何時ごろだったんでしょう？」

安奈は相棒よりも先に訊いた。

「午後二時過ぎだったかな。あんたたち、何者なんだい？　ひょっとしたら、警察の人たち？」

「ええ、そうです。写真の男は、ある殺人事件に関わってるかもしれないんですよ。だから、正直に答えてほしいんです。その前にあなたの氏名と住所を教えてほしいの」

「それは勘弁してよ。目撃証言なんかして、写真の男に逆恨《さかうら》みなんかされたら、かなわないからさ。悴《せがれ》たちに迷惑もかけたくないしね」

「決してご迷惑はかけません。約束します」

「そうかい」

相手が少し考えてから、氏名と自宅の住所を明かした。

板垣忠夫《いたがきただお》という名で、現住所は品川区東大井だった。年齢は七十六歳だ。自転車で人工海浜に通っているという。

「写真の男は、同じ場所で四時半ごろまで釣りをしてたのかしら？」

「断定はできないが、多分、そうだろうな」

「なんか自信がなさそうですね」

「写真の男は、投げ釣りをはじめた直後に色の濃いサングラスをかけたんだよ。それでね、釣り竿をそのままにして公園内のトイレに行ったようなんだ。戻ってきたときは、緑色のキャップを被ってたんだよ。同じサングラスをかけて、着てるものも変わらなかったんだけど、少し体型が違うような気がしたんだ。それに……」

「板垣さん、つづけてください」

安奈は促《うなが》した。

「写真の男は、何も持たずにトイレのある方向に歩いていったんだ。折り畳んだキャップをズボンのポケットに入れてたんだろうか。そうなら、別に不思議はないな。ただ、竿のキャストの仕方が変わってたんだよな」

「どんなふうに？」

「釣り場を離れる前は右腕で仕掛けをずっと投げてたんだけど、戻ってきてからは左腕でもキャストするようになったんだよ。遠投《えんとう》するときは、必ず左投げだったね」

「投げ釣りのことはよくわかりませんけど、右利きの人は右投げなんでしょ？」

「まず、そうだね。利き腕を使ったほうが仕掛けが遠くまで飛ぶからさ。左利きの人は、左投げが普通だな。でも、戻ってきてからは両腕で交互にキャストしてたんだ。そのことがちょっと変だと思ったんだよ。やっぱり、おかしいな」

板垣が首を傾《かし》げた。

野々宮慎一はトイレに行く振りをして、替え玉と入れ替わったのだろうか。そうならば、時間的に志村を刺殺することは可能だ。安奈は野々宮がアリバイ工作をしたのかもしれないと疑いはじめた。しかし、二人一役のトリックを使ったという確証を摑んだわけではない。迂闊《うかつ》なことは口にできない。

「右投げと左投げの両方をやってた男とは喋《しゃべ》ったんすか？」

衣笠が板垣に問いかけた。

「三時過ぎに『釣れますか？』って訊いたんだけど、黙って首を横に振っただけだったね。キャップを被る前は『きょうは坊主かもしれません』なんて言ってたんだ。わたしと喋ることがうっとうしくなったのかな？」

「そうじゃないと思うっすね。だって、一度はちゃんと返事をしたわけでしょ？」

「そう。途中で別人と入れ替わったのか。そういえば、声が少し違ってたな」

「だとしたら、写真の男はアリバイ工作をした疑いがあるな」

「そうなんだろうか」

「キャップを被ってサングラスをかけてた男は何時ごろ、竿を納《おさ》めたんです？」

安奈は板垣に問いかけた。

「午後四時半前後だったと思うよ。釣果《ちょうか》は最初から期待してなかったみたいで、小型のクーラーも持ってなかったな」

「そういうことを聞くと、目的はアリバイづくりとも思えてくるわね」

「そういえば、写真の男はちょくちょく腕時計に目をやってた」

「そうですか」

「でも、人殺しをするような男には見えなかったがね」

板垣がリール糸を巻き揚げはじめた。餌《えさ》の青イソメを替えるのか。

安奈たちは板垣に礼を言って、水辺から離れた。遊歩道をたどりながら、衣笠が安奈に話しかけてきた。

「野々宮慎一は二人一役のトリックを使ったんすかね？　古典的なトリックっすけど、案外、成功率は高いんじゃないっすか」

「推測通りなら、親しい友人に協力してもらったんだろうな」

「ええ、多分ね。野々宮の交友関係を徹底的に洗ってみましょうよ」

「そうしよう。仮に野々宮が志村を刺殺したんだとしたら、高須の指掌紋が付着したダガーナイフをどうやって手に入れたのかしら？　二人の接点はないはずなんだけどな」

「考えられるのは一つっすね。野々宮の周辺の者が高須と何らかの接点がある。だから、野々宮は高須の指紋や掌紋の付いた凶器を手に入れることができたんじゃないっすか」

「ご挨拶だな。たまには役に立つのね」

「衣笠も、ちょっと傷ついたっすけど、深見先輩に誉《ほ》められたんで、帳消しにしてもいいっすよ」

「偉そうに！」

「高須は任意同行に応じて、昨夜《ゆうべ》のうちに帰宅したって話っすよね？」

「ええ、加門さんはそう言ってたわ」

「先輩、高須の勤め先に行ってみませんか？」

「高須を締め上げたって、何も喋りっこないわよ。それよりも杉並のネットカフェに行こう。高須が『ダウンロード』のオーナーになれた裏には何かありそうじゃない？」

「そうっすね」

「行くわよ」

安奈は急ぎ足になった。

二人は大井ふ頭中央海浜公園を出ると、覆面パトカーのプリウスに乗り込んだ。安奈の運転で、杉並区内にあるネットカフェをめざす。

『ダウンロード』を探し当てたのは、およそ三十分後だった。

店は五階建ての雑居ビルの二階にあった。

パーティションで仕切られたブースが二十ほどあった。安奈たちはクロークに立っていた二十八、九歳の男に身分を告げた。その相手は、雇われ店長の岩間周作《いわましゅうさく》だった。

「この店のオーナーは高須雄哉さんなんでしょ？」

安奈は訊いた。

「ええ、そうですよ。でも、オーナーにはスポンサーがいるんです」

「それは誰なの？」

「この雑居ビルの持ち主の青木修治《あおきしゅうじ》という方です。ビルオーナーの息子さんの数馬《かずま》さんは高須社長と同《おな》い年で、渋谷で半グレだったころの仲間らしいんですよ」

「青木数馬さんがネットカフェの共同経営者なわけね？」

「いいえ。ビルオーナーのひとり息子は、八王子の医療刑務所に入ってるんですよ。重度の覚醒剤中毒らしいんです。そんなことで、ビルを持ってる青木さんは息子の友人の高須社長に目をかけてるみたいですね。ここの保証金はわずか二十万円で、家賃は三万円なんです」

「破格の安さね」

「ええ、そうですね。店の改装費やパソコンの購入代金は青木さんが立て替えてくれたみたいで、出世払いでいいと言われてるとか」

「ビルのオーナーは自分の息子を見限って、高須さんに期待してるようね。それにしても、まったくの他人をそこまで支援できるものかしら？」

「誰だって、そう思いますよね。ぼくも妙だと感じて、ビルオーナーはゲイの気《け》があるんじゃないかと疑ったんです。でも、青木さんは異性愛者なんですよ。奥さんが五年前に病死してからは、ちょくちょくクラブやキャバクラに飲みに行ってるようですから。うちの高須社長も同性愛者じゃないから、二人は妙な間柄ではないと思います」

「お店の従業員は？」

「バイトのスタッフが四人います」

岩間が答えた。

「あなたやバイトさんたちの給料は高須さんがちゃんと払ってるの？」

「ええ。毎月の売上は百万円そこそこですから、経費を差し引いたら、社長の手許には二十五万円前後しか残らないと思いますけど、家賃がたったの三万円ですからね」

「もう少し店が繁昌《はんじょう》したら、高須さんは勤めを辞めて、このネットカフェの経営に専念する気でいるんでしょう？」

「それはどうかな。契約社員で働いてる精密機器メーカーはそのうち辞めるとか言ってましたが、ダイニングバーを開くつもりでいるみたいですよ」

「開業資金はどうするつもりなんだろう？」

「このビルの持ち主の青木さんに出資してもらえるんじゃないですか。青木さんは、中央線沿線にアパートや月極《つきぎめ》駐車場をたくさん持ってる資産家なんですよ」

「ビルのオーナーは地元の土地持ちの家に生まれたみたいね？」

「そうなんですよ。でも、産《う》みの母が幼いころに結核で亡くなって、継母にかなり辛《つら》く当たられたようです。だけど、十数年前に父親と継母が一緒に事故死したんで、遺産がそっくり青木さんに入ったらしいんです。金は唸《うな》るほどあるんでしょう。だから、うちの高須社長の父親代わりみたいなことをやってるんだと思いますよ。まだ五十七だから、隠居《いんきょ》する気にはなれないでしょう」

「そうなんでしょうね。ビルオーナーの自宅はどこにあるのかしら？」

「このビルの真裏に青木邸がありますよ。敷地五百坪の豪邸です」

「そう」

「あのう、うちの高須社長が何か事件でも起こしたんでしょうか？」

「そういうわけじゃないのよ。単なる聞き込みなの」

安奈は言い繕《つくろ》った。岩間店長が安堵《あんど》した表情になった。

「高須さんは、ちょくちょく『ダウンロード』に顔を出すんすか？」

衣笠が店長に問いかけた。

「ほぼ毎晩、顔を出してます。やはり、その日の売上が気になるんでしょう」

「当然っすよね。ところで、この店の常連客の中に野々宮慎一という男がいません？」

「そういう方はいません」

「そうっすか。高須さんはナイフのコレクターみたいっすね？」

「ええ、そうなんです。百本ぐらい集めたとか言ってましたよ。でも、店の中でお客さんに見せびらかしてるうちに何本かくすねられたとか言ってたから、いまは百本はないかもしれません」

「ナイフマニアって、結構いるんすよね。ぼくも、知り合いに手造りのナイフを見せてもらったときは思わず欲しくなっちゃったな」

「その気持ち、なんとなくわかります。市販されてる刃物は型が決まってますが、ハンドメイドのナイフはユニークな形で、稀少価値《きしょうかち》がありますからね」

「そうなんすよね。高須さんのナイフをくすねた客に心当たりはないっすか？」

「いいえ、ありません。うちの社長は詳しいことは言わなかったんで」

店長が答えた。これ以上粘《ねば》っても、新たな情報は得られないだろう。安奈はそう判断して、ネットカフェを出た。

「ビルオーナーの青木修治に会ってみようよ」

「そうっすね」

二人は雑居ビルを後《あと》にし、脇道に足を踏み入れた。プリウスは雑居ビルの斜め前に駐《と》めたままだった。
七、八十メートル進むと、左手に青木邸があった。和風旅館のような家屋は、庭木に取り囲まれていた。門も立派だった。
安奈はインターフォンを鳴らした。

少し待つと、男の声で応答があった。当の青木だった。

「警視庁少年事件課の深見安奈と申します。高須雄哉さんのことで、少しうかがいたいことがありまして……」

「高須君は仮出所してから、真面目に暮らしてますよ。すっかり改心したんだと思うな」

「お手間は取らせませんので、ご協力ください」

「いいでしょう。いまリモコンで門のロックを解除します。どうぞ家の中にお入りください」

「それではお邪魔します」

安奈は居住《いず》まいを正し、相棒と門を抜けた。

長い石畳を踏んで、ポーチに向かう。玄関のドアを開けると、ホールに和服姿の青木が立っていた。押し出しがよく、血色もいい。

安奈たちはそれぞれ名乗り、警察手帳を呈示した。

二人は玄関ホールに接した広い応接間に通された。三十畳ほどのスペースだ。大理石のマントルピースがあり、ソファセットが二組も置かれていた。

安奈たちは出入口寄りのソファセットに落ち着いた。青木は安奈の正面に坐った。

「あいにくお手伝いさんが買物に出てしまって、粗茶《そちゃ》も差し上げられないんだ」

「どうかお構いなく。早速、本題に入らせてもらいます。あなたは、高須雄哉さんの親代わりのような存在だそうですね？」

「それほど大層なものじゃありません。ただ、自分の子が駄目な人間になったもんですから、息子の友達の高須君に期待をかけてるんですよ。彼はいまの若者には珍しく、ちゃんと自分の夢を持ってる。商才もあるようです」

「それで、高須さんに所有されてるビルの二階を格安で貸して、ネットカフェの改装費なんかも立て替えてやったんですね」

「誰から、その話をお聞きになったんです⁉」

「その質問には、お答えできません。そこまで他人に肩入れするケースは、それほど多くないと思うんですよ。まさか高須さんに何か弱みを握られてるわけじゃありませんよね？」

　安奈は冗談めかして探りを入れた。すると、青木がにわかに落ち着きを失った。

「冗談でも、そんなことは言うもんじゃないでしょ！　わたしはなんの打算も思惑《おもわく》もなく高須君を支援してるんだ」

「弱みを握られてる云々《うんぬん》は、もちろん冗談だったんです。でも、無神経なことを言ってしまいました。お赦《ゆる》しください」

「刑事さんなら、もうご存じでしょうが、わたしの息子の数馬は八王子の医療刑務所にいるんです。十八、九のころから覚醒剤に溺《おぼ》れて、薬物中毒者になってしまった。それだから、数馬と仲のよかった高須君に目をかけてるわけです。われわれの間には何も後ろめたいものはありません」

「そうですか」

「これから出かける予定があるんだ。悪いが、お引き取り願えないか」

「わかりました」

安奈は相棒に目で合図して、ソファから立ち上がった。

青木邸を出ると、衣笠が口を開いた。

「ビルオーナーは狼狽《ろうばい》してたっすね。おそらく高須に致命的な弱みを押さえられて、言いなりになってるんじゃないっすか。ぼくは、そう直感したっす」

「わたしも、そんなふうに感じたわ。この近所で少し聞き込みをしてみよう」

二人は近隣の家々を回った。

その結果、意外なことがわかった。青木は二年前に児童福祉施設から四歳の男児を引き取り、養子にした。太陽《たいよう》という名だった。太陽はわずか九カ月後に家の階段から転げ落ちて、首の骨を折って死んでしまった。

密葬さえ執《と》り行なわれることなく、太陽は翌日に火葬された。いわゆる直葬《ちょくそう》だ。血が繋がっていないとはいえ、故人は青木の養子である。少々、不自然ではないだろうか。

安奈たちは高齢の隣人から、青木が子供のころに継母にたびたび折檻《せっかん》されていたという証言を得た。幼少期に虐待《ぎゃくたい》されたことのある者は大人になったとき、児童をいじめる傾向がある。

青木は何か反抗的な態度をとった太陽にむかっ腹を立て、階段の上から突き落としたのではないか。そのことを嗅《か》ぎつけた高須が青木を強請《ゆす》ったのかもしれない。

安奈は自分の推測を相棒に語った。

「ぼくも、まったく同じ筋読みをしたんすよ。青木は知り合いの医者に太陽の死亡診断書を貰って、早々に火葬しちゃったんじゃないっすかね」

「そうなのかもしれないわ。衣笠、太陽君の死亡診断書を書いたドクターを見つけよう」

「了解っす」

二人は表通りに足を向けた。

そのとき、弓削肇が通りをよぎった。髪型を変え、黒縁《くろぶち》の眼鏡をかけていた。だが、間違いなく弓削だった。

安奈は表通りまで走った。弓削はネットカフェのある雑居ビルの中に入っていった。馴《な》れた足取りだった。

「衣笠、見た？」

「ええ、見たっすよ。この目で、しっかりとね。弓削が『ダウンロード』の常連客のひとりだったら、高須の指掌紋の付着したダガーナイフをくすねた可能性もあるっすよ」

「そうね。でも、二人は七年前の事件で加害者と被害者だった。弓削がどんなに印象を変えても、高須はすぐに気づくんじゃない？」

「そうかもしれないっすけど、事件から七年も経《た》ってるからな。弓削が偽名を使ってたら、高須は他人の空似《そらに》と思っちゃうんじゃないっすか。被害者側は加害者の顔や声を忘れたりしませんが、逆の場合は案外……」

「弓削が『ダウンロード』の客かどうか確かめよう」

安奈は小走りに走りはじめた。

5

店長と目が合った。

安奈は岩間を手招きした。『ダウンロード』の出入口だ。岩間店長が店から出てきた。

「忙しいのに度々《たびたび》ごめんなさい」

「いいえ。何か？」

「ついさっき黒縁の眼鏡をかけた客が、店に入っていったと思うんだけど……」

「ああ、山本《やまもと》さんのことですね。山本さんなら、奥のブースにいますよ」

「眼鏡の彼は常連さんなんですか？」

「ま、そうですね。週に二回はお見えになってます。いろんなサイトを覗《のぞ》いて、書き込みもしてるようです」

「そう」

「山本さんは悪人バスターなんですよ。闇《やみ》サイトを監視してる会社はありますが、山本さんは個人で犯罪を招きそうな書き込みを見つけてるんです。それで、プロバイダーや警視庁のサイバーテロ対策室なんかに匿名で密告してるみたいですよ。心から犯罪を憎んでるようだな。身内が犯罪被害者になったのかもしれないですね」

「その山本さんは、高須社長とは面識があるのかしら？」

「ええ、あります。社長は昔、山本さんとどこかで会ってるような気がすると言って、よく話しかけていました」

「それなら、高須さんは眼鏡の彼にナイフを見せたこともありそうね」

「ええ、何度か見せたことがありますよ」

「やっぱりね」

　安奈は岩間に応じ、相棒の衣笠と顔を見合わせた。衣笠の表情が引き締まった。

「それがどうかしました？」

「ううん、なんでもないの」

「まさか山本さんが何か犯罪に関係したんじゃありませんよね？　彼は正義感の塊《かたまり》みたいな人だから、絶対に悪いことなんかしないと思うな」

「そうでしょうね。ところで、このビルのオーナーの青木さんのかかりつけの医院はわかります？」

「ええ、わかりますよ。ぼくも地元で育ってますんでね。青木家の人たちは昔から、駅前の関根《せきね》総合クリニックで診《み》てもらってるはずですよ。院長の関根功《いさお》さんは五十一、二歳で、ビルオーナーの青木さんとはクレー射撃仲間なんです」

「それじゃ、二人は仲がいいのね」

「ええ、友達づき合いをしてるみたいですよ」

岩間が言った。

そのすぐ後、客が受付カウンターの前に立った。

「お客さんが帰るようね。岩間さん、ありがとうございます」

安奈は店長に言って、衣笠と雑居ビルを出た。二人は斜め前にあるカレーショップに入った。店のガラス窓は嵌《は》め殺しになっていた。

安奈たちは窓際の席に坐り、どちらもビーフカレーを頼んだ。野菜サラダ付きだった。

「凶器のダガーナイフは、弓削肇が高須から盗《と》ったものと考えてもいいと思うわ」

「ええ、そうっすね。弓削がくすねたナイフを使って、中野のコインランドリーで犯行に及んだのかな。本屋を出て、事件現場に急いで犯行後に『モンブラン』でコーヒーを飲んだんじゃないっすか？」

　衣笠が言った。

「その可能性もあるわね。そうだったとしたら、弓削が新宿のハンバーガーショップで大学生のスマホをくすねて、それで志村に殺人予告メールを送信したんでしょう。でも、彼はしばらく新宿には行ってないと言ってたわ」

「ええ、そうっすね。でも、それは嘘だったんじゃないっすか？」

「そうなのかもしれないけど、わたしは野々宮慎一のことも引っかかってるの。人工海浜で二人一役のトリックを使った疑いもあるでしょ？」

「そうなんすよね。それを考えると、野々宮も怪しいな。どちらにも、犯行動機はあるっすからね。もちろん、高須も真っ白とは言えない」

「まあ、そうね」

　会話が中断した。ちょうどそのとき、ビーフカレーがテーブルに届けられた。

　安奈たちは昼食を摂《と》りはじめた。

二人はスプーンを使いながら、雑居ビルの出入口を注視しつづけた。弓削が表に出てくる気配はうかがえない。

「この店を出たら、わたしは駅前の関根総合クリニックに行ってみるわ。衣笠は覆面《メン》パトの中から対象者《マルタイ》を監視してちょうだい」

「了解！」

衣笠がダイナミックにビーフカレーを掻《か》き込んだ。サラダも平らげた。

やがて、二人は店を出た。支払いは割り勘だった。

店の前で、右と左に別れる。安奈は駅前に足を向けた。関根総合クリニックは造作なく見つかった。

安奈は受付で刑事であることを明かし、院長との面会を求めた。ほどなく院長室に案内された。関根院長は執務机《しつむづくえ》に向かっていた。男っぽい顔立ちで、上背もあった。

安奈は勧められ、ソファに腰かけた。関根が正面に坐った。

「それで、ご用件は？」

「青木さんが養子にした太陽君のことなんですが、自分で家の階段から転げ落ちて首の骨を折ったんですか？」

「ええ、そうですよ」

「太陽君の体に痣《あざ》や生傷《なまきず》はありませんでしたか？」

「さあ、どうだったかな。よく憶《おぼ》えてないな」

「青木さんは子供のころ、よく継母にいじめられてたという話を近所の方から聞きました。関根さんもご存じでしょうが、幼少期に虐待されたことのある者は成人してから、今度は自分が虐待するケースが多いことは統計ではっきりしています」

「ああ、そうだね」

院長が目を逸《そ》らした。

「太陽君の体を診《み》たとき、何か異変を感じませんでした？」

「特に変わったことはなかったよ」

「正直に答えてください」

安奈は声を張った。相手が何か隠そうとしていると直感したからだ。二人の間に気まずい空気が流れた。

「そういえば、ちょっとおかしいと思ったことがあるな。青木さんのお宅に駆けつけたとき、太陽君はパジャマ姿だったんだ。それなのに、頭髪とパジャマに泥がついてたんだよ」

「それなら、太陽君は家の中の階段から転落したんではないと思います。おそらく青木さんに二階の窓から庭に投げ落とされたんでしょう」

「ま、まさか⁉」

「あなたも、そう思ったんでしょう。しかし、何か事情があって、青木さんに言われるまま太陽君は転落死だったという死亡診断書を書いた。そうなんではありませんか？」

「きみ、言葉を慎《つつし》みたまえっ。何か根拠でもあるのかね？」

「いま現在はありません。しかし、そのうちに根拠は摑めるでしょう。でも、あなたの私生活を洗いざらい調べることになりますよ。不都合なことが世間に知られてもいいんですね？」

「きみは、わたしを脅迫してるのか⁉　刑事がそんなことをしてもいいのかっ」

「脅迫されてるとお感じになるのは、心に何か疚《やま》しさがあるからなんではありませんか。太陽君の遺体は直葬されましたよね。青木さんは警察が本格的な検視をすることを恐れて、あなたに事実とは異《こと》なる死亡診断書を認《したた》めさせた。そうなんでしょ？」

「わたしは青木さんの言いなりになるほかなかったんだ」

関根がうなだれた。

「何か弱みを握られたんですね？」

「そうなんだ。二年前、わたしは児童買春《かいしゅん》で検挙されてるんだよ。クレー射撃仲間たちに誘われて、中学生の女の子とホテルに行ったんだ。そのことをちらつかされて、偽の死亡診断書を書かされたんだよ。青木さんはいつまでもベッドに入ろうとしない太陽君に腹を立てて、殴ったり蹴ったりしたらしい。すると、太陽君は青木さんの手首を嚙んだというんだ。青木さんは逆上して、二階の窓から太陽君を投げ落としてしまったんだよ」

「やっぱりね」

「悪いことはできないな。太陽君を投げ落としたとこを息子さんの友達の高須とかいう男に見られて、青木さんは何度も金を強請《ゆす》られ、持ちビルにネットカフェまで作らされたんだ。そのうち、ダイニングバーも開かされるようだよ」

「思った通りだわ」

「青木さんは太陽君を殺しちゃったわけだが、わたしは偽の死亡診断書を認《したた》めただけだ。警察に捕まったりしないよな？」

「ドクターとして失格ですね。医師の資格を剝奪《はくだつ》されると覚悟しといたほうがいいと思います」

安奈は立ち上がって、院長室を出た。

関根総合クリニックを後にして、来た道を戻る。プリウスに近づくと、運転席から衣笠が出てきた。安奈は捜査車輌の陰に入った。

「弓削はまだ『ダウンロード』から出てこないっす」

「そう。青木は養子の太陽君を殺してたわ」

「えっ⁉」

衣笠が驚きの声を洩《も》らした。

安奈は経過をつぶさに伝えた。

「青木はとんでもない奴っすね。高須雄哉も悪党だな」

「そうね。衣笠は張り込みを続行して。わたしは青木邸に行ってみる」

「養子殺しの件は所轄署に任せたほうがいいんじゃないっすか？」

「自首させようと思ってるの」

「そこまで同情することはないと思うっすよ」

「確かめたいこともあるの」

「そうっすか」

衣笠が覆面パトカーの運転席に腰を沈めた。

安奈は脇道に入り、青木邸の前に立った。インターフォンを鳴らすと、年配の女性の声で応答があった。お手伝いの女性だろう。

「警視庁の深見といいます。さきほど青木さんにお目にかかったんですが、大事な用件があるんですよ」

「そうですか」

「多分、わたしには会いたがらないと思うんです。そのときは、関根総合クリニックの院長がすべてを話してくれたと青木さんにお伝えいただけますか」

「承知しました」

相手の声が途切《とぎ》れた。切札を使ったので、もう青木は観念するだろう。

数分経《た》つと、家の主がポーチに飛び出してきた。石畳を踏んで、青木は門の近くまで一気に駆けてきた。

「関根は何を言ったんだ？」

「太陽君の死亡診断書に偽りがあることを認めました。あなたは反抗的な養子の態度に腹を立てて、二階の窓から太陽君を投げ落として死なせたのね。そのシーンをたまたま訪ねてきた高須に目撃され、ちょくちょくお金をせびられるようになった。そして高須をネットカフェのオーナーにしてやり、そのうちダイニングバーの開業資金も提供してやるつもりなんでしょ？」

「なんてことなんだ」

「それでは、答えになっていません。どうなんです？」

「その通りだよ。魔が差したんだ。太陽をちゃんと育てるつもりだったんだが、悪態《あくたい》ばかりついてたんで、頭に血が昇ってね。わたしは子供のころ、父の後妻にいびりつづけられたんだよ。太陽には何もかも与えてやってたのに、わたしにいっこうに懐《なつ》こうとしなかった。だから、憎らしくなったんだよ。わたしは、どうすればいい？」

「自首して、罪を償《つぐな》うんですね」

「警察に出頭したら、わたしの人生は終わりだ」

「あなたが三日以内に自首しなかったら、わたしは地元署に裁判所から逮捕状をもらいますよ。手錠を打たれたくなかったら、出頭するんですね。自首すれば、少しは刑が軽くなるでしょう」

「しかし……」

「どうするかは、あなた自身が決めてください。わたしはこれ以上、何も言いません。それはそうと、高須は七年前の事件の主犯格の志村優に殺意を懐《いだ》いてる気配を見せたことがありました？」

「そういうことは、まったく感じなかったね。高須が志村を刺殺したのか？」

「そうではないでしょう。失礼します」

安奈は青木邸に背を向け、表通りに出た。

衣笠が安奈の姿に気づいて、助手席に移った。安奈はプリウスの運転席に乗り込んで、青木が太陽殺しを認めたことを手短に話した。

「自首を勧めただけなんすか？　深見先輩は欲がないっすね。手柄を立てるチャンスでしょうが！」

相棒は呆《あき》れ顔だった。

「養子殺しの一件は、捜査本部事案《じあん》とは無関係よね？」

「そうっすね。だから、点数稼ぐ気にはなれない？」

「ええ、そうね。地元署の庭先で手柄なんか立てても、なんか後味《あとあじ》が悪いでしょ？」

「ま、そうっすね」

「それよりも、弓削肇をどうしよう？　任意同行を求めて、捜査本部に引っ張っていったほうがいいのかな。それとも加門さんに連絡して、わたしたちはそろそろ手を引くべきなのかしら？　志村を刺殺したのは、弓削か野々宮慎一のどちらかよ。わたしは二人一役のトリックを使った野々宮が実行犯だと思ってるけどね」

「弓削は高須の指掌紋《ししょうもん》の付着したダガーナイフを『ダウンロード』でくすねて、実行犯の野々宮に渡しただけなのかな」

「多分ね。弓削と野々宮は協力し合って、無残な殺され方をした野々宮美帆の復讐をしたんでしょう」

「二人はたまたま同《おな》い年っすけど、人工海浜で弓削が野々宮と擦《す》り替《か》わることは時間的に無理でしょ？」

「そうね。おそらく野々宮は別の知り合いと公園のトイレで入れ代わって、中野のコインランドリーに向かったんでしょう」

「そこまでわかってきたんすから、いま捜査を打ち切るのはすっきりしないっすよ。手柄はともかく、野々宮が真犯人《ホンボシ》だってことを確かめたいな。だって、このままじゃ中途半端でしょ？」

「そうよね。弓削肇がネットカフェから出てきたら、ちょっと揺さぶってみようか」

安奈は口を結んだ。衣笠が満足そうな顔つきになった。

二人は辛抱強く張り込みつづけた。

弓削が雑居ビルから姿を現わしたのは、午後四時過ぎだった。安奈たちは弓削が近づいてから、プリウスから同時に降りた。

弓削が路上に立ち竦《すく》んだ。衣笠が素早く弓削の背後に回り込む。

安奈は弓削の行く手を阻《はば》んだ。

「山本さん、変装用の黒縁眼鏡がよくお似合いね」

「えっ⁉」

「あなたが高須のダガーナイフを『ダウンロード』でくすねて、野々宮慎一に渡したのよね？　そのナイフの柄には、高須の指紋や掌紋がべったりと付いてた。あなたは野々宮と謀《はか》って、高須が志村を殺害したように見せかけたかったんでしょ？」

「なんのことだか、さっぱりわからないな」

弓削の声は震えを帯びていた。

「声が震えてるわね。図星だったからなんでしょ？」

「先を急いでるんだ。どいてくれないか」

「諦《あきら》めが悪いぞ！」

衣笠が弓削の耳許で怒鳴《どな》った。弓削は気圧《けお》されたらしく、伏し目になった。

「七年前の事件のことで、あなたと美帆さんの兄が志村を憎む気持ちはよくわかるわ。でもね、私刑《リンチ》は許されることじゃないのよ」

「………」

「中野のコインランドリーで志村を刺し殺したのは、野々宮慎一なのね？　大学生のスマホをハンバーガーショップで盗んで、志村に殺人予告のメールを送ったのも野々宮なんでしょう」

「そうだよ。彼は、ぼく以上に妹を大切にしてたんだ。こちらが妬《ねた》ましくなるほど実際、妹思いだった。だから、どうしても志村のことは赦《ゆる》せなかったんだろう。こっちも同じ気持ちだったんだよ」

「復讐計画は二人で練ったのね？」

「ああ。ぼくは志村を自分の手で始末する気でいたんだ。しかし、慎一君が強く反対して、自分が実行犯になると言い張ったんだよ」

「あなたは野々宮に押し切られる形で、ダガーナイフだけを手に入れたのね？」

「そうなんだ」

「二人一役のトリックに協力したのは、野々宮の友人なんでしょ？」

「ああ。慎一君の高校時代の友達で、友成匡《ともなりただす》って男だよ。その彼は、われわれ二人に同情して協力してくれたんだ。だから、見逃してやってくれないか。お願いだ」

「わたしたちは側面捜査をしてるだけなの。あなたたちのことは、捜査本部の人たちが取り調べるのよ」

安奈は弓削に言って、相棒に目配せした。

衣笠が心得顔で、弓削を捜査車輌の後部坐席に押し入れた。それから、すぐに被疑者のかたわらに坐った。

安奈はポリスモードを使って、捜査本部に出張《でば》っている加門警部に連絡した。

「でしゃばるつもりはなかったんですけど、志村殺しの犯人《ホシ》がわかりました。主犯は野々宮慎一で、共犯は弓削肇です」

「一本取られたな。深見、どんな手法を使ったんだ？」

加門は、かなり驚いている様子だった。

「ただのまぐれですよ。弓削の身柄は確保しましたので、野々宮を緊急手配してほしいんです」

「わかった。すぐ手配する。深見、やるじゃないか。そのうち課長と一緒に刑事部長に頼んで、そっちを捜一に引っ張るかな」

「からかわないでください。これから野方署に向かいます」

安奈は刑事用携帯電話《ポリスモード》をバッグに仕舞い、覆面パトカーの運転席に滑《すべ》り込んだ。

「捜査本部《チョウバ》の連中、どんな顔するっすかね？」

「被疑者は野方署の駐車場で加門さんに引き渡すつもりよ。だから、捜査本部には顔を出さないの」

「加門刑事の顔は潰《つぶ》せないってことっすか？」

「当然でしょ、加門さんはエースなんだから」

「やっぱり、先輩はエース刑事が好きなんすね。悔《くや》しいけど、ぼく、負けたっす」

「加門さんのことは敬《うや》まってるだけだって」

「どっちでもいいっすけど、加門警部は他人の手柄を横奪《よこど》りするような男じゃないでしょ?」

「うん。押し問答が長くつづきそうね」

安奈はエンジンをかけ、シフトレバーをD《ドライブ》レンジに入れた。

後ろで弓削が泣きむせびはじめた。一件落着したのだが、なぜか晴れやかな気持ちになれない。野々宮と弓削に少し同情しているからか。

安奈はアクセルペダルを踏み込んだ。

第四話　声なき反逆

1

痰《たん》が喉に絡《から》んだ。

煙草の喫《す》い過ぎだろう。舌の先も、ざらついている。

五味純高《ごみすみたか》は咳払いをした。二〇二四年十一月中旬のある日の午後だ。

警視庁本部庁舎の六階にある会議室だった。五十八歳の五味は、本庁捜査第三課の捜査員である。職階は警部補だ。捜査第三課は、主に盗犯《とうはん》事件や偽札組織の捜査を担《にな》っている。

この会議室に合同捜査本部が設けられたのは正午過ぎだった。いまは三時過ぎだ。

会議室には、本庁の刑事十人と神田署刑事課盗犯係員六人が集まっていた。合同捜査会議が終わったのは十数分前だった。

十六人の捜査員は情報を交換し合っていた。

合同捜査本部事件は一昨日《おととい》の深夜、神田須田町《すだちょう》で発生した。美術工芸品店『東雲堂《しののめどう》』に三人組の強盗団が押し入り、高価な蒔絵細工《まきえざいく》や高級漆器《しっき》などをごっそりと盗み、まんまと逃走したのである。被害総額は四億円近い。

美術工芸品にはすべて盗難保険が掛けられ、店側に実質的な損害はない。最大の被害者は大手損害保険会社である。

上司の人見高志《ひとみたかし》課長がテーブルを回り込み、ゆっくりと近づいてきた。課長は五十一歳で、職階は警視だ。年上の部下である五味には常に敬語を使う。

「『東雲堂』は災難つづきですね。去年の秋には、店主の下稲葉重信《しもいなばしげのぶ》の持ち馬のサラブレッドが火事によって三頭も焼死しました」

「ええ、そうでしたね。三頭の損失額は二億円を超《こ》えてたんじゃなかったかな」

五味は中腰になって、かたわらの椅子を人見課長に勧めた。

課長がうなずき、椅子に腰かける。五味も腰を椅子に戻した。

「『東雲堂』は三年前から、赤字経営に陥《おちい》ってたという報告が上がってきてます。三代もつづいた老舗《しにせ》も時代の流れには勝てないんでしょう。下稲葉社長は五十五だというから、いまさら商売替えもできないでしょう?」

人見が言った。

「老舗の意地もあるだろうから、転業はしないと思うな。それに今回の事件では、実質的な損失は出なかったわけです。急いで商品を揃《そろ》えて、これまで通りに営業をするでしょう。神田署の捜査員の話によると、十日以内には営業を再開するようですよ」

「わたしも、そのことは聞いています。五味さんの筋《すじ》読みを聞かせてくれませんか。わたしは、盗難保険金を狙《ねら》った仕組まれた強盗事件かもしれないと個人的には思ってるんですが……」

「そう疑えないこともないですね。『東雲堂』は三年も赤字を出していますから」

「ええ」

「仮にそうだったとしたら、下稲葉社長は契約してる『十全《じゅうぜん》警備』の幹部社員を抱き込んで、犯行前に店の防犯システムを誤作動させたんだろうな。セキュリティーがちゃんと作動《さどう》しない間に、犯人グループは犯行に及んだんでしょう」

「そうなんでしょうね」

「ただ、下稲葉社長は三頭もサラブレッドを所有してた。店は赤字経営だが、たっぷり貯《たくわ》えがあるんじゃないだろうか」

「そうならば、わざわざ盗難保険金を不正な手段でせしめる必要はないわけだ」

「そうでしょうね」

「五味さん、『東雲堂』の店長を務《つと》めてる布施泰英《ふせやすひで》、四十七歳が犯人グループに店の美術工芸品を盗《ギ》らせて、ほとぼりが冷めたころに盗品を売っ払う気になったとは考えられませんかね？」

「布施店長はギャンブルか女道楽にのめり込んで、あちこちから借金してたんですか？」

「そういう情報が耳に入ってるわけではないんですが、社長の次に気になる人物ですのでね。布施は二十年以上も『東雲堂』で働いてますから、同業者には知人が多いはずです。その気になれば、東京から遠く離れた地方の美術工芸品店に盗んだ商品を売ることもできると思うんですよ」

「同業者に盗品を売ったら、すぐ怪しまれますでしょう？」

「あっ、そうか。盗品は故買屋《こばいや》に売っ払って、海外のブラックマーケットに流させるつもりなのかもしれないな」

「ええ、多分ね。しかし、妙な先入観に囚《とら》われたりすると、見当外れの捜査をすることになります」

五味は控え目に異論を唱《とな》えた。

「おっしゃる通りですね。事件当夜、店のセキュリティーシステムは、なぜ働かなかったのか。その疑問から出発したほうがよさそうだな」

「そう思います」

「五味さんは神田署の但木《ただき》翔《しょう》巡査長とコンビを組んで、『十全警備』関係の聞き込みをやっていただけますか？」

「わかりました」

「但木君はまだ二十七歳ですが、なかなか優秀な男です。いずれは本庁勤務を任命されるでしょう。実は彼の親父《おやじ》さんも、盗犯係の刑事だったんですよ。池袋署にいるころ、突きとめた強盗に猟銃で撃たれて殉職しましたが。その当時、翔君はまだ中学生でした。わたし、彼の親父さんにいろいろ仕込まれたんですよ。ですから、殉職した父親と同じ職業を選んだ翔君の成長を見届けたいんです」

「いい話だな」

「いや、いや。後《あと》で但木君に声をかけてやってください」

人見課長が立ち上がり、合同捜査本部から出ていった。すでに半数近くの刑事が二人一組で地取り捜査に出かけていた。

五味は日本茶を啜《すす》りながら、初動捜査資料に改めて目を通しはじめた。所轄の神田署の盗犯係の報告に不備はなかった。事件の詳細が記入されて、盗品リストも作成されていた。むろん、鑑識写真も添付《てんぷ》してあった。

三人組は手袋を嵌《は》めていたようで、事件現場に指掌紋《ししょうもん》は残していない。三人の足跡は採《と》れたが、どれも量産された靴を履《は》いていた。靴から犯人を割り出すことは困難だろう。遺留品と思われる頭髪と繊維片《せんいへん》は採取できたが、それだけで犯人グループを特定することはできなかった。

捜査資料を読み終えたとき、懐《ふところ》で私物のスマートフォンが鳴った。

五味は上着の内ポケットからスマートフォンを摑み出し、ディスプレイに目をやった。

発信者は、ひとり娘の梓《あずさ》だった。

二十七歳の梓は短大を卒業してから、いまも幼稚園の先生をしている。結婚したのは六カ月前だった。

夫の井原薫《いはらかおる》はちょうど三十歳で、風鈴《ふうりん》職人である。義理の息子は有名私大を出ると、システムエンジニアになった。しかし、仕事に歓《よろこ》びも誇りも感じられなかったそうだ。

そんな経緯があって、井原は転職をしたのである。

娘の夫は風鈴職人で生計を立てていたが、ガラス工芸家でもあった。幾度《いくど》も個展を開き、少しは作品が売れているようだ。

娘夫婦は江戸川区内の賃貸マンションで暮らしている。間取りは2DKだが、十階からの眺望《ちょうぼう》は素晴らしい。

「父さん、何も変わりはない？」

梓が開口一番に訊《き》いた。

「ああ、相変わらずだよ」

「よかった」

「どういう意味なんだ？」

「明け方ね、おかしな夢を見たのよ。きれいなラベンダー畑の中を死んだ母さんと父さんが手を繋いで、楽しそうに散歩してたの。それで、父さんの身に何か異変があったんじゃないのかと心配になったのよ。明け方に見る夢は、正夢《まさゆめ》が多いって言うじゃない？」

「そうだな」

「なんか気になって仕方なかったんで、朝一番に父さんに電話するつもりだったの。でも、薫さんに早すぎるって言われたから、ずっとためらってたのよ。だけど、やっぱり気がかりだったんで、電話しちゃったわけ」

「そうか。まだ母さんは迎えに来てないよ。あの世でのんびりとしてるんだろう」

五味は笑いを含んだ声で言った。

妻の澄子《すみこ》が病死したのは二年十一カ月前だ。五味は板橋区内にある自宅で独り暮らしをしている。庭はそれほど広くないが、戸建て住宅だった。

十五坪足らずの庭には亡妻が丹精《たんせい》込めて育てた季節の花々が毎年、律儀《りちぎ》に咲く。四季折々の花を愛《め》でるたびに、きまって澄子のことを思い出した。そのつど、どれほど心を慰められたことか。

五味は非番の日、縁側に坐り込んで土いじりをしている澄子とちょくちょく雑談を交わした。冗談を言うと、亡妻はさもおかしそうに笑い転げた。

澄子は性格が明るく、健康そのものだった。大病をしたことはない。風邪もめったにひかなかった。ろくに健康管理もしていなかったのではないか。

それが命取りになってしまった。妻は自宅で心筋梗塞《しんきんこうそく》で倒れ、担《かつ》ぎ込まれた救急病院で数時間後に息絶《いきた》えた。娘と集中治療室《ICU》に駆けつけたとき、まだ澄子は生きていた。

だが、意識不明だった。五味は、何かと苦労をかけた妻に感謝の言葉をかけることも叶《かな》わなかった。そのことが、いまも心残りだ。

五味は仕事一筋だった。職務を優先し、家庭はあまり顧《かえり》みなかった。

娘の授業参観は、いつも亡妻任せだった。梓の運動会に出かけたのは、たったの一度だけだったのではないか。

刑事の俸給は安い。十数年の家族寮暮らしは快適ではなかったはずだ。

それでも澄子は、愚痴《ぐち》ひとつ零《こぼ》さなかった。家計を遣《や》り繰《く》りし、建売住宅購入の頭金も貯《たくわ》えてくれた。夫に尽《つ》くし、娘に愛情を惜《お》しみなく注《そそ》いだ。

唯一《ゆいいつ》の息抜きが趣味の園芸だった。亡妻は季節の草花に必ず声をかけ、せっせと水と肥料を与えつづけた。

植物も子育てと同じで、手をかければ、絶対に応《こた》えてくれる。澄子は、いつもそう言っていた。

自分には過ぎた妻だった。五味は償《つぐな》いと感謝の気持ちから、庭の草花の手入れを怠《おこた》っていない。雑草はきちんと抜いている。体の動く限り、亡妻の遺産の花々を育《はぐく》みつづけるつもりだ。

「父さん、仕事が終わったら、我が家《うち》に来ない？　薫さんと三人で寄せ鍋でもつつこうよ、めっきり寒くなってきたからさ」

「せっかくだが、合同捜査本部が設置されたんだよ」

「『東雲堂』の事件でしょ？　マスコミで派手に報じられてたね」

「そうなんだ。そんなことだから、梓のとこには行けない。旦那によろしく伝えてくれないか」

「わかったわ。父さん、あんまり無理をしちゃ駄目よ。命よりも大事な仕事なんかないんだから」

梓が電話を切った。

五味はスマートフォンを上着の内ポケットに戻した。そのとき、神田署の但木刑事が歩み寄ってきた。

「このたび、五味大先輩の下に付かせていただくことになりました。いろいろ教えてください」

「おれたちは相棒同士さ。妙な遠慮はしないでほしいな」

「自分は未熟者ですので足手まといになるかもしれませんが、どうかよろしくお願いします」

「少し肩の力を抜いたほうがいいね。『十全警備』の本社に行ってみよう」

五味は卓上に置いたハンチングを被《かぶ》り、おもむろに立ち上がった。娘が新婚旅行の土産《みやげ》にパリで買ってきてくれた帽子だ。

体毛の濃い五味は三十二、三歳のころから額が大きく後退し、いまではほとんど禿《は》げ上がってしまった。皮肉なことに、側頭部の髪は豊かだった。月に一度は梳《す》き鋏《ばさみ》を入れている。

五味たちコンビは合同捜査本部を出ると、エレベーターで地下三階の駐車場まで下《くだ》った。

本部庁舎は地上十八階建てで、ペントハウスが二層ある。どちらも機械室だった。屋上は航空隊のヘリポートになっている。

但木がオフブラックのカローラの運転席に入った。五味は助手席に坐った。

「西新宿に向かいます」

但木が覆面パトカーを滑《なめ》らかに走らせはじめた。ハンドル捌《さば》きは鮮やかだった。

「運転が上手だね」

五味はカローラが本部庁舎を離れてから、但木に話しかけた。

「子供のころから、なぜだか車が好きだったんです。父が殉職してなかったら、理系の大学に進んで、自動車メーカーに就職してたでしょうね」

「お父さん、残念だったな。しかし、立派だった。敢然と職務を全《まっと》うしようとしたんだろうから、警察官の鑑《かがみ》だよ」

「父のことは少しばかり誇らしく思っています。しかし、四十代で死ぬなんて……」

「本人も家族も無念だったにちがいない」

「自分、毎日、弔《とむら》い合戦をしてるつもりで捜査活動をしてるんですよ。犯罪者をひとりでも減らさないと、死んだ父が浮かばれませんので」

「その心掛けはいいが、あまり気負《きお》わないほうがいいね。犯罪者狩りだけが、われわれの仕事じゃない。犯罪を未然に防ぐことがベストなんじゃないのかな」

「ええ、そうでしょうね。ですが、法なんか屁《へ》とも思ってない奴らが多すぎます。そういう奴らは片っ端から取っ捕まえて、できるだけ長く刑務所にぶち込んでおくべきですよ。ええ、絶対にね」

但木が力《りき》んで主張した。

「お父さんが殉職したから、きみはそういう考えになったんだろうな。しかし、捜査に私情を挟むのはまずい。私怨《しえん》に引きずられると、犯罪者も人間であることをつい忘れてしまう」

「そうでしょうか」

「ごく平凡に生きてる市民だって、誰も塀《へい》の上を歩いてるようなもんだよ。人間はさまざまな欲と無縁ではいられないし、愚《おろ》かさや狡《ずる》さも内面に秘めてる。だから、何かの弾《はず》みで法律の向こう側にうっかり足を踏み入れてしまうことがある。もちろん、罪は罪だ。

きちんと裁《さば》かなければならない。しかし、罪を犯した者が生き直すチャンスを与えることも、われわれの仕事なんじゃないだろうか」

「自分はそこまで寛大《かんだい》にはなれないような気がします」

「いまは、そうかもしれないね」

五味は口を閉じた。但木は硬い表情で黙り込んでいた。

『十全警備』の本社に着いたのは、二十数分後だった。

二十三階建ての本社ビルは高層ビル街の一角にあった。自社ビルだ。同社は業界二位の会社で、社員数は六千人近い。

五味たちは捜査車輌ごと地下駐車場に潜《もぐ》り、一階の受付に回った。

刑事であることを告げ、中央管制室の佐山繁晴《さやましげはる》室長との面会を求める。捜査資料によると、佐山室長は四十四歳だった。

受付嬢が内線電話で、室長に取り次《つ》いだ。遣《や》り取りは短かった。

「すぐに佐山はまいりますので、あちらの応接コーナーでお待ちください」

受付嬢が一階ロビーの奥を手で示した。そこには五組のソファセットが並んでいた。人の姿は見当たらない。

五味たちは、エレベーター乗り場に最も近いソファセットに落ち着いた。相棒とは並ぶ形だった。

数分待つと、佐山室長が現われた。中肉中背で、これといった特徴はなかった。五味たち二人は名乗ってから、佐山と向かい合った。

「一昨日の事件のことで、お見えになられたんですね？」

佐山室長が如才《じょさい》なく言って、五味に顔を向けてきた。

「ええ。神田署の調べによると、一昨日の午後十一時七分に『東雲堂』のセキュリティーシステムがオフに切り替えられたことがはっきりしてるんですよね。そのとき、中央管制室は無人だったわけではないんでしょ？」

「もちろん、八人の室員がいました。三百六十五日、一日二十四時間、顧客企業や商店の安全を見守っています。地域ごとに担当エリアが決まっていまして、事件当夜は寺町《てらまち》憲和《のりかず》という室員が千代田区と中央区のお客さまのセキュリティーシステムを監視していました」

「寺町さんは二十九歳で、会社の独身寮に住んでらっしゃるんですよね？」

五味は確かめた。

「ええ、そうです。寺町は『東雲堂』さんのセキュリティーが解除されてることを見落としてしまったんです。顧客のご都合で短時間、システムの電源が切られることが時々あるんですよ。そのときは当然、解除のランプが点《つ》きます。スタッフは先方さんにすぐ問い合わせの電話をすることになってるんですよ」

「寺町さんは、解除ランプが灯《とも》っているのに気づかなかった。あるいは、気づかない振りをしてたんですかね。後者だとしたら、犯人グループが寺町さんに鼻薬をきかせたとも考えられるな」

但木刑事が早口で言った。

五味は焦《あせ》った。窘《たしな》めようとしたとき、佐山室長が口を開いた。

「寺町は強盗団に抱き込まれるような人間じゃありませんっ。彼はね、あなたたちと同じ警察官になりたがってたんです。しかし、小柄なんで、採用試験に通らなかったんですよ。正義感は人一倍、強い。仕事熱心でもあります。ただ、一昨日の夜は……」

「何かあったんですね？」

五味は先を促《うなが》した。

「ええ、ちょっと。寺町は前日、交際中の相手と大喧嘩をしたとかで、仕事に神経を集中できなかったと言っていました。それで、つい解除ランプを見落としてしまったのかもしれません。寺町は自分のミスだと落ち込んで、きのうときょうは欠勤してるんです」

「永福町《えいふくちょう》の社員寮にいるんですね？」

「いいえ、会社の寮にはいません。きのうの朝、寮母に千葉県鴨川《かもがわ》の実家に行くと告げて出かけたらしいんですよ。ですが、実家には帰ってないことがわかりました」

「責任を感じて、どこかで落ち込んでるんだろうか」

「おそらく、そうなんでしょう。生真面目な男だから、早まったことをするのではないかと気が気じゃありません。部下に自殺なんかされたら、上司としてはたまらないですから」

「最悪の事態はなんとか回避したいな」

「ええ。しかし、寺町はスマホの電源をきのうの午前中から切ったままなんですよ。家族も交際中の女性も繰り返し彼のスマホをコールしつづけてるんですが、電話は依然として繋がらないんです」

「寺町さんは、きっと寮に戻りますよ」

「そうだといいんですがね」

　佐山室長がうなだれた。それきり顔をいっこうに上げようとしない。よく見ると、佐山は懸命に涙を堪《こら》えていた。

　五味は引き揚げることにした。佐山に礼を述べ、但木巡査長と地下駐車場に降りる。

「きみに偉そうなことを言える柄じゃないが、早く結果を出そうと急《せ》かないほうがいいな」

カローラの横で、五味は但木に忠告した。

「寺町憲和を疑うような言い方をしてしまったことは反省しています。解除ランプが灯ってるのを見落とすなんてことはあり得ないと思ったもんですので、つい被疑者扱いしてしまったんですよ。本人と佐山室長を傷つけてしまいました」

「少し冷静になろう。それから、どんな人間も完全無欠じゃないんだよ。他人のミスを一方的に咎《とが》めることも慎《つつし》むべきだろうね」

「はい、肝《きも》に銘《めい》じます。いい勉強になりました。ありがとうございました」

「優等生だな」

「いけませんか？」

「別にいけなくはないが、いつもそんな調子じゃ疲れるだろう？」

「はい、少しばかり」

「正直でいい。永福町の社員寮に行って、寮母さんや寮生から聞き込みをしよう」

「了解！」

但木がカローラに乗り込んだ。五味はほほえみながら、助手席に腰を落とした。但木が車を走らせはじめた。

『十全警備』の社員寮に着いたのは、およそ三十分後だった。

三階建ての独身寮は、閑静な住宅街の外れにあった。五味たちは寮母や寮生たちに寺町の生活振りを訊いてみた。

評判は悪くなかった。寺町は寮生たちの多くに慕《した》われていた。金銭感覚もおかしくはなかった。

聞き込みを終えたとき、当の本人が寮に帰ってきた。五味はひと安心しながら、刑事であることを明かした。

寺町は少しも動揺しなかった。ひたすら自分のミスを恥じ、打ちひしがれていた。寺町が犯人の三人組に協力した可能性はないだろう。そんな心証を得た。

五味は寺町を力づけ、但木と捜査車輛に乗り込んだ。いつしか夕闇が迫《せま》っていた。

2

シャッターは下《お》ろされていない。

店内は明るかった。『東雲堂』だ。

「失礼します」

五味は奥に声をかけながら、老舗の美術工芸品店に足を踏み入れた。後ろから但木が従《つ》いてくる。

二人は永福町から神田須田町にやってきたのだ。店のほぼ中央で従業員たちに何か指示を与えている五十代半《なか》ばの男が振り向いた。

「下稲葉社長ですよ」

但木が五味に小声で言った。五味は黙ってうなずき、下稲葉に会釈《えしゃく》した。下稲葉が軽く頭を下げる。

「一昨日《おととい》はとんだことでしたね。わたし、本庁捜査第三課の者です。神田署と合同捜査をすることになったんですよ」

五味は店主と向かい合うと、警察手帳を見せた。下稲葉が名乗った。

「所轄の事情聴取を受けられたことは承知していますが、いくつか確認させてください」

「ええ、どうぞ。本庁の方までお手を煩《わずら》わせることになってしまい、申し訳なく思っています。すでにご存じでしょうが、盗まれた美術工芸品には盗難保険を掛けてありましたので、『東都損害保険会社』と再保険を引き受けてくれた英国のロイズが半分ずつ保険金を支払ってくれるんですよ。当店に実質的な損失はないわけですが、お客さま、工芸家の方たち、そして世間のみなさまに迷惑をおかけしたことを謝罪します。警察やマスコミの方々にも申し訳ない気持ちで一杯です」

「実害がなかったことは、不幸中の幸いでしたよね」

「は、はい」

「工芸家の方たちの作品が届けられてるようですね？」

五味は蒔絵工芸品や漆器を陳列《ちんれつ》している三人の従業員に目を当てながら、下稲葉社長に言った。

「ええ、おかげさまで。工芸家の先生方は同情してくださって、それぞれ作品を優先的に当店に回してくださったんです」

「さすがは老舗ですね」

「先々代と先代がきれいな商《あきな》いをしていましたので、多少の信頼を得ることができたんだと思います。三代目のわたしは、まだまだですよ」

「ご謙遜《けんそん》を……」

「関係者のお力添えで、なんとか三、四日後には営業再開できそうです」

「それはよかったですね。ところで、一昨日のことですが、『十全警備』の中央管制室の佐山室長の話によると、『東雲堂』さんのセキュリティーシステムが午後十一時七分にオフになってたそうですね？」

「そういうことですが、店の者は誰もセキュリティーの解除ボタンを押してないんですよ。店長の布施を含めて四人の従業員が嘘をついているとは思えません」

「そうですか」

「それに一昨日の夜は、四人とも午後十時前に店を出ています。戸締まりをしたのは、わたし自身ですので、そのことは間違いありません」

「お店の鍵をお持ちになっているのは、あなたと店長の布施さんのお二人だけなんですか？」

「池田山《いけだやま》の自宅に、もう一本スペアキーがあります」

「社長と同居されているのは奥さんの華恵《はなえ》さん、五十二歳と息子さんの龍之介《りゅうのすけ》さん、二十七歳だけですね」

「そうです」

「お店の鍵は、いつもどこに？」

「居間のオルゴールの中に入れてあります」

「そのことは奥さんも息子さんもご存じなんでしょ？」

「ええ。ちょっと待ってください。一昨日の夜は家内も倅《せがれ》も夕方以降は、ずっと自宅にいたはずです」

「そのことを証明できる方はいらっしゃいます？」

　但木が話に加わった。

「いますよ。家内の女子大時代の友人が広尾に住んでるんですが、その方が十一時過ぎまで遊びに来てたんです」

「その方のお名前と連絡先を教えていただけます？」

「いいですよ。上杉真由美《うえすぎまゆみ》という方で……」

　下稲葉が妻の友人の自宅と電話番号を明かした。但木がメモを執《と》る。

「後《あと》で、上杉さんに確認を取らせてもらいます」

　五味は店主に言った。

「ええ、結構ですよ」

「ご子息の龍之介さんは名門私大の法学部を卒業されてから、一度も就職されてないようですが、どこかお体の具合が悪いんでしょうか？」

「いいえ、体は健康です。倅は、いわゆる司法浪人なんですよ。弁護士になりたくて、ロースクールに通いながら、これまでに四回、司法試験にチャレンジしました。しかし、まだ合格していません。司法試験は通常、五回までしか受けられないんです。ですので、息子には今年がラスト・チャンスなんですよ」

「相当なプレッシャーでしょうね。息子さんは『東雲堂』の四代目になる気はないんですか？」

「家業には、まったく興味がないようです。わたしも妻も、龍之介が四代目になってくれることを望んでるんですがね」

「老舗に跡継《あとつ》ぎがいないとは、なんだか寂しい話だな」

「わたしたち夫婦も、そう思っています。ですので、わたしは息子に今年、司法試験にパスしなかったら、知り合いの美術工芸店で二、三年勉強させてもらえって言い渡してあるんですよ」

「つまり、行く行くは四代目として『東雲堂』を切り盛りしろってことですね？」

「ええ」

「息子さんの反応はいかがでした？」

「最後まで首を縦にはしませんでした。ですから、わたし、倅に家業を継ぐ気がないんだったら、親の許《もと》を離れて自活しろと言い渡したんですよ。勘当という言葉は使いませんでしたが、そういうニュアンスも含ませて宣言したんです」

「そうですか。で、息子さんは？」

「しばらく黙っていましたが、やがて『わかったよ』と言いました。わたしと妻を睨《にら》みつけながらね。いまどき息子に家業を継げと強要する時代ではないと思う一方で、祖父と父が必死に守ってきた『東雲堂』をわたしの代で絶《た》やすことには忸怩《じくじ》たる思いもありましてね。親のエゴイズムなんですが、龍之介には家業を継いでもらいたいんですよ。それが本音です」

「弁護士をやりながら、四代目を務《つと》められれば、ベストなんですがね」

「どんな商売もそうでしょうが、片手間《かたてま》ではやれません。そんなことをしたら、三代つづいた店もたちまち潰《つぶ》れてしまう」

下稲葉が言った。

「そうでしょうね」

「息子がかわいそうな気もしますが、今年がタイムリミットなんです。五回も司法試験に通らなかったら、家から叩《たた》き出すつもりです」

「息子さんが家業を継ぐ継がないは別にして、そろそろ自立させる機会かもしれませんね。ところで、店長の布施さんはどこにいらっしゃるんです？」

「布施は店に出ていません。盗難に遭《あ》ったのは彼のせいではないんですが、ひどく塞《ふさ》ぎ込んでしまって、自宅に引きこもってるんですよ」

「そういうことなら、布施さんのご自宅に伺ってみましょう。そうだ、肝心なことを忘れていました。店先に設置されてる防犯カメラは犯行前にレンズにスカーフが被せられてたんですが、あなたが店を出られるとき、そのことにまったく気づかれなかったんですか？」

「迂闊《うかつ》にも、まるで気づきませんでした。創業者の祖父の代から一度も商品を盗まれたことはなかったので、つい警戒心が緩《ゆる》んでしまったんだと思います。帰宅して間もなく店のシャッターが少し開いてると隣のビルオーナーに電話で教えられて須田町に舞い戻ったときは、防犯カメラに何も被されていませんでした。店内カメラのビデオは抜かれて、犯人たちに持ち去られていました。店から商品を運び出してワンボックスカーに積み込んだ三人の男は帽子を被り、作業服を着てたそうです。それで目撃された方たちは別に怪しむこともなく、車のナンバーをチェックしなかったんでしょう」

「初動捜査では、そういうことでしたね」

「目撃者のどなたかが、防犯カメラを覆《おお》ってる濃紺のスカーフに気づいてくれていたら、強盗団はすでに逮捕されてるんでしょうがね。それはそうと、布施の自宅の住所はおわかりですか？」

「ええ、神田署の者が事情聴取させてもらってますんでね。ご協力に感謝します」

五味は下稲葉に一礼し、但木と『東雲堂』を出た。二人は歩きだした。

カローラは少し離れた路上に駐《と》めてある。

「店の鍵をいつも持ち歩いてるのは、下稲葉社長と店長の布施の二人ですね。どちらかが犯人グループを手引きしたんでしょうか?」

「但木君、下稲葉社長の自宅にも合鍵があることを忘れてるぞ」

「あっ、そうですね。となると、社長夫人と龍之介も疑えるわけか。でも、社長夫人と息子は事件当夜、ずっと池田山の自宅にいたって話でしたよね。そうだ、裏付《ウラ》けを取らないと……」

但木が道の端で足を止め、社長夫人の友人宅に電話をかけた。五味はたたずんで、往来を眺めた。晩秋の気配が濃い。

「下稲葉社長の話と上杉さんの証言は一致していました。奥さんと息子が犯人グループと通じてることはないでしょう」

但木が電話を切ると、自信ありげに言った。

「そうとは言い切れないんじゃないのか」

「どうしてです?」

「店のスペアキーは、下稲葉宅のオルゴールの中に入れてあるという話だった。その気になれば、社長夫人も息子も事前に合鍵をこっそり作って、それを犯人グループに手渡すこともできる」

「そうですが、下稲葉社長の家族が犯人グループとつるんでるなんてことはないでしょ？」

「考えにくいが、『東雲堂』は今回の事件で実質的な損失は出してないんだ。強奪や窃盗事件の場合、関係者の中で最も得する者を疑ってみるのが鉄則なんだよ」

「そのセオリーは知っていますが、狂言はバレやすいでしょ？」

「ま、そうだがね。だが、あらゆる筋を読んでおくことは決して無駄じゃない。但木君、功を急ぐな」

五味は言い諭《さと》し、先に歩きだした。但木が従《つ》いてきた。

二人は捜査車輛に乗り込んだ。そのすぐ後、五味の刑事用携帯電話《ポリスモード》が鳴った。電話をかけてきたのは人見課長だった。

「聞き込み班が少し気になる証言をキャッチしたんですよ」

「どんなことなんです？」

「『東雲堂』の布施店長が株で二千数百万円の損失を出してることがわかったんです。

布施は三年前にレアメタル製造で急成長した『明盛鉱山《めいせい》』の株を初めて買って、半年で三百万円も儲けたらしいんですよ」

「稀少価値のある重金属の需要は、右肩上がりですからね。株価も上がってるはずです」

「そうみたいですね。布施は金《きん》を買って、さらに売却益を数百万円も得たらしいんですよ。それで手持ちの五百五十万円を元手にして、今度は中国の国営企業やベトナムに生産ラインを移した日系企業の株を買って、一千万円以上も利益を出したんだそうです」

「それで店長は病《や》みつきになって、株にのめり込んだんでしょうね」

「ええ。しかし、例のアメリカのサブプライムローンの焦《こ》げつきが引き金になって、どの国も金融不安に陥ったでしょ？　株価は急落して、布施は瞬《また》く間にマイナスになって、暴力団の息のかかった消費者金融から株の購入資金を借りるようになったらしいんです。そのうちプラスになるだろうと甘く考えてたんでしょう」

「ところが、思い通りにはいかなかった。で、布施店長は二千数百万円の借金を抱え込むようになってしまったわけですね？」

「そうなんですよ。葛飾《かつしか》区堀切《ほりきり》二丁目にある自宅マンションのローンも一年以上も滞《とどこお》らせて、第一抵当権を押さえてるメガバンクから立ち退《の》きを迫られてるという話でした」

「借金の返済に窮《きゅう》した布施が強盗団に店の鍵を渡して、約四億円相当の美術工芸品を盗《ぬす》らせたんだろうか」

五味は呟《つぶや》いた。

「その疑いはありそうですね。五味さん、いまはどこです？」

「『東雲堂』の近くにいます。下稲葉社長に話を聞いて、少し前に店を出たんですよ」

「何か収穫はありました？」

人見が問いかけてきた。五味は聞き込んだことをそのまま話した。

「社長宅にある店のスペアキーが少し気になりますが、身内が犯人グループと通じてるとは思えませんせん」

「いや、それはわかりませんよ」

「五味さんがそうおっしゃるなら、社長夫人と息子は真っ白とは言えないのかもしれません。わたしは、店長の布施が犯人グループを手引きしたような気がしています。お疲れでしょうが、但木君と一緒に布施の自宅に回ってもらえませんか」

「わかりました」

「よろしくお願いします」

課長が電話を切った。五味は人見との遣《や》り取りを但木に伝え、覆面パトカーを堀切に向かわせた。

布施の自宅マンションに着いたのは午後七時半過ぎだった。十一階建てのファミリー向け分譲マンションは、京成線の堀切菖蒲園《しょうぶえん》駅の近くにあった。

五味たちはマンションの前にカローラを駐《と》め、エレベーターで八階に上がった。布施宅は八〇三号室だ。

その部屋の前には、ひと目で組員とわかる二十代後半の男たち二人が立っていた。片方がインターフォンのボタンを押しつづけ、もう一方が青いスチールのドアを蹴ってい る。

「こら、布施！　居留守を使ってないで、早く出てきやがれっ。せめて利払いをしたら、どうなんでえ」

インターフォンを鳴らしつづけている丸刈りの男が喚《わめ》いた。但木が男たちに駆け寄った。

「金融業者だな、おたくらは？」

「誰なんだよ、てめえは！」

ドアを蹴っていた眉《まゆ》の薄い男が、但木を睨《ね》めつけた。凶暴な面構《つらがま》えで、眼つきが鋭い。

五味は二人に近づき、警察手帳を交互に見せた。男たちが顔を見合わせて肩を竦《すく》めた。

「会社名は？」

「『グロリア・ファイナンス』ですよ」

丸刈りの男が短く迷ってから、社名を明かした。

「バックの組は？」

「うちの会社は、その筋の企業舎弟《フロント》なんかじゃありませんよ。真っ当な会社ですって」

「手間をかけさせるなよ。調べりゃ、すぐにわかるんだ」

「けっ、社長は関東桜仁会《おうじんかい》の理事をやってる」

「布施さんにいくら貸したんだ？」

「二百万だけど、ちゃんと法定金利は守ってます」

「年利は？」

「十九パーセントですよ。安い金利で融資してやったのに、半年以上も利払いもしてねえんだ。布施みたいな客ばかりじゃ、うちの会社は潰れちまう。だから、こうして毎日、催促してるんですよ。布施が部屋にいることはわかってる。利払いだけしてくれたら、今夜はおとなしく帰ります」

「すぐ引き揚げてくれ」

五味は言った。

「おれたち、取り立て《キリトリ》のノルマがあるんだよね。ノルマを達成しないと、まともな給料貰えないんだ。こっちだって、生活かかってるんですよ」

「粘る気なら、『グロリア・ファイナンス』に家宅捜索《ガサイレ》かけることになるぞ。そうしたら、法定金利を守ってないことが明らかになるだろうな」

「わかったよ」

丸刈りの男が仲間に目配せした。二人組は肩をそびやかしながら、エレベーターホールに向かった。

五味はインターフォンを鳴らし、小声で喋った。

「警察の者です。一昨日のことで、事情聴取させてもらいたいんですがね」

「…………」

「布施さん、とりあえずドア・スコープを覗《のぞ》いてください。警察手帳をお見せしますので」

「返答が遅れて申し訳ありません。わたし、布施です。いま、玄関のドアを開けます」

スピーカーから、男性の声が流れてきた。

五味たちは半歩退《さ》がった。室内でスリッパの音が響き、チェーンロックが外された。

ドアが半分ほど押し開けられ、布施が顔を覗かせた。茶系のジャージ姿だった。

「どうぞ中に入ってください」

「そのほうがいいようですね」

五味は先に玄関の三和土《たたき》に足を踏み入れた。但木も入室し、後ろ手にドアを閉めた。

玄関ホールだけが明るく、奥の電灯は点いていない。居留守を使っていたのだろう。

「奥の和室に家内と高校生の娘が隠れてたんです。『グロリア・ファイナンス』の回収係の男は娘を風俗店で働かせるなんて脅し文句を並べたんで、すっかり妻も娘も怯《おび》えてしまって」

「気の毒に。わたし、本庁捜査第三課の五味です。一昨日の事件を神田署と合同捜査することになったんで、改めて聞き込みをさせてもらってるんですよ」

「そうですか。それは、ご苦労さまです。わたしが社長よりも遅く帰るべきでした。そうしていれば、セキュリティーシステムが解除されてることに気づいたかもしれないんです」

「店長さんの責任ではありませんよ。一種の不可抗力でしょう。ご自分をあまり責めないほうがいいな」

「ええ、でも……」

「ほかの捜査員が株で借金をこしらえてしまったことを調べたんですが、負債が二千数百万円もあって、自宅を引き払わなければならない状況に陥ってるそうですね？」

「ええ、その通りです。欲を出したばかりに、株でしくじってしまいました」

「『東雲堂』のシャッターのドアの鍵穴にも、ピッキングされた痕跡はなかったんですよ。つまり、三人組は店の鍵を何らかの方法で入手して、堂々と店内に入ったことになるわけです」

「そうなんでしょうね」

「店の鍵をいつも持ち歩いてるのは、下稲葉社長と店長のあなただけであることがわかりました。それから社長宅には、スペアキーが保管されてる」

「わたしに借金があるから、店の鍵を犯人グループに貸したとでも疑ってるんですか⁉ 重い借金に苦しんでいますが、わたし、犯人たちを手引きなんかしてませんよ。そんなことは絶対にしていないっ」

布施が憤然《ふんぜん》と言った。

五味は布施の顔を直視した。布施は目を逸《そ》らさなかった。何か後ろ暗さがあると、人間は無意識に目を泳がせる。

「何も疚《やま》しいことはしてないんですね？」

「ええ、もちろんです」

「あなたの言葉を信じましょう。夜分《やぶん》に失礼しました」

五味は深く頭を下げ、八〇三号室を出た。後から部屋を出てきた但木は不満顔だったが、何も言わなかった。

「どこかでラーメンでも喰《く》おう」

五味はエレベーター乗り場に足を向けた。

3

空耳だったのではないか。

思わず五味は、前日の捜査報告をしている神田署の刑事に視線を向けた。『東雲堂』の布施店長が浅草の故買屋の事務所にきのうの昼過ぎに電話をかけ、二十数点の高級漆器を売値の半額で引き取ってもらえないかと打診したというのである。

合同捜査本部がざわついた。

ホワイトボードの前に立った人見課長が、報告し終えた所轄署の瀬下昌次《せしたしょうじ》巡査長に顔を向けた。三十歳そこそこの刑事だ。

「確認するが、故買屋は布施がはっきりと名乗ったと言ったんだな？」

「はい、そうです」

「わざわざ名乗るかね？　横流し品の買い取りを打診するのにさ」

「そう言われると、確かに妙ですが、布施は勤め先の名と姓を告げたらしいんですよ」

「布施は故買屋とは一面識もないという話だったな？」

「ええ。故買屋は、そう言っていました」

「布施が強盗団を手引きしたんだろうか」

「任意で布施を呼びますか？」

瀬下が言った。人見課長が考える顔つきになった。

五味は椅子から立ち上がって、人見に声をかけた。

「それは偽情報《ガセネタ》臭いですね」

「そう思いますか？」

「堅気の布施が故買屋を誰に紹介してもらったと言うんです？　店長は裏社会の人間とつき合ってるんですか？」

「そういう報告は上がってきていません」

「だったら、何者かが布施店長を犯人に見せかけようと画策《かくさく》したんでしょう」

「五味さん、こうは考えられませんか。布施店長は関東桜仁会の企業舎弟の『グロリア・ファイナンス』から二百万円を借りて、利払いもできない状態なんですよね?」

「ええ」

「『グロリア・ファイナンス』の人間に勤め先から美術工芸品を盗《ギ》って、故買屋に売っ払っちまえと焚《た》きつけられたんじゃないですかね。そのとき、故買屋の連絡先を教えてもらった。店長は総額で二千数百万円の負債があって、自宅マンションからも立ち退《の》けと言われてたんです。心理的に追い込まれて、『東雲堂』の商品を実行犯の三人に持ち出させる気になったのかもしれませんよ」

「布施の借金は二千数百万円です。仮にそういう気が起こったとしても、四億円近い美術工芸品をかっぱらったりしないでしょ?」

「どうせ悪事に手を染めるなら、でっかいことをしてやれと開き直ったんじゃないのかな」

　人見が言った。

「『グロリア・ファイナンス』の取り立てに怯《おび》えてた男が、そこまで大胆にはなれないと思いますよ」

「そうか、そうだろうな。しかし、店長が怯えた振りをしてた可能性もあるんじゃないでですか？」

「きのう、布施店長は間違いなく怯えてましたよ。演技をしてるようには見えませんでしたね」

「そうですか」

「誰かが布施に濡衣を着せようとしたようだな」

五味は、神田署の瀬下刑事に言った。但木が同調する。

瀬下は憮然《ぶぜん》とした表情で着席した。手柄を立てられると浮き足立っていたのだろう。

「五味さん、聞き込みで、もう一つ気になることがわかったんですよ」

人見が告げた。

「どんなことなんです？」

「布施店長は下稲葉社長のことを快く思ってないんですよ。店長は二年前、独断で若手の蒔絵作家の作品を買い上げたらしいんですが、どうも社長の目には拙《つたな》い美術工芸品と映ったようなんです。それで、布施に作品を返させようとしたみたいなんですよ」

「で？」

「商品を突き返したら、当然、相手は傷つきますよね。だから、布施店長は自腹で蒔絵を施《ほどこ》した重箱を買い取ったようです。五十万以上もする商品だったとか」

「それは負担が大きいですね」

「ええ。そんなことがあってからは、下稲葉社長は布施に仕入れを一切《いっさい》させなくなったそうです。それまでは、店長に美術工芸品の買い付けの一部をやらせてたらしいんですけどね」

「店長とは名ばかりで、単なる売り子扱いされるようになったのか。プライドが傷ついたでしょう」

「そうだと思います。だから、社長と店長の確執《かくしつ》はつづいてたみたいなんですよ。話を蒸《む》し返すようですが、布施が社長に厭《いや》がらせをする気になった可能性もあるんじゃないのかな」

「被害額は約四億円なんです。厭がらせにしては度が過ぎてる気がします」

「ま、そうでしょうがね。布施店長を犯罪者に仕立てようとした者がいるのかもしれませんが、もう一つ引っかかる点があるんですよ」

「それは？」

　五味は促した。

「半月前、店長は社長の息子と二人だけで会食してることがわかったんですよ。下稲葉は息子の龍之介が『東雲堂』の四代目になりたがらないことで、頭を抱えてます。布施はただの売り子扱いされてることが面白くなくて、社長を少し困らせてやろうと思ったんではありませんかね」

「それで、下稲葉龍之介に店を荒らしたらと焚《た》きつけたのではないかと推測されたわけですか」

「ええ、そうです。龍之介は弁護士志望で、『東雲堂』の四代目になる気はない。しかし、父親には五回目で司法試験に合格しなければ、いずれ家業を継がせると言い渡されてるんでしょ？」

「下稲葉社長は、そう言っていました」

「店長と社長の息子は、ともに下稲葉のワンマンぶりに不快感を持ってると思うんですよ」

「そうかもしれませんね。だからといって、犯人グループに総額で四億円近い美術工芸品を盗《ギ》らせても、社長にダメージはないでしょう？　商品には盗難保険が掛けられてたんですから」

「金銭的なマイナスはなくても、老舗の信用は失墜《しっつい》するでしょ？　商品管理がずさんだったことが露見《ろけん》したらね」

「確かに今回の事件で、セキュリティー対策が甘いと思われてしまうでしょう」

「ええ。数千万円の価値のある美術工芸品を手がけた作家たちは自分の作品が泥棒の手に渡って、闇ルートに流されたら、がっかりするにちがいありません」

「それは、そうでしょう。確かに関係者の信用は失《な》くす。しかし、『東雲堂』に致命傷を与えたことにはなりません」

五味は反論した。

「布施も龍之介も致命傷まで与える気はなかったのでしょう。ちょっとした厭がらせをして、下稲葉社長が慌《あわ》てる姿を見たかったんじゃないのか」

「だとしたら、ずいぶん幼稚《ようち》な厭がらせですね」

「そうでしょうか。二人に任意同行を求めるのはまずいかな」

「ええ、そう思います」

「しかし、布施店長のことが引っかかるんですよ。五味さん、店長の自宅に行って、少し揺さぶりをかけてみてくれませんか。きょうも欠勤してることは確認済みですので、布施は堀切の自宅にいるんでしょう。お願いできますね?」

人見課長の口調は、いつになく強かった。どうやら自分の筋読みに自信があるようだ。

五味は無言で顎《あご》を引き、相棒の但木に目で合図した。

二人は合同捜査本部を出た。エレベーターで地下三階の駐車場に降り、カローラに乗り込む。ちょうど午後二時だった。

但木が例によって、捜査車輌を滑《なめ》らかに発進させた。本部庁舎が遠ざかってから、彼が声を発した。

「人見課長は、布施店長が何らかの形で事件に関わってると思ってるようですね？」

「そうみたいだな。きみは、どう推測してる？」

「店長が故買屋に盗品の買い取りを電話で打診したという情報を鵜呑《うの》みにはしていません。五味さんがおっしゃっていたように、何者かが布施を犯人に見せかける目的で小細工を弄《ろう》したんでしょう。しかし、その人物に見当がつかないんですよ。五味さんは、もう見当をつけてるんではありませんか？」

「透《す》けてきた人物はいないんだ、まだね。ただ、人見課長の推測は外れてるだろう」

「布施と社長の息子が厭がらせをしたくて、実行犯の三人を抱き込んだなんてことは考えにくいですよね？」

「ああ」

会話が途絶《とだ》えた。

布施の自宅マンションに着いたのは三十数分後だった。五味たちは覆面パトカーを路上に駐《と》め、八階に上がった。

八〇三号室のインターフォンを鳴らし、五味は名乗った。すると、四十二、三歳の女性がドアを開けた。怯《おび》え戦《おのの》いた表情だった。何かあったようだ。

「布施さんの奥さんですね？」

「はい。郁代《いくよ》といいます。夫が、布施が三十分ほど前に『グロリア・ファイナンス』の社員に連れ去られたんですよ」

「きのうの二人組ですね？」

「そうです。丸刈りの男は反崎《そりざき》という名で、目つきの悪いほうは馬渕《まぶち》という姓です。二人は夫に誠意がないと怒鳴《どな》って、力ずくで引っ張っていきました。多分、主人は上野《うえの》にある会社に連れ込まれて、土下坐をさせられるんだと思います。前にも、同じことがありましたので」

「そうですか。奥さん、『グロリア・ファイナンス』の正確な所在地を教えてください」

五味は言った。

布施の妻が所番地を口にする。台東区上野四丁目二十×番地だった。

「あなたは家で待機しててください。ご主人を保護したら、すぐ連絡しますので」

五味は郁代を目顔《めがお》で励まし、八〇三号室から離れた。大急ぎでマンションを出て、カローラに乗り込む。

五味は車の屋根《ルーフ》に赤色灯を装着させた。但木がサイレンを響かせながら、一般車輛をごぼう抜きにしていく。

十数分で、上野に着いた。『グロリア・ファイナンス』のオフィスは、上野中《なか》通りに面した雑居ビルの二階にあった。

五味たちは雑居ビルにカローラを横づけし、階段を駆け上った。『グロリア・ファイナンス』に躍《おど》り込む。

柄の悪い男性社員が七人いるだけで、布施の姿は見当たらない。丸刈りの反崎と目つきの鋭い馬渕は机に向かっていた。

但木が反崎の机に歩み寄った。

「布施さんをどこに軟禁してるんだっ」

「軟禁だって⁉」

「白々しいぞ。あんたと馬渕って奴が、布施さんを自宅から連れ去ったことはわかってるんだっ。奥さんから話を聞いたんだよ」

「おれと馬渕は布施をマンションの駐輪場《ちゅうりんじょう》に連れ込んで、今週中に利払いだけでもしろと脅しただけだよ。拉致《らち》なんかしてねえ。な、そうだよな？」

反崎が近くにいる馬渕に相槌《あいづち》を求めた。馬渕が大きくうなずく。

「おたくら、なんの真似《まね》なんだっ」

奥にいる五十絡《がら》みの男が机から離れ、大股で近づいてきた。社長だろう。

五味は顔写真付きの警察手帳を見せた。相手は、やはり『グロリア・ファイナンス』の社長だった。猪狩《いかり》と名乗った。

「令状《オフダ》もないのに、いきなり踏み込んでくるのはまずいやね」

「勘弁してくれ。強制捜査する必要があると判断したんだよ。社員に布施さんを拉致させた覚えはないな？」

「ええ。布施は小口《こぐち》の客です。何千万円も焦《こ》げつかせてるんだったら、追い込むこともありますがね。雑魚《ざこ》をいちいち事務所に連れ込んでたら、商売になりませんや」

「だろうな。早とちりだった。水に流してくれ。この通りだ」

五味は頭を下げた。

「本庁の旦那にそこまでされたんじゃ、水に流さねえわけにはいかないな。わかりました」

「器《うつわ》が大きいね」

「それほどでもありませんや」

猪狩が照れた。笑ったとたん、凄《すご》みがなくなった。もともと目尻は下がり気味だった。

「布施さんは駐輪場からマンションの中には戻らなかったんだな?」

五味は反崎に訊いた。

「多分ね。結果はどうなるかわからないが、金を借りられそうな知り合いのとこに行ってみると言ってたから」

「その相手の名や住まいについては?」

「そういうことは何も言わなかったな」

「利払いは、もう少し待ってやれよ。どうせ法定金利以上で布施さんに貸し付けたんだろうが?」

「あ、あやつけんのかよっ」

「布施さんの借用証を見せてくれ」

「そ、それはちょっと……」

反崎が困惑顔を猪狩社長に向けた。

「旦那の顔を立てて、取り立ては少し緩《ゆる》めますよ」

「恩着せがましいことを言うなら、やっぱり布施さんの借用証を見せてもらうか。年利三、四十パーセントで融資したんだろう?」

「そんなあこぎなことはしてませんよ。法定金利の二十パーセントを数パーセント出てるだけでさあ」

　猪狩が言った。

「過払《かばら》い分で、もう元金はきれいになったんじゃないのか？」

「法定金利で計算しても、まだ元利《がんり》で八十万円以上残ってますよ」

「たいした金じゃないんだから、チャラにしてやってもいいだろうが？」

「そうはいきません。こっちも商売ですんでね。けど、回収は急がないようにしますよ」

「そうしてやってくれ」

　五味は若い相棒に声をかけ、先に『グロリア・ファイナンス』を出た。

「布施店長は金策に駆けずり回ってるんですかね？」

「と思うよ。拉致されたんではないことを奥さんに教えてやらないとな」

「ええ、そうですね。自分、電話してみます」

　但木は階段を駆け降りると、上着のポケットから刑事用携帯電話《ポリスモード》を取り出した。五味は先にカローラの助手席に坐った。

　そのとき、上司の課長から五味に電話がかかってきた。

「たったいま通電があったんですが、布施が殺されました」

「なんだって⁉」

「荒川の河川敷《かせんしき》で布施の撲殺体《ぼくさつたい》が発見されたんです。金属バットで頭部を何度も強打されたようですね。小松川《こまつがわ》署の管内です。明日、捜査本部《チョウバ》が立てられ、捜一の加門班が出張《でば》るようですよ」

「思いがけない展開になってしまったな」

「そうですね。どうして布施店長は殺《や》られることになったんでしょう？　犯人グループを手引きして、盗品の処分の仕方で揉めたんだろうか」

「人見課長、まだ布施を疑ってるようですが、彼は本事案《ほんじあん》には絡んでないはずです」

「そうなんですかね」

「とにかく、遺族に訃報《ふほう》を伝えないとね」

「五味さん、奥さんに電話してもらえます？」

「いいですよ」

五味は通話を切り上げ、長く息を吐いた。

4

川風が頬を刺す。

五味は荒川の河原に屈《かが》み込み、あたりを見回していた。

前日、布施店長の撲殺体が発見された場所だ。午後三時過ぎだった。

枯れ草には血糊がこびりついている。血溜《ちだ》まりには水が撒《ま》かれていたが、それでも血痕が生々しい。

「ほとんど高く伸びてる雑草はありませんから、目撃者は多いと思います」

但木刑事が川辺から戻ってきた。

「遺留品らしき物はなかったようだね？」

「ええ、残念ながら。しかし、小松川署が凶器の金属バットを川の中から発見してますんで、何か手がかりは得られるでしょう」

「楽観的だな。犯人が凶器を犯行現場の近くに捨てたってことは、金属バットには指掌紋がまったく付着してなかったんだろう」

「そうなんでしょうね。でも、小松川署に設置された捜査本部に行けば、いろいろ手がかりを得られるんではありませんか？」

「そう願いたいね。被害者はわれわれが捜査中の事件関係者なんだ。殺人事件は捜一の担当だが、犯人《ホシ》の目星ぐらいはつけたいよな」

「ええ、そうですね。小松川署に出張《でば》ってる本庁強行犯第五係の加門係長は、五味さんの弟子だとか？」

「弟子なんかじゃないよ。十七年前、ある所轄署の刑事課で彼と一緒だったんだ。あっちはまだ新米だったんで、こっちが指導係みたいなことをやらされたんだよ」

「五味さんは、加門係長に刑事の心得を伝授《でんじゅ》されたんですね？」

「うん、まあ。彼は呑《の》み込みが早く、フットワークも軽かったよ。刑事として伸びると思ってたら、本庁捜一の強行犯係になった」

「五味さんが優秀だから、お弟子さんの加門係長も勝《すぐ》れてるんでしょう」

「彼は、昔の同僚だって」

五味は微苦笑《びくしょう》して、膝を伸ばした。

そのとき、土手道に一台のタクシーが停まった。降りた客は布施郁代だった。被害者の妻だ。

郁代は黒っぽいスーツに身を包み、大きな花束を抱えていた。タクシーは走りださない。未亡人は夫が殺害された場所に花を手向《たむ》け、タクシーで自宅マンションかセレモニーホールに引き返すつもりなのだろう。

東京都監察医務院で行なわれた司法解剖は、正午過ぎに終わったはずだ。布施の亡骸《なきがら》は、すでに自宅かセレモニーホールに搬送《はんそう》されたのだろう。

「こちらに歩いてくるのは、被害者の奥さんですね」

但木が小声で言った。

「夫が亡くなった場所を自分の目で見ておきたいんだろう」

「娘さんは、どうしたんですかね？」

「ショックが大きくて、父親が殺害された場所には来られなかったんじゃないか」

五味は口を閉じた。郁代が五味たちに気がつき、会釈《えしゃく》した。五味たちも目礼した。ほどなく被害者の妻と向かい合った。

「最悪の事態になってしまって、申し訳ありませんでした」

五味は詫びた。

「刑事さんたちが悪いわけではありません。夫は長く生きられない運命だったのでしょう」

「しかし……」

「そうとでも思わなければ、とても諦《あきら》めがつきません」

「後《おく》れ馳《ば》せながら、お悔やみ申し上げます」

「残念です。夫は、まだ四十代だったんですもの」

郁代が血痕のある場所まで歩《ほ》を運び、携《たずさ》えてきた白百合《しらゆり》をそっと地面に置いた。その場にしゃがみ込み、両手を合わせる。

合掌を解《と》いたのは、およそ十分後だった。

郁代はハンカチを目頭《めがしら》に当て、下を向いていた。震える肩が痛々しい。

「タクシーを待たせてあるんですね？」

五味は訊いた。

「ええ。自宅近くのセレモニーホールに急いで戻らなければならないんです。娘が父親の柩《ひつぎ》に取り縋《すが》って、泣きじゃくっているものですから。家族葬をすることになったんですが、夫の身内がまだ秋田から上京していないんで、娘はわたしの姉と二人だけで故人のそばにいるんですよ」

「そういうことでしたら、手短に話をうかがいましょう」

「あのう、その前にこちらから質問させてください」

「なんでしょう？」

「『グロリア・ファイナンス』の反崎たちは、夫の事件に関わってないのでしょうか？　マンションの駐輪場に布施を連れ込んで脅しをかけただけだという話は、なんか信じがたいんです。ひょっとしたら、反崎たち二人が夫をここに連れ出して、撲殺したんじゃありません？」

「それは物理的に無理だと思います。それに布施さんの債務をきのう『グロリア・ファイナンス』で確認したんですが、元利併《あわ》せて八十万円ほどなんです。その程度の金が回収できないからって、客を殺したりしないでしょう？」

「ええ、そうでしょうね。いったい誰が布施の命を奪ったのかしら？」

郁代が独《ひと》りごちた。

「ご主人は半月ほど前、下稲葉社長のひとり息子の龍之介と会食されたようですね？」

「その話は聞いていました。夫は龍之介さんに呼び出されて、指定されたお店に行ったようです」

「そうですか。社長の息子は、布施さんにどんな用があったんですかね？」

「布施は、龍之介さんに社長に愛人がいるかどうかを訊かれたそうです」

「下稲葉社長は愛人を囲ってるんですか？」

「夫の話ですと、そういう女性はいないそうです。布施がそう答えたら、社長の息子さんは父親の弱みをなんでもいいから教えてほしいと言ったらしいんですよ」

「そうですか。龍之介は五回チャレンジしても司法試験にパスしなかったら、夢を捨てろと父親に言い渡されてたんです」

「『東雲堂』の四代目になる気はなかったんで、息子さんは社長の弱みを知りたかったんじゃないのかしら？」

「おそらく、そうだったんでしょうね。ほかに布施さんは龍之介に何か言われたんだろうか」

「冗談だったんでしょうけど、息子さんは夫に店に火を点けてくれないかと言ったそうなんですよ。『東雲堂』を全焼させてくれたら、三千万円の報酬を払うとも囁《ささや》いたらしいんです。龍之介さんはどこで調べたのか、布施が株で借金をこしらえたことを知ってたと言っていました」

「そうですか」

「それから夫が社長にあまり高く買われてないことも、わかっている様子だったと言ってましたね」

「当然、ご主人は取り合わなかったんでしょ？」

五味は確かめた。

「ええ。すると、龍之介さんは急に不機嫌になったそうです。それから間もなく、夫は社長の息子さんと別れたという話でした」

「そうですか。きのう布施さんは反崎たちと別れるとき、金策に回ってみるという意味合いのことを口にしてたらしいんですよ。どなたかお金を貸してくれそうな友人か知り合いがいたんでしょうか？」

「そういう方は、もうひとりもいないはずです。夫はあちこちから十万、二十万と借りてましたんでね」

「そうですか」

「お金のことで苦労させられましたけど、自宅は立ち退《の》かなくてもよくなったんです。住宅ローンを銀行から借りるとき、三千万円の生命保険に入らされましたのでね」

「保険金でローンの残債は相殺《そうさい》されるんですね？」

「ええ、そうなんです。自宅を売却して夫の借金をきれいにしたら、どこかにアパートを借りるつもりなんです。わたし、働き口を見つけて、娘をちゃんと育て上げます」

「何かと大変でしょうが、頑張ってほしいな」

「はい、頑張ります」

郁代が一礼し、足早に遠ざかっていった。

タクシーが走り去ると、但木が五味に顔を向けてきた。

「五味さん、布施はきのう下稲葉龍之介から金を借りようとしたんではありませんかね？　社長の息子は、自分の父親を嫌ってることを被害者に喋《しゃべ》ってます。そのことは、龍之介の弱みになると思うんですよ」

「但木君、いいことに気づいてくれたな。きみが推測したように、布施は社長の息子に電話をかけて、いくらか金を貸してくれないかと頼み込んだのかもしれないな。強請《ゆすり》めいた言葉は使わなかったんだろうが、龍之介は心の秘密を半月前に洩《も》らしたことを忘れてはいなかっただろう」

「ええ。それで下稲葉龍之介は被害者に金を貸してやると偽《いつわ》って、どこかに呼び出した。そして、金属バットで布施の頭をぶっ叩いた。そうなのかもしれませんよ」

「そんなふうに筋を読むことはできるね。しかし、坊ちゃん育ちの下稲葉龍之介に自分の手を直《じか》に汚すだけの度胸や覚悟があるだろうか」

五味は腕を組んだ。

「そこまでは開き直れないかもしれませんね。社長の倅はネットの闇サイトで、実行犯を見つけたんではないのかな。数百万円で人殺しを請《う》け負《お》ってもいいという書き込みが結構ありますからね」

「そうなのかもしれないな。それはそれとして、龍之介は父親に反感を持ってることを被害者に吐露《とろ》したが、そのときの音声を録音されてたわけじゃないんだろう。もし布施が父親に告げ口をしたところで、そんなことは言った覚えはないと空とぼけることもできる」

「ええ、そうですね」

「殺された布施は、下稲葉龍之介の別の弱みを知ってた可能性があるな。それだから、社長の息子は誰かに布施の口を封じさせたんじゃないだろうか」

「捜査本部の置かれた小松川署に行ってみましょう」

「そうしよう」

二人は河川敷から土手道に上がって、カローラに乗り込んだ。

五味は助手席に坐ると、捜査車輛に搭載《とうさい》されている端末を操作しはじめた。下稲葉龍之介の氏名、生年月日、現住所、本籍地を打ち込んで、リターンキーを押し込む。警察用語でA号照会と呼ばれている犯歴照会をしたのだ。

警察庁のデータベースには、一度でも検挙されたことのある男女の捜査データが登録されている。三分ほど待つと、回答があった。

下稲葉龍之介は、五年前にコカイン所持で麻布署に検挙されていた。それから一年後、タイ製の錠剤型覚醒剤〝ヤーバー〟を密売人から路上で買い求め、渋谷署の地域課員に現行犯逮捕されている。どちらも不起訴処分になっていた。

「龍之介は、薬物をやってたんですね。ドラッグとは容易に縁を切れません。社長の息子は司法試験の勉強中、プレッシャーを感じるたびに麻薬を常用してたんではありませんか」

運転席の但木が言った。

「考えられるね。布施は前々から、そのことに気がついてた。それをちらつかせて、下稲葉龍之介に借金を申し込んだ。そう考えれば、一応、ストーリーは成り立つな」

「ええ、そうですね」

「ただ、その程度のスキャンダルを知られたからって、人殺しまでやらない気もするな。社長の息子は、もっと悪いことをしてたんだろうか」

「五味さん、どんなことが考えられます？」

「社長宅のオルゴールの中には、店のスペアキーが入ってる。龍之介がそのキーをこっそり持ち出して、合鍵を作るチャンスはいくらでもあっただろう」

「でしょうね」

「社長の倅は、その合鍵を使って神田須田町の店に入り、高価な美術工芸品をかっぱらってたのかもしれないぞ。それを故買屋に売って……」

「麻薬代を捻出《ねんしゅつ》してたんでしょうか」

「それだけじゃなく、龍之介は何か非合法ビジネスをしてるのかもしれないな」

「司法試験にパスできなくて、家業を継がされそうになったときに自立することができるようにですか？」

「そう」

五味は懐から私物のスマートフォンを取り出し、『東雲堂』に電話をかけた。社長の下稲葉は店にいた。

五味は従業員に名を明かし、社長を電話口に出してもらった。

「刑事さん、布施はなぜ殺されることになったんです？　店長は目利《めき》きとは言えなかったが、真面目に働いてくれてたんです。彼に辛く当たったこともありましたが、それなりに感謝してたんですよ。早く犯人を捕まえてください。お願いします」

「殺人捜査は小松川署と本庁捜査一課が担当していますが、われわれも手は引きません。ところで、社長はこれまでに盗難に遭《あ》ったことは一度もないとおっしゃっていましたが、それは事実なんですか？」

「ええ」

た。

「社長、正直に答えてください」

五味は言い諭《さと》した。下稲葉が黙り込む。電話の向こうから、狼狽《ろうばい》の気配が伝わってきた。

「かつて美術工芸品を盗まれたことがあるんでしょ?」

「ど、どうしてそのことを知ってるんです⁉」

「やはり、そうでしたか。盗難に遭《あ》われたのはいつなんですか?」

「一年半ぐらい前です。二千八百万円の蒔絵硯箱《すずりばこ》が何者かに盗《と》られてしまったんだ」

「警察や損保会社にそのことは連絡しました?」

「どちらにも連絡はしなかったんですよ」

「その理由《わけ》は?」

五味は早口で問いかけた。

「三千万円以下の商品でしたんでね。わたしは、店の信用が落ちることを懸念《けねん》したんですよ。商品管理がいい加減だと思われたら、『東雲堂』のイメージダウンになりますでしょ?」

「それだけの理由だったんですか?」

「何か含みがあるような言い方だな」

「社長は、二千八百万円の商品を持ち出した人物に心当たりがあったんではありませんか？」

「心当たりですか」

「ええ、そうです。たとえば、ごく親しい人間だとかね。身内の方ということも考えられます」

「失敬なことを言うな。わたしの家族や親類に泥棒なんかいない。不愉快だっ」

下稲葉が語気を強めて言い、乱暴に電話を切った。

社長は三千万円近い商品を盗まれたにもかかわらず、警察には被害届を出さなかった。盗難届を出せなかったのは、犯人が身近な人間だと察していたからではないのか。一年半前に高価な美術工芸品を持ち出したのは、ひとり息子の仕業《しわざ》臭い。

五味はスマートフォンを懐に戻し、若い相棒に電話の内容をかいつまんで語った。

「社長がうろたえてたというんなら、二千八百万円の蒔絵硯箱を盗み出したのは、倅の龍之介なんでしょう」

但木がそう言い、カローラを走らせはじめた。
五、六分で、小松川署に着いた。五味たち二人は、四階に設けられた捜査本部に直行した。

加門警部は警察電話の前に坐っていた。庶務班のメンバーが四人いるだけで、捜査班、凶器班、鑑識班の係官は出払っていた。所轄署の刑事課長や本庁捜査一課の管理官の姿も見当たらない。

「情報交換をしようと思ってね」

五味は言って、テーブルを挟んで加門と向かい合った。かたわらに但木が腰を落とす。

「現場に出たかったんですが、今回は予備班の班長にさせられたんで、ここで情報の交通整理をしてるんですよ」

加門が言った。

「そうなのか。布施の死因は、殴打による脳挫傷《のうざしょう》だね?」

「ええ、そうです。死亡推定日時は、きのうの午後四時から五時半の間とされました」

「目撃証言は?」

「午後四時数分前に現場近くの土手に黒のアルファードが停止してるのを散歩中の老夫婦が見てます。しかし、犯行場面を目撃した者は現在のところ、ひとりもいません」

「アルファードの中に人は乗ってたのかな?」

「運転席には誰も坐ってなかったようです。後部座席の両側とリア・ウインドーはスモークになってて、車内はよく見えなかったそうです」

「川の中に捨てられてた金属バットから、犯人の指紋や掌紋は？」

「出ませんでした。五味さん、現場には行かれたんでしょ？」

「ああ、行ってきた。見通しは悪くないんだが、人影は疎《まば》らだったな」

「地取り班に現場付近のマンションや一般住宅を一軒ずつ回らせていますんで、新たな目撃証言を得られるかもしれません。先日の盗難事件とリンクしてると睨《にら》んだんですが、どうなんでしょう？」

「そう思ってもいいだろうな」

五味は、自分たちが集めた情報をそっくり提供した。

「被害者は、下稲葉龍之介がいまも麻薬《クスリ》をやってることを知ってるだけではなかったんでしょうね。五味さんが言ったように、社長の息子は二千八百万円の美術工芸品を故買屋に売って、その金で何か裏ビジネスをこっそりやりはじめたんでしょう。父親に見捨てられたときのことを考えてね。捜査班のメンバーに故買屋たちのとこに行かせましょう」

「よろしく頼む。われわれは、下稲葉龍之介に少し張りついてみるよ」

「わかりました。何か動きに不審な点があったら、部下たちにバックアップさせます」

「いや、社長の息子が誰かに布施を殺《や》らせたとわかったら、おれたちは退場するよ。

「そう言わずに捜査を続行してくださいよ。布施殺しの事件の背後には、予想外の悪事が隠されてるのかもしれませんので。それに今回の捜査本部事案は、『東雲堂』の事件から派生した犯罪なんです。こっちがおいしいところだけいただけません」

「加門君らしいな。そっちが一連の事件を解決させたからって、こっちは恨み言なんか言わない」

「それはわかっています。しかし、盗犯事件ときのうの殺人事件の根っこは同じなんでしょうから、仲よく捜査をしましょうよ」

「加門君がそう言ってくれるんだったら、そうさせてもらうよ」

「ええ、そうしてください」

加門が笑顔で言った。そのとき、庶務係の若い刑事が三人分のコーヒーを運んできた。

五味は礼を述べ、マグカップを摑み上げた。

5

きょうも空振《からぶ》りに終わるのか。

五味は登庁するなり、厭な予感を覚えた。合同捜査本部である。午前九時過ぎだった。布施が殺害されたのは六日前だ。その翌日の夜から五味たちコンビだけではなく、加門の部下も下稲葉宅を張り込んできた。

しかし、マークした下稲葉龍之介はロースクールに出かけるほかは池田山の自宅に引きこもっていた。誰かと接触することはなかった。

「五味さん、龍之介はシロなんではありませんか？」

テーブルの向こうから、人見課長が声をかけてきた。

「実行犯じゃないでしょうが、下稲葉龍之介は布施殺害事件の首謀者《しゅぼうしゃ》だと思われます」

「しかし、小松川署の捜査本部もまだ裏付《ウラ》けを取れてないわけですから……」

「課長、もう少し待ってください。龍之介が美術工芸品強奪事件の主犯であることは状況証拠でわかってるんです」

五味は言った。人見課長が口を閉じた。

その直後、制服警官に導《みちび》かれた布施郁代が合同捜査本部に入ってきた。五味は反射的に椅子から立ち上がった。

「奥さん、どうなさったんです？」

「夫の遺品を整理していましたら、スマホに気になる写真が残ってたんです。会社登記簿を閲覧《えつらん》したとき、数カット接写したんだと思います」

「ご主人が法務局の出張所で閲覧したという会社は？」

「横浜にある『日進《にっしん》トレーディング』という貿易会社で、代表取締役社長は下稲葉龍之介さんになってたんですよ」

「えっ⁉　その写真を見せてください」

「はい」

郁代がバッグから亡夫のスマートフォンを取り出し、幾度かアイコンをタップした。

五味はスマートフォンを受け取った。ディスプレイには、会社登記簿が映っている。

『日進トレーディング』の所在地は、横浜市中区山下町《やましたちょう》八十×番地だった。

副社長は石渡清則《いしわたりきよのり》、専務は石渡陽子《ようこ》、常務は新谷貴臣《しんたにたかおみ》になっていた。営業種目は食品加工品の輸入販売と記されている。

「このスマホ、しばらくお借りできますか？」

「ええ、どうぞ。捜査に役立ちそうですか？」

「大いに役立つと思います。捜査中の事案なので、詳しいことは言えませんが」

「そうでしょうね。一日も早く夫を殺した犯人を捕まえてください。お願いします」

「力を尽くします。警察の車で堀切のご自宅まで送らせましょう」

「いいえ、結構です。寄る所もありますんで」

「そうですか。わざわざお運びいただいて、恐縮です。ありがとうございました」

「どういたしまして。わたしは、これで失礼します」

郁代が一礼し、合同捜査本部から出ていった。

五味は、布施が接写した画像をすべてチェックした。会社登記簿二頁《ページ》分が映し出されている。五味はスマートフォンを上司の人見課長に手渡した。

「やっぱり、下稲葉龍之介は自立の準備をしてたんだな。一年半前に父親の店から無断で盗み出した二千八百万円の蒔絵硯箱を換金して、会社設立費用に充《あ》てたんでしょう」

「龍之介はどんな物をどこから輸入してるんでしょうかね？」

人見がスマートフォンのディスプレイに目を当てたまま、呟くように言った。

「それはわかりませんが、副社長、専務、常務の素姓《すじょう》を調べれば、どんな貿易をやってるかわかるでしょう」

「そうだね。誰かにすぐ調べさせよう」

「お願いします」

五味は頭を下げた。人見課長が『日進トレーディング』の役員名をメモし、部下の大貫努《おおぬきつとむ》巡査部長に渡した。

三十三歳の大貫は巨漢だが、動作は鈍《にぶ》くなかった。メモを手にして、慌《あわ》ただしく廊下に飛び出した。

「五味さん、下稲葉龍之介は過去に二度、麻薬取締法違反で検挙《アゲ》られてるんでしたよね？」

「ええ」

「いまも薬物をやってるんだろうか」

「いま現在はやっていないと考えられます」

「下稲葉は自分の体験から麻薬ビジネスは儲かると知ってるんで、その種の商売をしてるんじゃないでしょうか？　合成麻薬が次々にできて、ドラッグに嵌《は》まる若者が増えてるようだから」

「そうみたいですね。数年前から中国で密造されてる錠剤型覚醒剤〝好《ハオ》〟が、首都圏で出回ってるという噂は耳にしたことがあります」

「〝好《ハオ》〟のことは、わたしも知っています。ひところ流行《はや》ったタイ生まれの〝ヤーバー〟よりも純度が高いとかで、売り値が半年ごとにアップしてるらしい」

「そうなんですか。そこまでは知りませんでした。麻薬ビジネスはリスキーです。しかし、司法試験の受験資格の有効期限は五年間です。再度資格を得るためには、法科大学院に入学して予備試験にパスしなければなりません。下稲葉社長の息子は、夢を追うことをやめたのかもしれないな」

「龍之介は父親に三十歳まで司法試験に通らなかったら、『東雲堂』の四代目になれと言い渡されてたんでしたよね？」

「ええ」

「龍之介は自分で生活費を稼ぐのは、かったるいと考えたんだろうか」

「そうかもしれません」

「手っ取り早く儲けたいと思ってるんだったら、麻薬ビジネスに手を染めるんじゃないだろうか」

人見が言って、緑茶を啜《すす》った。

大貫刑事が戻ってきたのは、それから六、七分後だった。

「ご苦労さん！」

人見課長が部下を犒《ねぎら》った。

「『日進トレーディング』の副社長の石渡清則は、元麻薬取締官《マトリ》でしたよ。二年前まで関東信越厚生局麻薬取締部捜査第一課のＧメンでした。現在、四十一歳です」

「麻薬取締官を辞めた理由は？」

五味は大貫に問いかけた。

厚生労働省は全国を八地区に分け、それぞれ麻薬取締部を置いている。同省医薬安全局麻薬対策課の統轄《とうかつ》下にある。

麻薬取締官は、要するに厚生労働省の役人だ。司法警察手帳を持ち、麻薬の摘発に当たっている。拳銃の携行も認められているが、ふだんは持ち歩いていない。

八つの麻薬取締部とは別に那覇《なは》支所のほか横浜、神戸、北九州などに分室が設けられている。職員数は二百数十人だ。

関東信越地区麻薬取締部は千代田区九段にある。東京都だけではなく、茨城、栃木、群馬、埼玉、千葉、神奈川、山梨、長野、新潟の各県が管轄区域だ。

「石渡は横浜分室に出向中《しゅっこうちゅう》に囮《おとり》捜査に励んでたんですが、横浜全域を縄張り《シマ》にしてる港友会《こうゆうかい》に抱き込まれて、内偵捜査情報を流してたんですよ」

「それで、懲戒免職《ちょうかいめんしょく》になったんだな?」

「ええ、そうです。専務の陽子、三十八歳は石渡の妻でした」

「常務の新谷貴臣は?」

「横浜税関の職員です。二十八歳で、下稲葉龍之介とは高校の同期生でしたよ。クラスは別だったんですが、どちらも〝帰宅組〟で多少のつき合いはあったようです」

「五味さん、役者が揃《そろ》ったじゃないですか」

人見課長が嬉しそうに言った。

「そうですね。下稲葉は薬物所持で検挙され、石渡は元麻薬Gメン、新谷は横浜税関の職員か。課長の推測は正しかったようだな」

「これも勘なんですが、下稲葉龍之介は中国から服《の》む覚醒剤の〝好《ハオ》〟を食品加工物に紛《まぎ》れ込ませて、堂々と輸入してるんじゃないのかな」

「その可能性はあると思います。海上輸送物の場合、コンテナで運ばれてくる貨物を一つずつ税関が立ち会い検査をしてるわけではありません。航空貨物と違って、輸入量が膨大《ぼうだい》ですからね」

「ええ。サンプル採取検査は厳しいとは言えない。通常はコンテナの扉を開けて、小さな採取専用のハッチから穀物《こくもつ》などを掬《すく》い取るだけで通関は完了です。缶詰類にしても、幾つか中身を検《しら》べるだけだと思います」

「そうみたいですね。仲間に税関職員がいれば、ほとんどノーチェックでしょう」

「でしょうね」

「元麻薬取締官の石渡は免職後も、港友会と関わってるのか？」

五味は大貫に訊いた。

「組対《そたい》部薬物銃器対策課麻薬取締班でさっき確認したんですが、石渡は港友会直営の飲食店の相談役を務《つと》めてるそうです」

「それなら、麻薬の買い手はいるわけだ」

「ええ、そうですね。港友会はこれまでに覚醒剤をはじめ、コカイン、LSD、MDMA、大麻、向精神薬《こうせいしんやく》の密売をやってきましたんで、石渡が仕入れた麻薬《クスリ》は引き取るでしょうね」

「だろうな」

「横浜税関に『日進トレーディング』の通関記録を調べてもらえば、下稲葉の会社がどの国から何を輸入してるかわかるはずです」

大貫がどちらにともなく言い、さりげなく下がった。

五味はすぐさま横浜税関に問い合わせの電話をかけた。もちろん、身分は告げた。

『日進トレーディング』は設立した翌月から、一定数量の缶詰を中国福建省《ふっけんしょう》の『福建《フジエン》公司《コンス》』から輸入している。中身は胡桃《くるみ》と筍《たけのこ》の水煮《みずに》だ。

今夜も中国から『日進トレーディング』宛《あて》のコンテナを積んだ貨物船『シードラゴン号』が本牧《ほんもく》ふ頭《とう》の五番接岸碇泊場所《バース》に入船するという。入船予定時刻は午後十時二十分らしい。

五味は電話を切ると、そのことを人見課長に伝えた。

「通関業務は委託《いたく》の倉庫業者が代行するんでしょうが、下稲葉や石渡も本牧ふ頭に出向くんじゃないのかな。仲間の新谷が問題のコンテナの検査をする段取りになってるんでしょうが、何が起こるかわかりませんからね」

「ええ。新谷の同僚職員が『福建公司《フジェンコンス》』が送り出したコンテナをチェックする気になるかもしれない」

「そういうことも考えられますよね？　税関職員の新谷が観念して、同僚に悪事に加担してることを白状しないとも限らない。下稲葉龍之介と石渡は万が一のことを考え、通関業務を近くで見守るんじゃないだろうか」

　課長が言った。

「今夜、本牧ふ頭に行ってみます」

「五味さん、神奈川県警に捜査協力を仰《あお》ぐべきですかね？　できれば、警視庁《うち》だけで片をつけたいんですよ」

「わかります。刑事部長も、おそらく課長と同じ判断をするでしょう」

　五味は苦く笑った。昔から警視庁と神奈川県警は反《そ》りが合わない。どちらもライバル意識を捨てきれないせいだ。よほどの大事件でない限り協力態勢は取らない。

五味は個人的には、そうしたセクショナリズムに拘《こだわ》るのは愚《おろ》かしいことだと考えている。

しかし、上層部は警視庁のほうが格が上だと思い込んでいるようだ。格下の隣組に支援してもらうことは屈辱的だと考えてしまうのだろう。

「五味さん、なんとか警視庁《うち》だけで事件《ヤマ》を落着させましょうよ」

人見が意を決した口調で言った。

「わかりました」

「下稲葉宅の張り込み要員を増やしましょう。それから小松川署の捜査本部にこちらの情報を全面提供して、元麻薬Gメンと横浜税関職員をマークしてもらいましょう」

「そうですね」

五味は警察電話を使って、小松川署に出張《でば》っている加門警部に連絡を取った。捜査状況を詳しく伝える。

「殺された布施のスマートフォンに『日進トレーディング』の会社登記簿の写真が残されてたんなら、被害者は下稲葉龍之介の不正の事実を掴んで……」

「金を借りようとした？」

「そうじゃないとしたら、被害者は下稲葉に自首するよう促《うなが》したんでしょう。しかし、聞き入れられなかった」

「後者だと思いたいね。布施は『東雲堂』の三代目社長にはあまり評価されてなかったようだが、龍之介には別に悪感情は持ってなかったんだろうから」

「ええ、そうでしょうね。こちらの捜査班の兵隊を割り振って、被疑者三人をマークさせます。連絡を密《みつ》に取り合いましょう」

「わかった。おれは若い相棒を連れて、横浜に行く」

「了解しました」

加門が電話を切った。

五味は但木を伴《ともな》って、合同捜査本部を出た。地下三階の駐車場でオフブラックのカローラに乗り込む。

『日進トレーディング』のオフィスを探し出したのは、午前十一時前だった。

事務所は雑居ビルの一室にあったが、誰もいなかった。ペーパーカンパニーに近いのだろう。

五味は捜査車輛を伊勢佐木町《いせざきちょう》にある港友会の本部事務所に向けさせた。

数分で、目的の場所に着いた。本部事務所は九階建ての白いビルだった。

五味はカローラを降り、公衆電話を目で探した。四、五十メートル先にテレフォンボックスがあった。

五味はボックスの中に入り、港友会の代表番号をプッシュした。受話器を取ったのは、中年の男だった。

「〝好《ハオ》〟を十万錠、おたくで引き取ってくれねえかな?」

五味は、やくざを装った。

「あんた、誰なんでえ?」

「渡世人だよ。港友会が石渡から買ってる錠剤型の覚醒剤は混《ま》ぜ物が多くて、粗悪品だぜ。卸元の『福建公司《フジェンコンス》』は〝好《ハオ》〟の模造品を石渡んとこに流してるんだ。『日進トレーディング』とは取引しねえほうがいいよ。おれたちブローカーは、港友会を笑い者にしてんだ。間抜けだってな」

「て、てめえ!」

相手が気色《けしき》ばんだ。

「悪いことは言わねえ。石渡んとことは縁を切りなよ。奴の卸値は、正規品の三倍だぜ。おれは一錠千円で回してやる」

「フカシこくな。そんな安い値で仕入れられるわけねえ」

「石渡は三倍以上も吹っかけてるらしいな」

「ほんとに一錠千円で正規の〝好《ハオ》〟を回してもらえるのか？」

「ああ、そうだよ。その代わり、石渡は出入り禁止にしてくれ。出禁《できん》にしたら、三十万錠でも五十万錠でも回してやる。こっちは、福建マフィアの最大組織と直取引《じかとりひき》してるんだ」

「最高顧問に相談して、折り返し回答するよ。おたくのスマホのナンバーを教えてくれねえか」

「いいだろう。おれは木内《きうち》ってんだ。いい返事を待ってるぜ」

五味は適当な電話番号を教え、受話器をフックに掛けた。テレフォンボックスを出て、覆面パトカーに足を向ける。

港友会が石渡から〝好《ハオ》〟を入手していることは、ほぼ間違いない。五味はカローラの助手席に坐ると、但木に港友会の者に電話で鎌をかけたことを話して加門刑事に連絡をした。横浜での経過を報告する。

「『日進トレーディング』が〝好《ハオ》〟入りの缶詰を密輸してることは確かでしょう。部下の向井が同社の卸先の中小スーパーを調べたんですが、総輸入量の十五パーセントほどしか納入してないことが判明したんですよ」

「そうか。残りの八十五パーセントの缶詰の中身は、胡桃や筍で周《まわ》りを埋めた〝好《ハオ》〟なんだろう」

「そうなんでしょうね。それから下稲葉龍之介は池田山の自宅、石渡は大森の家にいることを確認しました。横浜税関の新谷はきょうは遅出《おそで》で、午後四時に職場に入るそうです」

「今夜、本牧ふ頭で決着をつけたいね」

「ぜひ、そうしてください」

加門が先に電話を切った。五味は通話終了キーをタップし、気を引き締めた。

起重機《ガントリー・クレーン》が動きはじめた。

中国船籍の貨物船『シードラゴン号』からコンテナが下ろされ、トレーラーの荷台に次々に積み上げられる。本牧ふ頭の五番バースだ。午後十時三十五分過ぎだった。

『シードラゴン号』は定刻に入港し、荷下ろし作業が開始されたのである。六つのコンテナは近くにある通関業者の倉庫に運ばれ、そこで内容物の検査を受ける。

税関職員の新谷がその倉庫の前で待機していることは、すでに捜査一課強行犯第五係の刑事から報告を受けていた。下稲葉龍之介と石渡もそれぞれ車で横浜にやってきて、倉庫の脇にいることも張り込み班が確認済みだ。

「いよいよだな」

五味はカローラの助手席に腰かけていた。

但木が短い返事をして、深呼吸をした。覆面パトカーはふ頭の端に停車中だった。

「そう緊張するな。われわれは新谷に怪しい缶詰を開けさせて、中身を確認するだけでいいんだ。〝好《ハオ》〟が詰まってたら、加門班の連中が緊急逮捕する。元麻薬Gメンの石渡と下稲葉には任意同行を求める」

「ええ、そういう段取りでしたね」

「そろそろトレーラーが動きはじめるんじゃないか」

五味は窓の外を見た。

ちょうどそのとき、トレーラーが走りだした。但木がシフトレバーをD《ドライブ》レンジに入れた。

トレーラーはいくらも走らないうちに巨大な倉庫に入っていった。張り込み班の十四人が倉庫を取り囲む。

五味は倉庫の少し手前で捜査車輛を停めさせた。車を降り、若い相棒と庫内に入る。すでに六つのコンテナは、トレーラーから下ろされていた。

新谷はコンテナのそばで、倉庫業者と立ち話をしていた。五味は新谷に近づき、警察手帳を見せた。

「本庁の五味だ。『福建公司《フジェンコンス》』から送られてきたコンテナの中身は、胡桃や筍の水煮だな？　無作為《むさくい》に缶を三つ四つ開けてくれないか」

「何を言ってるんです⁉　令状をお持ちなんですかっ」

「令状はない。しかし、きみの上司の許可は取ってある」

「そんな話、わたしは聞いてませんよ」

「コンテナの扉を開けて、早く缶の封を切るんだっ」

「断る！」

「拒否するのは疚《やま》しい気持ちがあるからなんだな。缶詰の中には、錠剤型覚醒剤〝好《ハオ》〟がぎっしり詰まってるんだろ？　そうなんだなっ」

「ああ、なんてことなんだ」

新谷が頭髪を搔《か》き毟《むし》りながら、膝から崩れた。虚《うつ》ろな目でコンテナを見ている。

「下稲葉龍之介が元麻薬取締官を使って、中国から大量に〝好《ハオ》〟を買い付け、港友会に流してたんだな？」

「そうだよ。おれは高校時代の同期生の下稲葉に頼まれて、『福建公司《フジェンコンス》』の荷をノーチェックにしてやってただけだ」

「一回に付き謝礼はいくらだったんだ？」

「三十万円だよ」

「そんな金で人生を棒に振るなんて、もったいない話だな」

五味は言った。新谷が泣き崩れた。

そのとき、向井が前手錠を打たれた下稲葉龍之介を引っ立ててきた。

「この男は、布施さんを港友会の元構成員に金属バットで撲殺させたことを認めました。実行犯は鳥越勇紀《とりごえゆうき》、二十五歳だそうです。横浜市内のモーテルに潜伏中だということなんで、緊急手配しました。じきに身柄《ガラ》は確保できるでしょう」

「石渡は〝好《ハオ》〟のことを認めたのかな？」

「はい」

「それはよかった」

五味は加門の部下に応じ、下稲葉の前に立った。

「親の店から四億円近い美術工芸品を三人組に盗ませたのは、きみだな？」

「ああ。〝好《ハオ》〟を大量に買い付ける金が欲しかったんだ。雇った三人は、プロの泥棒《ノビシ》だよ。闇サイトで誘い込んだんだ」

「そいつらのことは取り調べのときにじっくり聞く。で、盗品はもう処分したのか？」

「いや、まだ換金はしてないよ。北品川のレンタル倉庫に隠してある。ほとぼりが冷めたら、石渡さんの知り合いの故買屋に持ち込むつもりだったんだ」

「その故買屋に妙な電話をかけたのは、そっちだな。布施さんを強盗犯と思わせたくて、小細工をしたんだろう？」

「ああ、そうだよ。布施の奴はおれが一年半前に親父の店から二千八百万相当の蒔絵硯箱を持ち出して換金したことに薄々《うすうす》気づいたようで、こっちの身辺を探ってたんだ。それで、おれが自立目的で麻薬ビジネスをやってることを嗅《か》ぎ当てて、偉そうに警察に出頭しろと言いやがった。親父の使用人のくせに、思い上がった奴だよ。奴を始末しておかないと危《ヤバ》いことになると思ったから、鳥越って男に始末させたのさ。おれは死んでも『東雲堂』の四代目になりたくなかったんだ。老舗と威張《いば》ったところで、所詮《しょせん》は商人《あきんど》だ。だから、おれは社会的地位の高い弁護士になりたかったんだよ。けど、夢は叶わなかった。だから、銭を追うことにしたんだ。くそーっ！」

下稲葉が獣じみた唸《うな》り声を発した。

「おまえは救いようのない愚か者だ」

「親父が悪いんだよ。おれに無理やりに店を継がせようとしたから、道を踏み外しちゃったんだ」

「甘ったれるのもいい加減にしろ。取調室で会おう」

五味は下稲葉に言い放ち、但木に目で合図した。

二人は倉庫を出た。後ろ手錠を掛けられた石渡が下を向きながら、足踏みをしていた。

「おい、石渡！　小便を漏《も》らすなよ」

五味は毒づいて、覆面パトカーに急いだ。

本作はフィクションであり、登場する
人物および団体名は、実在するものと
いっさい関係ありません。

二〇一六年七月　祥伝社文庫刊
（『刑事稼業　弔い捜査』改題）
再文庫化に際し大幅に加筆しました。

実業之日本社文庫　最新刊

あさのあつこ
風を紡ぐ　針と剣　縫箔屋事件帖
おちえの竹刀が盗まれた。おちえの父が大店のため縫い上げた花嫁衣裳にも不穏な影が忍び寄り……。風雲急を告げる、時代小説シリーズ〈針と剣〉第3弾!

あ124

梓林太郎
京都・化野殺人怪路　私立探偵・小仏太郎
社長令嬢が誘拐され、身代金三千万円を要求。小仏らは犯人が指示した京都へ向かうが、清水寺付近で金だけを奪取されて……傑作旅情ミステリー!

あ319

近衛龍春
蒲生氏郷　信長に選ばれた男
常に先陣を切る勇猛な戦いぶりを織田信長に愛され、婿となった蒲生氏郷は、信長の死後、秀吉に仕え、伊勢松坂、奥州会津の礎を築く大大名となるが…。

こ65

清水晴木
分岐駅まほろし
満月の夜だけ現れる不思議な駅は、過去に後悔を抱えた者たちが辿り着く場所。人生の分岐点に巻き戻った彼らの結末は!?　感涙ファンタジー、待望の文庫化!

し121

実業之日本社文庫 み7 40

刑《けい》事《じ》図《ず》鑑《かん》　弔《とむら》い捜《そう》査《さ》

2025年4月15日　初版第1刷発行

著　者　南《みなみ》英《ひで》男《お》

発行者　岩野裕一
発行所　株式会社実業之日本社
〒107-0062　東京都港区南青山6-6-22 emergence 2
電話［編集］03(6809)0473［販売］03(6809)0495
ホームページ　https://www.j-n.co.jp/
ＤＴＰ　株式会社千秋社
印刷所　中央精版印刷株式会社
製本所　中央精版印刷株式会社

フォーマットデザイン　鈴木正道（Suzuki Design）

ISBN978-4-408-55943-8（第二文芸）